流浪到此为止

我与600只动物不可思议的生活

Funny Farm
My Unexpected Life with 600 Rescue Animals

[美] 芬丽·扎列斯基 著

建霞 译

中信出版集团 | 北京

图书在版编目（CIP）数据

流浪到此为止：我与600只动物不可思议的生活／（美）劳丽·扎列斯基著；建霞译. -- 北京：中信出版社，2025.1

书名原文：Funny Farm: My Unexpected Life with 600 Rescue Animals

ISBN 978-7-5217-5587-9

Ⅰ.①流…　Ⅱ.①劳…②建…　Ⅲ.①回忆录－作品集－美国－现代　Ⅳ.①I712.55

中国国家版本馆 CIP 数据核字（2023）第 075952 号

FUNNY FARM: My Unexpected Life with 600 Rescue Animals
Text Copyright © 2022 by Laurie Zaleski
Published by arrangement with St. Martin's Publishing Group. All rights reserved.
Simplified Chinese translation copyright © 2025 by CITIC Press Corporation
本书仅限中国大陆地区发行销售

流浪到此为止——我与600只动物不可思议的生活
著者：　　［美］劳丽·扎列斯基
译者：　　建霞
出版发行：中信出版集团股份有限公司
　　　　　（北京市朝阳区东三环北路 27 号嘉铭中心　邮编　100020）
承印者：　嘉业印刷（天津）有限公司

开本：787mm×1092mm 1/32　　印张：9.75
插页：8　　　　　　　　　　　　字数：186 千字
版次：2025 年 1 月第 1 版　　　　印次：2025 年 1 月第 1 次印刷
京权图字：01-2024-2297　　　　　书号：ISBN 978-7-5217-5587-9
定价：59.80 元

版权所有·侵权必究
如有印刷、装订问题，本公司负责调换。
服务热线：400-600-8099
投稿邮箱：author@citicpub.com

目　录

序幕　V

第一部
独一无二的妈妈

第一章　逃离　3

第二章　我们就是琼斯一家　22

第三章　那些杀不死你的，终将使你更强大　42

第四章　伊甸园从天而降　50

第五章　破釜沉舟　63

第六章　蛋黄酱三明治　74

第七章　生活的真相　85

第八章　泽西恶魔　97

第二部
安妮的女孩

第九章　父亲的形象　115

第十章　闯入者　129

第十一章　傲骨之战　153

第十二章　十字路口　172

第十三章　迟暮　186

第十四章　归宿　197

第三部
动物的家,我的家

第十五章 漫长的告别 213

第十六章 一头猪引发的震撼 227

第十七章 小狗查克 243

第十八章 意外返场 262

第十九章 第一次亲密接触 268

第二十章 情人节 282

尾声 农场里的一天 293

致谢 297

序幕

黄昏时分,白天与黑夜相接的黄金时刻,农场里的一切都静悄悄的。动物吃饱喝足了,回窝的回窝,归栏的归栏。家务事终于做完了——只能说是尽可能做完了,农场里真的有永远干不完的活儿。

在一天结束之前,还有最后一项仪式要完成。我拉开牧场大门,马儿们——当时有15匹——从田野往马厩飞奔,鬃毛和尾巴迎着风旗帜般高高扬起。这情景总让我激动不已。

志愿者们也正离去,这群满腔热忱、不可思议地无私付出的人,20多年来一直支撑着快乐农场和这里的动物。

而我呢?我在期待一个难得的静谧之夜——如果和上百只鹅啊鸭啊,猫啊狗啊,猪啊羊啊,羊驼还有马儿住在一起,"静谧"这个词还能适用的话。对了,还有最聒噪的孔雀——看上去无比高贵美丽,刺耳的尖叫声却足以把死人吵醒。

但最终,所有的咯咯声、咕噜声、嘶鸣声,还有羽毛抖动的窸窣声都归于平静,连孔雀也打起瞌睡,像往常一样高高地栖息在谷仓的屋顶上,活像个风向标。

流浪到此为止

黄昏总是我最爱的时刻。

一下班回来，我立马丢下公文包，脱了套装，踢掉高跟鞋，换上我的农场女工制服：卡哈特工装裤和"踢屎"靴。正准备用微波炉把昨天剩的比萨热一热时，我听到一辆汽车嘎吱嘎吱开上了砾石车道。最后出去的那位一定把门半开着就走掉了。

见鬼。

我经营着一家平面设计公司，为政府提供设计服务。刚刚过完忙碌的一天——典型的工作日——会议一个接一个，截稿日期不断逼近，还有一堆火要灭。真的是累坏了。我没想到会有人来，而且坦白说，也没那个心情接待。

我把头探出纱帘，看见一辆丰田凯美瑞在农舍边上停住了。驾驶座上下来一个 20 多岁，身穿皱巴巴的 T 恤和沙滩裤的男孩。他打开汽车后门，抱出一头营养不良的小鹿，小鹿长而多节的腿无力地踢腾着。

一瞬间，我已经挪到了门外。

"喂！"我喊起来，"别想把动物扔在这儿。"

我很生气，而且完全有理由生气。这种事太常发生了，人们到农场来，把不想要的猫、狗、兔子……各种各样的动物丢弃在这里，原因大多是它们生了病或是受了伤，不然就是年纪大了，需要特殊照顾。

通常，那些人会在夜色的掩护下潜入，不顾天气好坏，把可怜的动物丢下就跑。我额外装了照灯，架上了运动探测器和摄像机，主要就是因为这个。可这小子太嚣张了，他就这么径直开进来了。

没错，我经营着一家动物救助机构，大多数生活在这里的动物——据最新统计超过600只——都来自缺少爱的环境。缺爱，这是客气的说法。它们不受待见，被抛弃，有时甚至遭受虐待。但是不论出于什么原因，遗弃动物都是不负责任的，是懦弱且残忍的行为。在包括新泽西在内的美国大多数地区，都是非法的。

此外，我这里主要救助农场动物，也会有一些家养动物和少数外来物种。但一般来说，我们不接收鹿这样的野生动物，除非只是短期照看。最终我会把它们交给野生动物复健员。

我怒气冲冲地跑下门廊台阶，在男孩面前挥舞着手机："你知道遗弃动物是违法的吗？我现在就记下你的车牌号，我已经把报警电话设置成一键拨号了。"

令我惊讶的是，当我在那儿叨叨着发表这番讲话时——我已经倒背如流——他却转身从车里抱出了第二只小鹿。

"你没听到我在说什么吗？"我开始新一轮的教训。

"拜托！"他转过身来，一脸焦虑的样子，"求求你了。我已经开着车四处转悠了五个小时，找过六家农场，每一家都跟我说：'去找快乐农场。'"

这会儿，农场的狗已经聚了过来，在我身后又蹦又叫，慢慢靠近那两只慌张的小鹿。我这才注意到他们根本不是什么鹿，其实是两头小牛：出生没多久的新泽西牛犊，有着细细长长的腿、焦糖色的皮毛，巧克力棕色的双眼大大的，小鹿似的长睫毛不停颤动。他们的脚还站不稳，耳朵耷拉着，脐带拖在肚子下面，一股明显的牛粪味从凯美瑞的后座飘过来。

"我不能把他们留下，"男孩说，"房东不让我养——嗯，奶牛……"

"他们是打哪儿来的？"

他把视线移开了。"拍卖。"

"哦？"我双手叉腰，牢牢地盯着他。

然后，我把手机塞进口袋，耸耸肩，叹了口气，为又一个不幸故事做好了准备。

"好吧。说来听听。"

他在农舍门廊的台阶上坐下，稍微平静了一些，但显然已经疲惫至极。他心不在焉地在我的德国牧羊犬查克的耳后挠了挠，查克飞快地跑开，回来时叼着一个飞盘，努力往男孩的手里塞。

"拜托，查克，"我低声说，"现在不行。"

男孩称自己是一个动物保护主义者，致力于救助农场动物，使他们免遭屠宰。一次牲畜拍卖会上，他在一辆金属拖车里发现了这对快要被热死的小牛犊。

"一滴水也没有，"他动情地说，"一把干草也没有。天哪，他们已经要去屠宰场了，为什么就不能在路上对他们好一点儿？"

"你买下来了？"我问。

他低下头，紧盯住搭在膝盖间的双手。过了片刻，才挑衅地看着我回答："我解救了他们。"

那种驱使着他这样做的同情心，我当然理解；可长期的经验也告诉我，从事动物救助时，至少得试着控制自己的感情。如果不这样做是会疯掉的，很快就会筋疲力尽，到了需要履行拯救生命、减轻痛苦的使命时，效率反而会大大降低。这工作不是花架子，不适合玻璃心的人。

至于偷牛？好吧，那从来就不是个好主意。

我也清楚，从行情来看，年轻的公牛——跟这两头牛犊一样刚断了奶的——在公开市场上不如母牛值钱，母牛能产奶还能繁殖。而公牛却更……嗯，像是一次性的。这样的小家伙往往会被卖掉，买家能得到他们的肉、皮和"副产品"。

我想起了哈里·汉堡，我小时候在农场饲养的一头可爱的公牛。有一天他就那样消失了。后来我才明白哈里永远不会再回来了，即使回来，也已经变成了肉饼或肉酱。快30年了，我仍然记得那时感受到的痛楚。从那天起，我宣布自己再也不吃肉了，宁愿每餐都吃蛋黄酱三明治——我确实是这么做的。我信守了那个承诺。

太阳几乎完全落下去了，天空中氤氲着紫红色。小牛们蹒跚的长腿现在稳当些了，胆子也稍稍大了起来。他们试探地啃了啃草叶。这两头牛犊臀部瘦骨嶙峋，肋骨也很突出，体重加起来可能还不到 40 磅，看上去太可怜了。

比萨得等等了。

我的狗——史努普、弗雷迪、法利和查克——还在围着小牛好奇地东嗅西嗅。我跺了跺脚，叫他们走开些。这些狗并没有恶意——他们很有教养——只是兴致勃勃地想看看谁可能加入这个大家庭。

每逢这种时候，我就情不自禁地想起我的母亲和最初的快乐农场，那片陪我长大的蛮荒之地。母亲逃离噩梦般的婚姻时几乎身无分文，带着三个孩子住在树林中只有一间卧室的破房子里。她接下了一连串卑微的工作，包括在当地的动物收容所清扫笼子。就是从那时起，她开始把绝望的动物带回家。这些动物原本正等待着下一批被安乐死。后来，数十只动物在我们房子周围的树林和田野里栖息，或者就待在房子外面我们自己搭的棚子里。

另一些动物——包括鹅、猪、山羊，还有一匹受了伤正在康复中的小马驹——甚至和我们一起住在房子里。

那时母亲开玩笑地把那儿叫作快乐农场[i]——"因为里头住满了动物，而且挺适合发疯的人居住。"

即使在最贫穷的时候——就像母亲自个儿说的，大多数

---

[i] funny farm 直译为快乐农场，但在英文俚语中，往往用来代指疯人院 / 精神病院。——除特殊说明，本书注释均为译者注。

时候她口袋里只有线头——一只动物但凡还有救,她就不忍心眼睁睁看着它被安乐死。有时候,连餐桌上的食物都快没着落了,她仍然遵守着自己的原则:一块钱给家里,一块钱给动物。

跟随母亲的脚步,我走到了这样自寻烦恼的境地。

我的目光越过男孩的肩膀,看向大门边上那辆旧马车,车上一串串装饰灯闪着光。它曾经属于母亲,现在是我珍贵的纪念,时刻提醒着我,我从哪里来,又是谁抚养我长大。

唉,又来了,我看着饿坏了的牛犊盘算着。我意识到,要是把他们留下,这些楚楚可怜的小家伙会长成重达1500磅的大胃王,得花一大笔钱来养活。

妈妈,告诉我该怎么做?

我对男孩说:"我养了一头T骨牛,在那边——"我指着大牧场,那里有一头2500磅重的红色安格斯牛——"但没有牧群就不能称为农场嘛。我想我们还能腾出点儿地方多养几头。"

他睁大了眼睛,接着如释重负地把头埋进双手中,眼泪都快出来了。"谢谢,"他的声音嘶哑,"谢谢……"

"首先,"我说,"得拿上奶瓶给小牛喂些吃的,必须马上去,他们恐怕撑不了多久了。"

我站起来,掸去工作服上的灰尘,说道:"怎么?你不来帮忙吗?"

第一部

独一无二的妈妈

第一章

逃离

那一年，母亲26岁，她一个人拖着三个孩子，鼓起勇气踏上了逃命之路。没有汽车——其实连驾照都没有，她不知从哪儿借了一辆旅行车，把我、凯茜和斯蒂芬塞进后座，就匆匆忙忙出发了。

妈妈开车只有两种速度：65和0。车子从我家车道上倒出来，颠了颠，轧过低矮的路牙石；她从停车标志处向右急转弯，牢牢抓住方向盘一路飞驰过街区，打算在没人发觉之前逃之夭夭。

那时候汽车安全带还未普及，所以每次一转弯，坐在后排人造革座位上的我们就会跟着左摇右晃，相互间挤过来挤过去。这时我们连焦虑也顾不上了，全都忍不住哈哈大笑起来。

"把头低下！"妈妈嘘声警告。

终于转到了高速公路上，她立马把油门踩到底。

离家出走，这并不是头一遭。但前几次，爸爸总是过一阵子就能找过来，变戏法似的用甜言蜜语哄得妈妈回心转意；于是一次又一次，我们还是掉过头去，回到了廷贝尔高地山庄8号的漂亮大房子里。

但这次感觉不大一样。我们先在一家汽车旅馆躲了几个星期，然后，一天下午，趁爸爸上班不在家的空当，妈妈带我们回去了一次——去拿些衣服、毛巾、牙膏，趁他还没决定把锁换掉。这么做还是头一回。

那是12月初，天气出奇的冷。圣诞老人已经来到了我们的屋顶上——塑料的，驾着雪橇滑得很轻快的样子；前门上挂着一个人造松木花环。还有一个穿戴齐全的雪人，也是塑料的，拖着他的塑料手套、高筒礼帽和胡萝卜鼻子，倒在入冬后已然枯黄的草坪上。

我们悄悄溜进屋子。客厅里已经竖起了闪闪发光的锡纸圣诞树，树下散落着一些没来得及包装的礼物：通卡牌玩具卡车、火柴盒牌小汽车、林肯的圆木积木、一些书和拼图；还有好几样桌游：外科手术、扭扭乐、飞行棋和中国跳棋。我的视线停住了，那边的一小堆是给我的，有涂色书、蜡笔套装，以及各式各样的芭比玩具：与芭比梦幻屋配套的粉色敞篷跑车、芭比的乡村露营车、芭比的帕洛米诺色宠物马"跳舞者"——也可能是"达拉斯"吧？

妈妈打仗似的在一个个房间冲进冲出，把餐具、衣服和洗漱用品统统往枕套里丢。我朝芭比娃娃扑过去，但她坚决地摇了摇头:"只能拿你用得着的东西。"

"求你了,妈妈……"

"好吧!那就拿一两件玩具吧。不过别磨蹭太久。"

我很想带上我的芭比造型头——一个没有身体相连、真人大小的塑料头部模型,不但有专属的化妆品,还有一头亚麻色秀发可以梳理、做造型。但我都没来得及把它运出房间,就被妈妈制止了:"头就不要带了。快抓紧收拾!"

不到40分钟,我们四个就回到车里重新上路了。在街道尽头转弯时,我忍不住回头望了望气派的独栋砖楼和前院萧瑟的草坡,高耸的老橡树围立在四周,枝丫上叶子都已落尽,光秃秃的。

屋顶上,塑料圣诞老人将一只手高高举起,在风中轻轻摇曳着,像是在挥手作别。

我心里明白,这一次,我们不会再回来了。

20世纪70年代中期,四车道的黑马派克大道是连通费城和泽西海岸的主要道路,沿途遍布农场、集贸市场、冰激凌店和小旅馆。

路旁照例也竖了不少广告牌,"扎伯勒鸡尾酒之家!"代表风靡一时的扎伯勒餐厅;"告别苍白脸!"则是水宝宝防晒霜发出的鼓励日光浴的口号——在它标志性的海报上,可爱的金发小女孩又惊又羞地回头张望,因为一只小狗正叼住她的泳衣往下拽。

从阵亡将士纪念日开始，一直到劳动节[i]，消夏的人群会摩肩接踵地涌入派克大道——至少每个周末都是如此。这些游人被当地人贴上了"放浪不羁"的标签，据说过去他们会把午餐装在鞋盒里带到海滩去，这种风气一度很是盛行。

相形之下，淡季的派克大道可真够荒凉的。不过，这倒不见得是坏事。离家出走的妈妈，现在可以随意变换车道，除了偶尔要注意拖拉机或大型卡车，完全畅通无阻。

我和凯茜直起身子想往外面瞧一瞧，妈妈立刻转过头——同时车轮仍在飞转——手指直直戳过来。

"不是叫你们把头低下去吗？"

凯茜突然抬起手指向前面的公路，一辆小汽车的车尾越来越近。"妈妈，"她尖叫起来，眼睛瞪得圆圆的，"妈妈当心！"

妈妈再一次转过身来，语气稍微温柔了些："拜托啦，孩子们，别让人瞧见你们。没多远了——拐个弯就到。"

我们只好再一次埋头趴到膝盖上，就像在进行防空演习一样。接着，我们换到了平行的另一条道——42号公路，也叫南北高速公路。又过了一会儿，旅行车终于慢下来，开上了一段颠簸的石子路。

斯蒂芬蜷缩在后排中间。在他金色的小脑袋上方，我和凯茜不安地对视了一眼。

---

[i] 美国国内的两个节日，分别在5月底和9月初。

第一章　逃离

这次戏剧性的打包出逃，一路上开了有大半个小时，但实际上，这里离我们廷贝尔高地山庄的家还不到 10 分钟车程。山庄隶属新泽西州特纳斯维尔地区，是同名的廷贝尔高地开发区的一部分。妈妈故意走了一条迂回的路线，在小街小巷、加油站和季节性农贸市场间打转转。一路上，她一只眼睛紧盯后视镜不敢放松，害怕会被跟踪。她心里明白，父亲不会心甘情愿地放弃对这个家的主宰——他认为我们都是他的合法财产，就像他的房了、衣服和凯迪拉克一样。

车子总算停了。妈妈长出了一口气。我、凯茜和斯蒂芬终于可以直起身子了。透过窗户，我们第一次打量着我们的"新家"。

这处突兀的所在，像是从天而降，扑通掉在了主干道旁一片杂草丛生的荒地上。离这儿大约 1/4 英里[i]有一处购物中心——所谓购物中心，其实就是在一块地上铺了层沥青，坐落着两幢褐色的多层建筑和一座低矮的预制模块化住宅。商户有约翰·汉考克保险公司、一间会计和税收事务所、一个养生康疗中心和一家名为"希契卡拉马"的房车经销商。这些生意，包含这些建筑本身，主要的拥有者是一位税务员，这人名叫阿尔·克拉克。

我不人清楚妈妈当初是怎样结识这位克拉克先生的——我猜不外乎是出自朋友的朋友的介绍之类——但他肯定对一

---

[i] 1 英里约合 1.6 千米。——编者注

位勇敢的、要逃离她丈夫的年轻母亲,抱着十二分的同情。他只收我们每月100美元的租金。即使在20世纪70年代,这也够少的了。

唯一的问题在于:这房子是个空壳,不适合居住。事实上,它根本不可能成为合法的住宅。

可妈妈已经决定了。这里将是我们"全新的开始"。我和凯茜从车里爬出来,看了看眼前灰头土脸的平房,开始像女妖一样尖声哀号。

"这就是我们要住的地方?不不不,我们不要住这儿。太寒酸了。"信不信由你,说它寒酸都算是赞美了。这座房子——实际连半个房子也算不上——是用空心的煤渣砖建造的,部分覆盖着古铜色墙壁。倾斜的屋顶搭在方方正正的矮墙上,几乎被松树林的边缘遮蔽,脚下是尘土飞扬的空地,被齐腰高的杂草团团围住。

墙上窗户也没有几扇,不是玻璃碎了,就是窗框开裂,窗框上的一根木头朝下吊着,估计有人踩在上面爬进去过。如果前门曾经有过台阶的话,也早被破坏得没影儿了——现在那里直上直下,从门槛到地面足有5英尺[i]。旁边的空地是一个垃圾场,旧轮胎、铝壁板、碎砖块、建筑废物和其他垃圾堆积成了珠穆朗玛峰,还有几辆破烂不堪的废弃车子,引擎盖向上翻开,如同张着生锈的大嘴。

---

i 1英尺等于30.48厘米。

第一章 逃离

过不了多久，我们就会发现，这个从未有人居住的地方，早已变成了当地青少年的乐土，他们聚在这儿抽烟、喝酒，射杀老鼠、松鼠，随心所欲地干出种种野蛮行径。说难听点儿，这里就是个游民乱窜的棚户区，跟廷贝尔漂亮的红砖楼房隔了好几个星系。

所以我觉得克拉克先生决定把房子租给我们，一方面是出于同情，另一方面也是在为自己考虑：要是我们住下来，成群结伙的流氓混混就不会再闯进来了。

这在理论上是可行的，但事实很快就证明行之无效。

我们把少得可怜的行囊拖下车——不过是几个超市的棕色纸袋，外加三五个花枕套和一个行李箱，满满当当地塞着我们趁父亲在工作的空当来得及拿走的全部家当——那情景一定相当凄惨。妈妈微笑着，在那样一种古怪而僵硬的笑容中，看不出一丝快乐。

我抱紧了我最爱的洋娃娃——彭妮，她曾属于儿时的妈妈——眼泪啪嗒啪嗒落到她的橡胶脑袋上。要是被按住了脖子，彭妮就会"哇！哇！"叫起来，于是那天她就这样陪着我哭泣。

我们一个个心情沮丧，但精神却意外地亢奋——拜压力和失眠所赐，天天光吃垃圾食品想来也是原因之一。

这段时间以来，我们四个就依靠一个行李箱过日子，在汽车旅馆里挤一个房间，在两张窄床上睡觉。床垫很薄很薄，躺上去能感觉到弹簧一根根戳在后背上，就这样过了一夜又一夜。

在此之前，我们目睹了家中一连串相当骇人的悲剧。爸爸发起狠来殴打妈妈的情形把我们吓坏了，一个个成了惊弓之鸟。他的怒火有时也会烧到我们几个孩子身上——有一回，凯茜不肯吃土豆泥，他生起气来，用手攫住我的喉咙，强迫我把一大块嚼不烂的牛排吞下去。还有一次，争吵从客厅一直蔓延到车库。他勃然大怒，抡起一块4英寸[i]宽2英寸厚的木板朝妈妈丢过去，却意外打中了3岁的斯蒂芬，他的一只耳朵顿时血流如注。

只要我们几个孩子乖乖听话不碍事，通常就不会成为爸爸的目标。但是，假如我们中任何一个胆敢违抗，哪怕只是表情或手势中表露出一丁点儿不高兴或不顺从，他就会立马翻脸，从一个温文尔雅的郊区乡绅变成"别的人"——一个不在乎是否会伤害我们的野蛮人，有时看上去甚至还很享受。

那几乎成了一种仪式。首先，他会炫耀般地解开他的宽皮带，慢慢地从裤袢里抽出来，再仔细地一层层绕到拳头上；然后皮带开始落到我们的腿上、屁股上，一直打到我们绕着房间打转，竭尽全力躲避锥心的疼痛。那时，他气冲冲的脸几乎变成了青紫色，扭曲到无法辨认——就像一个丑陋变形

---

[i] 1英寸等于2.54厘米。

第一章 逃离

的万圣节面具。而且，要是我们哭起来，情况只会变得更糟。

"哭了啊，爱哭鬼？那么我来让你哭个痛快。"

我清晰地记得，我向后仰着头，拼命不让泪水涌出眼眶。

一旦找到机会，妈妈会赶紧把我们护送回房间待着，等待暴风雨过去。而接下来她就成了他的人肉靶子。我在房间里瑟缩成一团，战战兢兢地听着鞭子落在皮肉上的噼啪声，知道他正在狠狠地抽打她。

出奇的是，也有少数那么几回，妈妈竟然能够说服他停下来，就像把他从噩梦中唤醒一样。那时他会摇摇头，把皮带放下，然后耸耸肩了事。

我不知道那时他是否心生悔意，因为他从来不曾道歉。但他的发泄到那一刻算是结束了，直到下一次悲剧重演。

尽管遭逢巨变，但这样躲躲藏藏，在一家又一家汽车旅馆间迁徙，始终比我们的追踪者领先一步的日子，还是让人生出了一种奇特的、难以描述的兴奋感。对小孩子来说，待在一个陌生的地方，哪怕仅仅是从制冰机那儿装上一桶桶的冰，到被帆布覆盖着根本不开放的游泳池旁边玩耍，似乎都是一种激动人心的冒险。换一种荒诞的角度看，甚至还很有趣。

我们的藏身之处可能是臭虫横行的小饭店，或是费城和樱桃山的生意人去幽会的隐秘汽车旅馆——当然不会是万豪了，处境窘迫的我们可住不起五星级豪华酒店。

我们靠奇多玉米棒和花生酱饼干为生,喝的是自动售货机贩卖的雪碧——旅馆大堂的标配,还把咯咯笑牌糖果当作饭后甜点。一日三餐完全由糖、脂肪和化学添加剂组成。有时候,妈妈也会去市场上买些正常的食物,比如面包、奶酪和牛奶,夜里只能放在冰冷的窗台上保鲜。要是经不住我们一再恳求,她偶尔也会请我们吃一次外卖比萨。饱餐完毕,我们总会心满意足地瘫倒在床,集体在碳水化合物的作用下昏昏睡去。

我们真正的安慰来自电视——通常是大大的方盒子,高高固定在旅馆房间的墙壁上。我们会盯着屏幕一小时一小时地看下去,一动不动,像一群小僵尸。早上看动画片,下午看竞猜节目和肥皂剧,晚上看情景喜剧——《脱线家族》《鹧鸪家庭》《欢乐时光》,主角都是搞怪但充满爱的一家人,无论发生什么总会团结在一起,在除开广告的 30 分钟内解决他们遇到的难题。

这种不无乐趣的流浪生活,在树林中的那栋小房子里画上了句号。

我们拖着纸袋和枕套,一路抱怨着磨蹭到后门。小心翼翼地跨过门槛,我们发现这座寒碜的房子从里面看更丑了,而且寒冷刺骨。

黯淡的石膏板墙上千疮百孔,像有人挥舞着一把大锤朝它乱锤了一通。地板嘎吱作响,有些地方因积水而松动,啤

第一章 逃离

酒瓶、烟头之类的垃圾扔得到处都是，不一会儿，妈妈还在一堆报纸下面踢到了已经粉碎的三明治袋子。

厨房是后来才设置的——有电器插孔，但没有电器，连冰箱都没有。至于洗手间，简直是一个蓝色噩梦——蓝色的洗手台，蓝色的马桶，填了黑缝的蓝色瓷砖墙，还有一个蓝色的浴缸，结了一圈恶心的污垢。尽管这里从未有人正式居住，但这个洗手间肯定被使用过。霉菌沿着踢脚线爬行，蜘蛛悬挂在每一个角落，一种可怕的酸臭味袭来，我的胃里一阵翻腾。

一向坚忍的凯茜突然哭喊起来。"我想回家！"

妈妈的身子萎了下去，好像她刚刚才意识到自己正背负着整个世界的重量。可她很快又鼓动起内在的勇气——那种发自内心的神秘力量——再次站得笔直，脸上挂着坚定的微笑。

"来吧，孩子们！花点儿力气打扫一下，再来点儿清洁剂，用不了多久，这里就会变得又美好又舒适。你们去后面看了没？那里全是果树。我们会有做不完的水果派！此外还有好几英亩[i]的树林呢。"

她推开一扇门，指了指里面的一个方形小房间。"这是卧室。劳丽、凯茜，等有了床，你们俩可以合住，我和斯蒂芬也可以不时来你们这儿蹭住一下。"她眼含鼓励看着我们，

---

[i] 1英亩约合4046.86平方米。

流浪到此为止

"想想看吧,每天晚上都像在开睡衣派对!"

听到这里,我振作起来,但凯茜的眼泪变成了愤怒的抽泣。在家里,她拥有最漂亮的房间:墙壁漆成芭蕾舞鞋一样的柔粉色,搭配着鼠尾草绿,公主床上撑起帷幔,铺着镶了网眼蕾丝的薄纱床罩。那个房间,不跟妈妈请示我都不敢进去。现在竟然要跟她邋遢的小妹妹共用一个房间,这安排她怎么会喜欢。

"不公平,"她大声抗议,好像嫌我身上有虱子似的,"为什么我必须和劳丽一起住?"

一开始,我愣了一下。然后马上生起气来。如果凯茜不想和我分享,那我也不想和她分享。"不公平!"我说,"我不要和凯茜一起住!"

这下,斯蒂芬像是接收到了信号。他站在屋子中央,像只小猎狗一样吠叫起来。"我要回家。我想见爸爸。"

就这样。妈妈也崩溃了。她扔下行李箱,朝一个空铁罐狠踢过去,它猛地撞到了墙上。"好啊!"她喊道,"哭吧,都尽情哭吧!哭一条该死的河出来[i]!哭得越多,尿得越少!"

这场爆发带来了意想不到的效果,斯蒂芬的嘴啪地闭上了,凯茜也停止了哭泣。我呢,早已惊得目瞪口呆——我的淑女妈妈竟然会说出这番话来。我抹着眼泪,心想这话听起

---

[i] cry me a goddamned river,此处使用了俚语 cry me a river 的变体,本意为泪流成河,常用来讽刺凡事爱抱怨的人。

来很有些滑稽。

哭得越多，尿得越少。

顿时，我的号哭变成了窃笑，他们三个也一模一样。无论如何，那一刻拯救了我们所有人。

妈妈飞快地用手擦了擦眼角，抱起斯蒂芬轻轻拍着，直到他不再啜泣打嗝。然后，她越过他的肩膀俯视着我和凯茜。

"听着，姑娘们，我很抱歉，但这里就是我们现在要住的地方——"我们又开始大声抗议，但她比了个停止的手势。"打住，一句也别抱怨了！我要你们好好应对，也帮弟弟一起应对。来吧，让我们把车里的东西都搬进来。"

她疲惫地环顾四周，摇了摇头，露出一副"我这是骗谁呢"的表情。

"我们会把这儿变成一个家的，"她嘴上说，"美好而舒适的家。"

到晚餐之前，我们已经清理出来许多垃圾。妈妈先全部检查了一遍，我猜是为了拣出碎玻璃或是娱乐用品，比如安全套、卷烟纸之类的。然后，她帮我们把那些破烂通通铲进垃圾袋，剩下来的扫到一块儿堆在客厅的角落里。进展相当不错，妈妈同我们挨个击掌。

接下来面对的是绕不开的难题：我们一个个都要上洗手间。结果，妈妈宣布我们只能到外面的树林里去。

"就像露营时一样！"她举起一卷卫生纸，语调很明快。

斯蒂芬似乎不怎么介意。但我和凯茜都很震惊，坚决不肯出去，直到实在憋不住了才往外跑。在12月寒冷的户外，我们蹲在低矮的松树后面，像水宝宝广告牌上的小女孩一样露出屁股，急匆匆地小解完，一把提起裤子，争先恐后往屋里跑。

我们后来才意识到，不只洗手间没办法用——因为没有自来水，暖气和灯也通通用不了——因为没有电。每个人都冻得瑟瑟发抖，呼吸在空中凝结成一团团雾气。妈妈把车里的垫毯拖进来，往客厅中间的地上一铺——因为没有家具——我们盘起腿围坐在上头。

"就像露营时一样！"妈妈说。

我闷闷不乐地看了看凯茜。哪儿哪儿都不舒适，连必不可少的烤棉花糖也没得吃，这也能算露营？

但是黄昏很快让位于黑暗。经历过这样乱糟糟的一天，所有人都筋疲力尽。还不到七点钟，我们就各自蜷缩成一团，紧紧挨在一起互相取暖，然后沉沉睡去。

不知过了几个小时，我又醒过来。四下漆黑一片，连自己的手都看不到。过了好一会儿，我才记起自己不在家里的床上，也不在汽车旅馆，而是睡在树林中这间丑陋的"半个屋子"的地板上。翻过身来，姐姐和弟弟已经睡熟了，呼吸均匀而深沉，我几乎辨认不出他们窝在毯子下面的轮廓。

然后我看见了妈妈。透过一扇没有玻璃的窗户，一方月光斜照在她身上。她在毯子中间笔直地坐着，双手抱在头上，前前后后，来来回回摇晃着。

"妈咪……"

听到我的声音，她的肩膀绷紧了。她带着鼻音，用有些粗暴的腔调低语道："我没事，劳丽。继续睡吧。"

我不肯，小心地拖着我的铺盖和洋娃娃，从地板上挪过去，在她旁边重新蜷起身体。"怎么了，妈咪？"我问道，装作什么都不知道的样子。

透过薄绿色的月光，我能看到她仰起的侧脸。她做了个怪相，不知是在笑还是在哭。

"哦，劳丽，"她说，"我只是讨厌露营。"

农场花絮·动物逸事
约吉和库珀

那两头新生的新泽西小牛犊，我给他们取名为约吉和布布。在良好饮食和悉心照料下，他们从干瘦如柴的皮包骨长成了魁梧的大块头，体重约达1200磅。一位同样也有农场的兽医朋友收养了布布。约吉则继续生活在快乐农场。

一岁大的时候，约吉就对这块地方很熟悉了。每逢开放日，就数他最开心，懒洋洋地往地上一躺，任孩子们在他身上爬来爬去。直到有一次,一个孩子的牛仔裤背带意外挂到了他正在萌芽的牛角上,他毫无觉察地站起来时,那男孩的身体也被提着离开了地面。

那次没有人受伤——真实情况是,男孩的妈妈还拿出手机给儿子拍了张照片,当他在半空中摇摆时,两人都哈哈大笑。但出于显而易见的原因,我不能冒险让这种情况再次发生。牛角可不是摆设,它们为了防御而长出,因此有潜在的危险性。

在约吉还是一头牛犊时,我决定不切除他的角,因为觉得这个"去角芽"的手术很残忍。我也清楚,等他长大了,为安全起见牛角仍然可能要被切除。那就是个大手术了,过程十分痛苦,因为牛角里不仅包裹着血管和神经末梢,还生长着软骨组织和骨骼。我可不想让我的"大儿子"经受那样可怕的折磨。所以我决定,到了开放日,就把约吉安顿在一片开阔的草地上,再围上一圈栅栏。这样,他仍然可以参与进来,享受和访客的愉快互动,同时也能保持安全距离。

唉,没想到在栅栏后面,他的尖角却差点给一只羊驼带来了毁灭性的灾难。羊驼名叫库珀,是和他的兄弟奎尼一同被送到快乐农场来的。不知为何,他俩的尾巴上都生了一个扭结,正是这个微不足道的基因缺陷让饲养者放弃了他们。奎尼初到时已经很虚弱,没过多久就去世了。之后,约吉和库珀成了最好的朋友。

有一件御寒的"羊毛大衣"裹住全身,库珀看上去几乎

第一章 逃离

和约吉一样高大。但是一到夏天剪过毛,就能看出他其实有多苗条了——他俩站在一块儿,乍一看就像是劳莱和哈台[i]。夏天到了,一天,库珀刚剪了毛,和约吉一起在牧场的栅栏旁接受访客的款待。他们玩闹着争抢一根胡萝卜时,约吉把他的大脑袋转向了库珀,他不知道心爱的伙伴这时已经没有羊毛外套来吸纳冲击力了。意外就这样发生,库珀的腹部被约吉的一只尖角刺中,受了伤。

一名志愿者目睹悲剧发生,连忙发出求救信号。另一名志愿者,同时也是一名紧急救护技术员,以最快的速度向牧场冲刺,第三名受过急救医疗培训的志愿者也很快加入进来。我赶到的时候,库珀正静静地站着,身体被划开了一道口子。他的肠子已经散落一地,而他,从头到尾都没有哼一声。这个"病人"真是好样的。

伤势相当严重。急救人员冷静地做了评估,然后要了一桶清水,把内脏冲洗干净,小心翼翼地塞回原位。最后,为了不让肠子掉出来,又用无菌垫和医用胶带绑住了腹部。志愿者们围在库珀旁边,抱着他的头安慰他。

与此同时,我给新博尔顿中心,也就是往北大约90分钟车程的宾夕法尼亚大学兽医学院(你猜得没错,我也给他们设置了一键拨号!)打好了电话。然后,在另外好几个志愿者的帮助下,将库珀妥善安置在农场卡车巨大的后座上,

---

[i] 美国的两位知名喜剧演员,1920年代起长期搭档演出黑白无声电影,劳莱瘦,哈台胖,形成鲜明对比。

我们火速出发。90分钟的路程实际只花了65分钟，感觉却像是9个小时。抵达医院时，一组医生已经准备好马上给他做手术。

我不清楚约吉是否意识到了他闹着玩的一戳伤到了库珀，但朋友不在身边，他伤心欲绝。第一个晚上，我听到他像婴儿一样号啕大哭。接下来整整一周，他沮丧地躺在地上，耷拉着脑袋，我们叫他的名字时没有任何回应。他拒绝了所有他喜欢的食物，包括胡萝卜。毫无疑问，他想念他的伙伴。

万幸的是，他那一戳避开了羊驼所有重要的器官。库珀活了下来，一周过后就华丽回归。他几乎跟以前一样健康，缝过线的伤口愈合得相当好。他踏进农场后做的第一件事，就是飞奔到牧场栅栏前去见约吉，好像迫不及待要对他说一句："嘿，伙计，别难过。"约吉立马就活跃了起来。

不过，教训摆在眼前，在给约吉装上某种保护装置，好防止牛角再伤害库珀以及其他动物或人之前，我们还不能让这对最好的朋友重聚。一开始，我们试着把网球粘在角上——这样他看起来像是刚从外太空传送过来的一样。但约吉轻而易举就把它们蹭掉了。之后我们还尝试过游泳用的泡沫浮条，同样不奏效。

后来，农场的一位朋友送了我们一对透明的牛角保护套，是硅胶材质的，末端呈球状，看上去就像一对成人玩具。志愿者看到银光闪闪的护具戴在约吉头上，都会发出一阵哄笑。可怜的约吉一定觉得很尴尬，尤其是当他知道有 5 万多网友在观看脸书（Facebook）直播时。总之，尽管护具装得安稳妥当，甚至还用亮粉色的强力胶带加固过，最终还是被约吉弄掉了。

我们还在继续寻找解决的方法。在找到之前，至少在库珀的冬衣还没长回来时，两个好朋友将不得不继续忍受立在他们中间的栅栏。

像这样古里古怪又永恒常新的友情，快乐农场里还有许许多多。

第二章

我们就是琼斯一家

我的父母来自特拉华河岸上的里士满港,那是费城历史悠久的工人阶级聚居区,居民大多是波兰裔,因此又被叫作"小波兰"。社区里的蓝领劳工们性格坚忍,骨子里骄傲排外。他们外表看上去粗野、不修边幅,实则勤劳善良。

当时,费城号称"世界工厂",高薪工作比比皆是。不管是去海军造船厂、杰克·弗罗斯特制糖厂,还是到当地的地毯厂或纺织厂,人们都不用发愁找不到活儿干。要是在海湾石油公司或南费城的大西洋里奇菲尔德石油公司找到了工作,几乎就等于有了铁饭碗,这些人一干就是几十年甚至一辈子,还要想办法让孩子也到厂里去上班。

下了班,大人们会坐在门前的走廊上,就着从老字号"切尔文"买来的波兰熏肠,喝上一瓶奥特利布或百龄坛啤酒;孩子们则在人行道上来回跑啊闹啊,尽情嬉戏,踢球、跳房子,玩穿越火线和拍手游戏。

第二章 我们就是琼斯一家

直到今天，里士满港区仍然有不少家庭世代居住在同一条街上相同样式的三层联排窄楼里，他们称这样的房子为"三位一体"——即"圣父、圣子和圣灵"。

我的父母就是在这里长大的。这个地方通过它的文化、它的传统，还有可能最重要的——信仰——塑造了他们的价值观，决定了他们的人生走向。除了波兰人的后代，里士满还居住着爱尔兰后裔、意大利后裔和德国后裔，同一个民族的人通常聚居在同一片街区。这里就像一个民族大熔炉，而且大家有一个共同点：都是天主教徒。

妈妈的名字——安妮·麦纽提总让我联想起一首爱尔兰诗歌（也可能是一首饮酒歌）。少女时代的她皮肤白皙，有着一头金棕色卷发，脸上生着密密的雀斑。她就读于一所天主教女子高中，学校叫作"小小花朵"，是为纪念"耶稣的小花"圣女小德兰而命名。她一度想加入在那里教书的修女会，成为加尔默罗会士。

那时，在天主教家庭中，能有至少一个孩子进修道院或从事神职，仍然被视为一种荣耀。妈妈的双亲——我的外婆，经营糖果店的艾达·麦纽提，还有外公埃德，被他的选民戏称为"哈皮"或"哈普"的市议员——一定会很骄傲地看着安妮接过面纱。直到现在，我每次看到她十几岁时的那张照片，仍会惊讶不已：照片上，她一身米色见习修女长袍，双手紧握在胸前祈祷的样子，看起来活像即将升入天堂的圣母马利亚。

"我差点儿成了修女，"多年后妈妈开玩笑说，"不料却遇到了魔鬼。"

帅气的魔鬼，就是街区另一头的理查德·扎列斯基。

接下来是一个老掉牙的故事，情节俗到不能再老套。安妮·麦纽提和理查德·扎列斯基开始了爱情的冒险，如同被一个敞着大口的深井绊住：走错一步，就会跌入漫长而黑暗的深渊。

激情冲击着年轻的心灵，他们眼花缭乱地规划未来，却并没有花心思去了解对方。就这样，妈妈抛弃修道院，搭上了爸爸的马车。

毋庸置疑，他的马车像火箭一样迅猛。理查德·扎列斯基是个优等生，他不仅在数学方面聪慧过人，商业嗅觉也相当敏锐。他从东北天主教高中（男子学校）升入拉萨尔学院，毕业后又到辛辛那提的泽维尔大学继续深造，获得了工商管理学硕士和经济学硕士双学位，还拿到了教师资格证。

妈妈一直很会写信，爸爸在俄亥俄州时，她成了他忠实的通信者。在一封留存自1965年的信中，她写道："亲爱的里奇，我是多么渴望见到你啊，简直度日如年……我的爱，每一天都会比昨天多几分，比明天少几分。永远永远爱你，你未来的妻子，安妮（理查德·扎列斯基的太太，吻你抱你）。"

第二章 我们就是琼斯一家

在信封的背面，她用漂亮的天主教草书写上"SWAK"[i]和波兰文的"我保证永远爱你"。

当这对年轻人承诺用一生一世去爱，去尊重，去顺从（也许是我母亲单方面的）时，他们一个18岁，一个也才20岁。我相信，如果是在20世纪50年代，他们很可以成为一对完美的夫妻——只是那时已经到了60年代，所有旧的社会习俗全被一脚踢开，叛逆的气息在空气中弥漫，性解放和自由恋爱的风气盛行，非传统的婚礼已经成为时尚。

不过，安妮和里奇还是遵照上帝的神圣旨意，依着里士满港的习俗举办了婚礼。结婚照上，他们看起来跟嵌在蛋糕上的新娘和新郎人偶别无二致。只除了一点：妈妈钟形的白色缎子礼服很好地掩盖了身孕。

几个月后，凯茜出生了。第二年，我跟着准时来到。他们继续努力，终于生了一个男孩——比我小18个月的斯蒂芬。对爸爸妈妈而言，直到那时，一张美满的柯达彩色照片才算完成。之后，他们从费城搬到了新泽西州南部，格洛斯特县治下的特纳斯维尔地区，因为那里的学校很出色，而且众所周知，郊区生活更利于孩子成长。在早期的家庭照片中，我们看上去挺像那张描绘幸福家庭生活的写真明信片——来自快乐谷的问候。

事实上，这一度就是现实。那时，我们是么幸运，那

---

[i] sealed with a kiss 的缩写，意为以吻封缄。

么快乐。廷贝尔高地山庄的扎列斯基一家，生活在特纳斯维尔最理想的地区，住在最体面的街区中最漂亮的大房子里。

扎列斯基一家甚至都不需要和琼斯家[i]攀比。我们就是人人向往的琼斯一家。

镇上几乎所有人都认识我们，父亲尤其出名，他那时在康登郡学院教书，已经是一名炙手可热的经济学教授，还在股票市场大赚了一笔。他未满30岁，我们已经有了三栋房子：除了我们在特纳斯维尔的家，还有波科诺山的一栋度假屋，和泽西海岸的一栋大别墅。对爸爸而言，炒股就像玩扑克一样简单。他常常能拿到王牌。

妈妈呢？她是幸福的家庭主妇，穿着迷你裙和七分裤，梳着精致漂亮的发型，化着完美无瑕的妆容，优雅而不乏时尚。你永远也不会看见她穿T恤、运动衫，或是头发上缠着卷发器的样子。她天一亮就起床，比所有人都早，所以到吃早餐时，她看上去就像刚从洗发水广告里走出来一样。对她来说，人生的使命就是让我爸爸高兴，成为他想要的那种妻子：家庭主妇，左膀右臂；还有，总是面带微笑，体贴顺从，宛如橱窗里的模特。

毫无疑问，他也是她想要的那种丈夫。那个年代的女人应该都喜欢他那种类型：很会赚钱养家，聪明又成功，在

---

i　the Joneses，在美国文化中代指富裕人家。

社区里也备受尊重。在学校里，爸爸还担任董事会主席、垒球队教练。各种各样的委员会他都热心加入。他上街时，人群甚至会给他让路，这时他就挥挥手，像在阅兵一样。与这样一位杰出先生并肩而行，总会激发我的自豪感。

但在我们自己的圈子里，他反倒不太受欢迎。他是个爱发牢骚的邻居，会对在自己家车道附近玩耍的小孩子发脾气，会因为有狗狂吠或有人在街上丢球抱怨不休。跟人起了争执，他从不退缩，也从不怀疑自己就是对的那一个。邻居们对他敬而远之，但仍然尊重他，听从他的意见。因为他是成功人士。

爸爸一辈子只开凯迪拉克。每周六他都要花上好几个小时，亲自清洗、打蜡、抛光，再用护理剂把车子的真皮内饰擦拭一遍。大约每过一年，他的凯迪拉克都会换成一辆更新更长的，但它们总是长着鲨鱼一样的尾鳍，炫耀着最高调的颜色：迪通拿黄、剑桥红、拜占庭金……

他往方向盘后面一坐，精神抖擞，派头十足。一双蓝眼睛蓝到不能再蓝——是长春花的蓝，藏着蜡笔着色的深邃感；一头金色秀发喷了柠檬汁和亮发喷雾来提亮，这种美发剂承诺"一周内终结夏日损伤，让发色均匀闪亮"。他很想把前面的头发做成肯尼迪式的外翻造型，但即便涂光所有的发蜡也无济于事。

爸爸的衣服塞满了一个又一个衣橱，可能比妈妈的还多，而且都是最新最时髦的款式。他在后院里锻炼，或举重或做俯卧撑，或是赤膊骑在他的电动割草机上，丝毫不介意人们是否会看到他晒成棕褐色的胸膛。

在他看来，自己唯一的缺点在于侧脸——鼻子太突出了。这一直是个困扰，几年后他去把它修了修，顺带还做了双眼皮。但是，这些不完美并不会让他太过烦恼，因为他总是很有魅力。

尤其是在女士们面前。

爸爸一直喜欢金发女郎。简·曼斯费尔德、乔伊·希瑟顿、塔斯黛·韦尔德，所有五六十年代的性感尤物都让他痴迷不已。因此，当安妮·麦纽提开始同他约会时，她的头发就从深深的棕变成了浅浅的金，那种甜美无比的白金色，在结婚后也一直保持着。

在她盥洗室的梳妆台旁，假发摆了满满一架子，各式各样的套头假发、发片和发卡式的法式或希腊式卷发，全都是模仿好莱坞的伊娃·嘉宝和弗雷德里克造型的流行式样。其中有些是用真头发做的，其他的则使用了"免去后顾之忧的代尼尔"——跟修补船甲板用的材料一样。

这些假发使我着迷，但我不愿看到它们栖息在一排没有五官的塑料头上。那些空洞的脸叫我不安，我想把它们的容貌画出来，让所有的假发都面带笑容，像我的芭比娃娃头一样。

到了20世纪70年代初，随着女权运动的兴起，妈妈的

第二章 我们就是琼斯一家

许多朋友和同龄人都开始进入职场,当起了教师、护士、秘书,或是图书管理员。而妈妈呢,她仍旧像歌中唱的"亲爱的老派女孩"一样,心满意足地在家里待着,因为她的丈夫希望她这样。

但即便如此,她肯定也对强加在她身上的种种限制感到恼火吧。爸爸不准她开车,所以有事要出门时她只能骑自行车,把小斯蒂芬搁在车把前面的篮子里,我和凯茜则并排坐到用螺栓固定在车后的双座托架上。另外,她不得不用现金采购食品杂货,因为爸爸不让她用信用卡,而是坚持每周六把现金装在银行信封里交给她。

难以想象,一个人在这样的独裁统治下能感到快乐,但在妈妈看来,这些规矩恰恰是丈夫对她的爱和奉献的证明。她对一些事情有自己的理解,相信丈夫身为一家之主和养家糊口的人,唯一的想法自然是让她舒适、快乐,并且受到保护——就像鹅妈妈童谣里那位杰克·斯普拉特的妻子一样,安全地待在她自己的南瓜壳里。

见鬼,即使已经到了 70 年代,这样的想法也再寻常不过。直到 1974 年,美国妇女才有权以自己的名义持有信用卡。

在家里,大部分的烹饪和打扫工作由管家承担。我们这些孩子则由保姆照料。那是一位颇有耐心、待人亲热的黑人妇女,名叫妮蒂。此外还有一位园艺师,每周来给草坪做一次保养，使它始终保持美乐棵[i]广告展示的那种绿色，看上去跟高尔夫球场或康尼·麦克体育场的人工草皮没什么两样。

妈妈没有多少家务事要做，但并不是说她不忙。她对公益很热心：参加烘焙义卖、教会组织的白象义卖[ii]，为肌营养不良协会和出生缺陷基金会募捐，等等。她还同我们教区的"智力障碍儿童"一起工作，并因此受到过表彰。

当然，必须特别提一句，凡是帮助动物的组织或慈善机构，她都愿意慷慨捐助。如果爸爸同意的话，妈妈早就有一打动物了。我们大伙儿最爱的周六旅行之一，就是去华盛顿镇的杜菲尔德动物农场参观，摸摸绵羊和山羊，和它们一起玩。但爸爸允许我们养的宠物，只有一只漂亮的黑猫，名叫"幽灵"。

另外，妈妈也有她的个人爱好。她是一个天生的陶艺家，家里墙壁上装饰的盘子、窗台上摆设的雕像全都是她的杰作。我尤其记得那一对男孩和狗的彩雕。主人公刻画得不仅漂亮、神采飞扬，身上的色彩也十分灵动，假如男孩忽然转过头来，或者狗摇起了尾巴，恐怕都不会令人感到吃惊。妈妈无疑极具艺术天分。如果换一种活法，她很可能成为一个画家或雕塑家。在记忆中，我真正的童年宝藏是一个会发光的陶瓷雪人，妈妈亲手做的。它那磨砂的碎玻璃饰面，像刚刚飘落下来的雪花一样亮晶晶的，闪着银光。我们三个孩

---

[i] 美国最大的家庭园艺保养品制造商。
[ii] 出售教众捐赠的闲置装饰物、古玩、摆件等精巧物件的二手慈善市集。

子一人有一个，每年圣诞节，妈妈都会把它们拿出来，一一放在我们的床头柜上。我喜欢在半夜醒来时看到我的雪人，看它在黑暗中闪闪发光。

妈妈擅长做针线活，她用一台笨重的、带老式脚踏板的缝纫机做了很多衣服，有我们的，也有她自己的。我记得其中有一个套装是她衣柜里最引人注目的：一件钩编的天青色吊带衫和配套的热裤，她会搭配磨砂质感的连裤袜，再穿一双漆皮高跟鞋或及膝长的白色摇摆靴——凸显出她完美的双腿。

妈妈对奢侈品不怎么感冒，但收到爸爸送的一件水貂皮披肩时，她还是非常激动。那会儿她对饲养水貂的情形还一无所知，只单纯而急切地盼望着寒冷天气的到来，以便能披上披肩出门，不让人家觉得她是在显摆。

还有最棒的一点，妈妈很有音乐细胞。听她在起居室里一边弹奏三角钢琴，一边演唱百老汇歌曲，是我钟爱的保留节目。

那些年，爸爸妈妈一直备受尊敬，他们举行聚会的消息甚至会登上当地报纸的社交版曲："本周六，理查德·扎列斯基教授夫妇大宴宾客……"，接着将出席的一众人物罗列在后。

妈妈堪称最盛情的女主人。知道有客人要来，她一定会备上全部拿手菜式——咖喱蟹肉饼、火腿烤通心粉、香焖猪排……到了上甜点的时候，紫色的葡萄和红色的马拉斯奇诺樱桃漂浮在果冻团中，从荧光橙色的模具里颤动着跳到盘子上，光是看着就觉得享受。后来，她把所有食谱都贡献给了康登郡学院妇女教职工协会编写的烹饪书《思考的食粮》。

聚会的晚上，她会穿上自己最中意的作品——一件低胸的红色天鹅绒礼服，领口恰到好处地镶着一排小米珠，下身搭配一条开衩裙。这一身跟我们的红色粗毛地毯恰好搭配。那些夜晚，小孩子都会被早早赶上床，但我总是又溜出来，蹲在楼梯尽头，偷听楼下窸窣的谈话声、鸡尾酒杯的叮当声，还有妈妈弹奏的乐声。她弹奏的大多是音乐剧里的旋律，有《天上人间》《亚瑟王庭》《国王与我》，还有她最爱的《飞燕金枪》[i]。

她在钢琴前面端坐，用甜美沙哑的嗓音唱起其中的一首情歌：

"他们说坠入爱河无比美妙……"

我知道，她必定一边吟唱一边深情地看着爸爸。那情景曾让我感到无比温暖与安全，就像被一张舒适的毯子包裹着。

接着，为了达到喜剧效果，她会马上唱起这一首："枪

---

[i] 著名百老汇音乐剧《飞燕金枪》（"Annie Get Your Gun"），讲述了西部女英雄安妮靠弹无虚发的高超枪法摆平了事业和爱情危机的传奇经历。1946年首演后一炮而红，其中的8首热门单曲广为传唱。

第二章 我们就是琼斯一家

法再好,小心把男人吓跑。"同样是《飞燕金枪》里的单曲。

不出所料,客人们全都大笑起来,愉快的声浪顺着台阶向上翻滚,那样的夜晚仿佛有一种魔力。到了最后,我不得不爬上床去睡觉了,但还是要把门开着,这样就能听着快乐的声音和喁喁细语沉入梦乡。那是我最喜欢的摇篮曲。

每一年,我们都会拍几次全家福,地点总是在当地购物中心的奥兰·米尔斯照相馆。那里有红叶翻飞的秋,棕榈舞动的夏,松涧积雪的冬。在这些人造背景下,我们一家人看起来完美无缺:自豪的父母和笑容满面的孩子,身穿笔挺的节日盛装,对着镜头一起快乐地喊出"茄子"。

在一张照片里,我和凯茜穿着姐妹装,都是红白格纹套头衫搭配白色紧身裤,一人一双漆皮玛丽珍鞋(真的,它们确实在反光),模样实在滑稽。

这些都是美好岁月的记录,也是我记忆中曾经的家的模样:一幅如意美满的照片。

但是如今,对着同样的照片,我发现自己总想从中找出破绽。妈妈的笑容看起来是不是有点儿勉强?爸爸是不是快乐得有些得意忘形了?这张斯蒂芬为什么没有笑?而我为什么笑得这么厉害?

关起门来,幸福家庭开始出现裂痕。

人们开始在背后谈论爸爸,有传言说看见他跟某个女孩在一起，后来又换了另一个女孩，一个又一个——通常都是他的学生。在很长一段时间里，妈妈并不相信这些流言，也可能是拒绝相信。

"劳丽，"多年以后，当我长大到可以去理解这些事情时，她还坚持说，"我们那时真的很幸福。这一点我不会弄错的。我觉得那些人就是嫉妒。"

后来，一封信寄到了家里——是打印的，隐去了姓名，对方自称是一个女大学生的妈妈。"扎列斯基夫人，我们都是做母亲的，我觉得有必要告诉你，你的丈夫……"

爸爸极力否认，指天指地、发誓赌咒。妈妈很想相信他——她需要去相信，也愿意尽己所能、全心全意地相信他。但是这封信让她睁开了眼睛，一下子所有的线索都明明白白，比如爸爸每周都有委员会会议要开，有各种各样的课后活动要参加，无一例外总要拖到很晚才回家，而且从来不需要她陪同。视而不见是不可能的。

妈妈成了一名调查员，但她不是为了当场抓住丈夫，而是怀着驳斥诽谤者的希望。一天晚上，她穿上风衣，戴上黑色假发，打扮得像电影《糊涂侦探》里的 99 号特工一样，尾随爸爸去了邻镇的一家酒吧。在那儿，他坐在人造革包厢里，正同他的一个年轻女友耳鬓厮磨，那个 19 岁上下的金发女孩，被他一个又一个自以为是的笑话逗得咯咯笑。妈妈就坐在他们正对面，但他没有认出她。

第二章 我们就是琼斯一家

哪怕已经被抓了现行，爸爸还想努力说服她，说事情不是看上去那样。

"我看见你了，里奇，"妈妈痛哭流涕，"我都看见了。"

摊牌之后，爸爸大胆地提议尝试"开放式婚姻"，就像当时的一部流行电影《两对鸳鸯》中那样。那个时代已经有不少随心所欲的伴侣，也许在父亲结交的圈子里更是不稀奇，在他们眼里，婚姻中的忠诚已经老套得可笑。爸爸辩解说，拥有许多性伴侣不是更加现实，也更博爱吗？在他看来，这是一笔人人都有好处的交易：男人不需要再藏着掖着，女人也可以更积极主动，各取所需。

妈妈的心碎了，她从来没有爱过别的男人，只盼着能用一生一世去爱这一个。开放式婚姻？曾经的准修女可不会买账。

他们开始冷战，表面不露声色，但很快爆发了争吵，而且嗓门越来越大。直到一天晚上，妈妈又斗胆顶嘴时，爸爸第一次打了她。从此便几乎成了惯例。

有两次我们离家出走了，之后妈妈又带着我们回来。回到家里，我们连走路都会小心翼翼，特别害怕做错些什么，又激起下一次争吵，但这也点燃了爸爸的怒火。

"这个家到底怎么了？"他大发雷霆，"我回家来就不配看到点儿笑容，听一声招呼吗？"

气氛紧张到了极点。妈妈试着重新扮演快乐家庭主妇的角色，但那纯粹是演戏。空气中紧绷的窒息感，连我们的宠物猫"幽灵"都能嗅得出来。他不再到窗台上他最爱的景观位上去，而是整天在沙发下面躲着，一双眼睛在暗处发着绿光，一眨不眨地向外窥探。

末日来临时总是如疾风骤雨般一发不可收拾。

那是一个风云变色的暗淡日子——天气当真也是这样——正好在感恩节和圣诞节之间。那棵铝制的银色小圣诞树已经从地下室里拖了出来，伞盖一样撑开，挂了些装饰。壁炉周围摆上了圣诞卡，每张桌上也分别支着几张，我们的圣诞袜排成一列从壁炉架上垂下。

妈妈开始了她一年一度的烤饼干马拉松，姜饼和黄油曲奇温暖香甜的味道飘满了屋子，还有一种被称为"天使的翅膀"或"领结"的波兰传统油炸饼，用鸡蛋、奶油和面粉制成，上桌前还要撒上一层糖粉，再淋几勺蜂蜜。

她抽空去了趟地下室，从壁橱里取出我们的陶瓷雪人，每一年过完节她都会用报纸把它们包好收起来。

我不知道导火索是什么。那阵子爸爸总想找碴，妈妈也到了崩溃的边缘。只记得我正在卧室里玩时，争吵声从楼下传了上来。又来了。

我马上跳下床，跑到敞开的房门口，一边发抖一边拼命扭动身后的门把手。可怕的叫喊声、尖叫声接踵而来，像一个糟糕的二重奏，使每一分钟都变得跟一个小时一样漫长。然后我听到妈妈哭出声来，害怕的抽泣里还夹杂着痛苦的呼喊。爸爸打妈妈了。我跑到楼梯口，尖叫起来。

"不要啊！不要伤害妈妈！"姐姐也发出凄厉的哭喊。

扑通！传来一阵撞击声。尽管心里害怕，我和凯茜还是飞奔着跳下楼梯。我们看到了妈妈，她倚在沙发边，两条腿都在流血，脚边躺着她珍爱的陶瓷雪人——已经变成了无数碎片。起初到处都不见爸爸的影子，可转眼间，他已变成一头野兽咆哮着从地下室冲出来，一柄砍柴的斧头在手中挥舞着。

40多年过去了，那一刻的记忆始终难以抹去，如同发生在昨天一样历历在目：我看到斧头一上一下摇晃，看到它利刃上的寒光，看到爸爸斜着他长春花蓝色的眼睛，看到妈妈腿上的一道道血痕。这次挨打的结果，是数不清的、细小如血管破裂般的小伤疤布满了她的大腿小腿，它们将伴随她度过余生。

一股莫名的冲动攫住了我——不是头脑发昏要晕倒，或是喝了豌豆汤想吐的冲动，而是如同被招魂的女巫操控了的那种感觉。之前感受到的恐惧全都消失了，我把自己的身体变成盾牌，挡在妈妈身前，四肢踢腾挥打着，喉咙里呜咽着发出低吼。凯茜也跟着挤上来。现在他的怒火得先透过她的两个保护者——一个五岁、一个六岁的女孩，才能烧到妈妈身上。他后退了，妈妈大喊着叫我们回楼上去，远离危险。

不可思议的是，那天竟然没有邻居打电话叫警察，连上门过问一下的都没有。在我们这样安静的社区，那么可怕的动静他们肯定都听到了。

他们还在吵吵停停,叫声、哭喊声、摔东西砸东西的刺耳声音一直持续了好几个小时。下午晚些时候,楼下终于静了下来,我又一次站在卧室门口,像个小哨兵一样努力探听,希望战斗已经结束。什么动静都没有,我的呼吸一下变顺畅了。

然而这只是一次停火。战斗很快又开始了,情形更加糟糕。我冲进姐姐的房间,这时妈妈正好跑了上来,爸爸在后面步步紧逼,手里举着一把切肉刀。他把我们三个——妈妈、凯茜、我——堵在凯茜的房间里,瘫坐在门口的地板上,刀还在手里紧握。幸好斯蒂芬这时候正在他的房间里酣睡,什么都没看到。谢天谢地。

僵局似乎要永远持续下去。我和凯茜抱在一起,放声大哭。这时妈妈已经丧失了全部斗志,开始试着跟爸爸讲道理;她变得出奇地冷静,也有可能是竭尽全力在掩饰。

"把刀放下,里奇,"她说,口气就像请他帮忙递个黄油碟一样轻松,"你让姑娘们不高兴了。"

接着到了对我来说最糟糕的时刻,我不得不去趟洗手间。盥洗室就在走廊尽头,但爸爸像散兵坑里的战士一样趴在地上,刀刃在他手上闪着寒光,我心里发怵,不敢从他身边走过。

我还清楚地记得,在那样疯狂的时候,妈妈竟然用一种

第二章　我们就是琼斯一家

绝对理所应当的口吻说："去吧，劳丽。爸爸不会伤害你的。他气的不是你。是我。"

然后她转过头去，用同样平淡得出奇的语气对爸爸说："里奇，劳丽要去洗手间。你能不能告诉她她不会有事？"

他没有回答，只是用那双炽热的蓝眼睛盯着我们。我哭着一寸一寸往门口挪，但最终还是没能从那儿走出去。我尿到了身上，弄脏了睡衣，羞耻感瞬间淹没了我，比暴力更加让人不安。

我们曾两次离家出走，两次又都回来了。常听人们说，第三次幸运女神就会光顾[i]。

第二天，我们逃之夭夭。

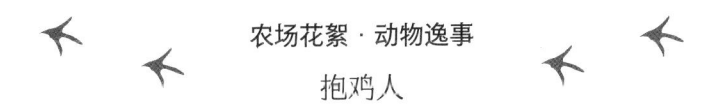

农场花絮·动物逸事
抱鸡人

快乐农场里发生过不少感人的救助故事，其中有位主人公完全是位陌生人，直到今天还是一个谜。

我们都叫他"抱鸡人"。他隔一阵子就会来农场一次，老是那副胡子拉碴、衣衫褴褛的样子，胳膊下总夹着一两只

---

i 英文中的俗语 The third time is the charm，表示做事情尝试到第三次就会有好运气，一定能成功。常用于勉励他人。

鸡。他不肯透露自己的姓名，也不说是从哪儿得到的鸡——通常是白来航鸡或考尼什杂交鸡。

无论是从哪个角度看，这些鸡都明显不健康：步态不佳，爪子生长过度，鸡冠松垮且发灰。我起初很不愿意接受他们，对抱鸡人也心怀警惕：他说话磕磕巴巴的，一个音节一个音节讲不连贯；他从来不直视我的眼睛，甚至连在我面前站着都浑身不自在。关于鸡的提问，他一律拒绝回答。他只想赶紧把他们交出来，掉头走人。

但他从来没有要求任何回报，而我也不可能拒绝那些可怜的鸡。他们不只紧张兮兮的，大把大把地掉毛，还有长寄生虫的迹象，看起来随时都可能倒下死去。我只好把他们隔离在单独的鸡笼中，因为健康的鸡有时会攻击生病或虚弱的伙伴（"啄食顺序"[i]一词在这里尤为适用）。此外，隔离病禽也能保护健康的鸡群，避免不明病菌的传染。

抱鸡人的拜访前后持续了一年多。后来看到他出现时，我都会热情地打招呼，也不再追问他细节。我想，我终于赢得了他的信任。一天，他坦承自己在一个家禽加工厂工作。每当有一只鸡从装配线上逃脱，这个不可貌相的"撒玛利亚人"[ii]就会抓住它，塞进外套里，再偷偷溜出去放到自己的

---

[i] pecking order，鸡群等级制度严格，啄食是有既定顺序的，如果一只社会地位低的鸡先啄了食，别的鸡就会去咬它，以示警告。常用来形容各种群体的优先权争夺现象。
[ii] 出自宗教记载，以乐善好施著称。在西方文化中，常被用来形容真正善良的好人。

卡车上。然后，一直等到下了班，再把鸡带到快乐农场来。他希望这些鸡在这儿可以自由自在，一直活下去。

听了他的故事，我差点掉下泪来。很显然，这是个可怜的打工人。出于行当的原因，他每天都要见证或参与杀戮。但心中仍然葆有爱和同情。

我伸出双臂想要拥抱他，他本能地退缩，躲得远远的。我想，他可能害怕我们会因他干这行而指责他。也可能，他担心自己的秘密会被发现，因为带走了鸡而面临偷窃的指控。

再后来，不知道为什么，他没再出现了。这些事情已经过去了很久，我再也没见过抱鸡人，但在记忆里，在内心深处，我早已把他当成了英雄：一个力所能及的行善者。这不就是我们对自己和世人所能要求的全部吗？

不管这个好人现在何处，我希望他一切安好，知道我还惦念着他，且满怀敬意。

第三章

那些杀不死你的，终将使你更强大

最初有一周，也可能是两周，我们的林中"陋居"都没有通电。正值隆冬，我们一个个穿得里三层外三层，徒劳地挤作一团互相取暖。之后克拉克先生偷工减料地牵了个电路，把数根延长线从高速公路边上的税务局一路接到我们家——至少有 1/4 英里长——作为找到合适线路之前的权宜之计。

就这样，有了光和热。

接下来，我们有了一台二手冰箱，一个小小的公寓用双火头炉子。跟着是一台洗衣机，工作的时候哐当作响，左摇右晃，几乎要在狭小的地下室泥地上走起路来，整个房子都跟着颤抖。再后来，水管也通了，用的是从院子里抽上来的井水。我们总算安顿下来。

有一天，妈妈的哥哥，我们亲爱的、不切实际的约翰舅舅，带过来一套立体声音响和一打音乐磁带，那时我们连一件家具都还没有。我们听着电视剧《拉文与雪莉》或《欢乐时光》的主打金曲（还有《罗伯特·顾雷特的奇妙世界》，我们没什么兴趣，但是妈妈喜欢），大人在厨房里说悄悄话。我听到舅舅怒气冲冲地提高了腔调，知道他正在谈论我爸爸："你说话啊，安妮。就等你开口，我就把他扔到河里去。"

约翰舅舅身高6英尺4英寸，体重超过260磅。这个看起来像无敌浩克一样的巨人，却是地球上最可爱的家伙。他轻而易举就能把我爸爸劈成两半，跟折断一块奇巧巧克力一样。

"算了吧，约翰，"妈妈啧啧反对，"不能用一个错误去纠正另一个。"

总而言之，这就是我的妈妈：她挂在嘴边的不是老生常谈、陈词滥调，就是贺卡上标志性的鸡汤名言：

"守得云开见月明。"

"结局好一切都好。"

"覆水难收，伤悲徒劳。"

"至暗总在黎明前。"

她警告我们不要本末倒置，更不要在一棵树上吊死。她告诫我们，忍耐是美德，而美德本身就是回报，还有，诚实才是上策……在她看来，所有这些谚语总结的都是亘古不变的真理。

不过，这一条肯定是她从自己痛苦的经历中学到的：

"不要把你幸福的钥匙放在别人的口袋里。"还有另一条她自己生造的"名言",那些年她一遍又一遍地讲给我们听。仔细想想,这句话确实没什么实际意义,但我不开心的时候,它总能让我振作起来,或许,这就是它全部的意义所在:

"哭得越多,尿得越少。"

妈妈从旧货店淘了一些家具:一个磨损的沙发、几把椅子,还有一套炊具和一箱子碗盘。因为离不开音乐,她还找到了一架废弃的钢琴,央求几个朋友把它拖到陋居来。我们的房子又朝着家的方向迈进了一大步。

不久后的一天,外公外婆开车从费城过来,拖来了一台笨重的电视机——装有兔子耳朵天线的米罗华黑白电视。

回想起来,那真是奇迹般的一天。我们给电视插上电源,它就嗡嗡响着苏醒了过来,我们全都围着看,就像在靠它的阴极射线辐射圈取暖一样。我们浏览着频道,寻找想看的节目。这时外公外婆在把一袋袋食品和杂货放进橱柜里。

我回头看了一眼,正好瞥见外公把一沓钞票往妈妈手里塞,我莫名觉得很尴尬。

"傲气也是一种罪过,"他粗声粗气地咕哝道,"拿着吧,安妮。"

我马上回头继续看电视,电视里所有的家庭都那么幸福,出了任何问题都能轻轻松松修复。我心想,有了《脱线家族》《鹂鸽家庭》《欢乐时光》的陪伴,生活或许就不那么难以忍受了。接近常态。

有些晚上,妈妈会让我们围在钢琴旁边,唱一些传统的合家欢歌曲。她很喜欢 20 世纪 40 年代的音乐剧《贫民窟之歌》中的一首小调。我仿佛还能听到她在歌唱松林中那间"摇摇欲坠的小屋",屋顶"异常倾斜,几乎跟地面相触"。对她来说,尽管这里仍有这样那样的缺陷,却不折不扣地是一个家了。

关于那段时间——父母最终关系破裂和家庭分崩离析——我的记忆混乱且残缺不全。我真真切切记得的,是对于这一切的感觉——千头万绪交织在一起:迷惘、背叛、割裂的忠诚,以及一种生活被凭空剥夺,又一头栽进另一种生活的创痛。

如果这一切都能发生——我们亲爱的父母会反目成仇,我们会被逐出自己的家园——那这世上还有什么值得信赖,又何来安全可言呢?如果许这样的厄运都会降临,那前面还有什么样的坏事在等着我们呢?

多年以来,我一直反反复复做一个梦,梦见自己被一个怪物追赶着穿过一幢黑暗的房子。我的心怦怦直跳,在迷宫般的走廊里左冲右突,不断撞上起伏不定的、看不见的高墙。我听到怪物一步快似一步地逼近身后,脖子感觉到它呼出的热气。

在梦里,怪物都长着一双蓝色的眼睛,生着像菜刀一样明亮锋利的手指。

梦境可怕万分，所幸最终我总能逃脱。我会向前一跃扑开一扇半开的门，逃离漆黑幽暗的迷宫，进入一个绚烂多彩的光明之地。那里，在一片空地上，会有一个热气球等着我，我会像《绿野仙踪》的多萝西一样，搭上它回到温暖的家。

在新房子里，妈妈始终保持着乐观，至少在我们面前总是这样。但有几次我撞见她在厨房的水槽边抹眼泪，有时从她吸鼻子的声音和浮肿的眼睛也不难猜到，她允许自己在洗手间里哭了一会儿。

后来，她告诉我，在最初的几个月里，她默默地崩溃过，为了让自己重新振作起来，甚至去看了心理医生。谁能为这个责怪她呢？就生活经历而言，妈妈也只是个女孩子，一个陷入困境，心怀恐惧，与快乐失之交臂的女孩，而且，脖子上还挂着三个"拖油瓶"，没有人可以求助。即便如此，她还是决定选择更艰难的活法，自立门户，而不是维持虚伪的婚姻。每当我们抱怨这抱怨那时，她总叫我们"忍着点儿"。在这方面，她的的确确树立了榜样。

农场花絮·动物逸事
三只小猪

每一年，快乐农场都会接待成千上万个孩子，我们并不会把动物过去的悲惨经历全都拿出来分享，因为担心这些可怕的细节会让年幼的来访者感到不安。我们只想让他们明白，生活在这里的每一只动物都已获救，他们在这儿找到了家，还有许许多多的兄弟姐妹，有了幸福的归宿。

幸福的兄弟姐妹中有三只小猪，名字分别叫：猪爸爸、博和卢克。

一位女士在附近的威廉斯敦寻找丢失的狗时发现了他们。当时她正穿过一片树林，眼前忽然出现了一个废弃的棚子，有爪子刮擦木头的声音从里面传出来，好像是什么动物在挠门。她赶紧停下来查看。原来是一窝小猪：有三只已经死了，另外三只勉强还在喘气，里头没有任何食物，连水都没有。

她立即拨通了新泽西州动物救助组织的电话，救助组织又打给了快乐农场。（这里必须给南泽西动物救助网络点个人人的赞，这些机构都非常出色，毫不犹豫地互相支持，竭尽全力完成共同的使命——让有需要的动物得到帮助。即使某一个机构帮不上忙，也会马上把情况传递出去，热线很快就响遍整个救助网络，直至找到能够施以援手的人。）

流浪到此为止

我放下手头的活计，即刻赶往威廉斯敦。眼前的一幕悲惨之极。幸存下来的动物——猪爸爸和两只公猪崽——因为太长时间没有进食，一定饿极了，不得不把已经死去的猪妈妈和两只小猪当作食物，才勉强存活下来。即便如此，他们依然骨瘦如柴。我赶紧把他们送回快乐农场，安置在一个专门搭建的猪舍里——里头已经备好了食物、清水、干净的秸秆和干草，又立刻给兽医打了电话。我祈盼着他们早早康复，但情形实在糟糕，大家满怀疑虑，担心他们活不了多久了。

对于挨过饿的动物，恢复进食要慢慢来，这点很重要。一天的食物得分几次喂，每次少量，直到他们的身体能够吸纳更多的营养。这些小猪一直战战兢兢的，哪怕在喂食的时候也不敢露头，总要等到他们的人类看护者走开了才出来。不难想象他们曾经遭受了怎样的对待。

我们理解他们的疑惧——毕竟，是人类把他们害成了这样——于是留出空间并不过多地打扰，耐心等待他们学着信任我们。

慢慢地，他们出来活动的次数越来越多，食量也大起来，一边吃一边还兴奋地哼哼。值得纪念的一天终于来到了，那天我一到猪舍，他们三个都飞快地往栅栏这儿跑，小短腿有力地踢踏，打旋的尾巴欢快地摇摆。他们不再害怕了。那一刻，我知道他们都会好起来的。

猪其实非常聪明，又爱干净。虽然喜欢在泥坑里玩耍，但睡觉的地方总是很整洁。他们比狗更机智，记性也好。对猪来说，玩泥巴不仅有趣，更是让缺少汗腺的身体保持凉爽的好办法。猪还是社交型动物，他们享受志愿者和访客的陪伴，喜欢同类，不时和朋友们窝在一起打盹。

我真希望我们也能救下那个可怜的猪妈妈和其他小猪。我真希望那个谋划让他们死去的人被揪出来，得到应有的惩罚。但说到底，知道猪爸爸、博和卢克将在快乐农场平静安稳地生活下去，也就足够了。在这里，孩子们可以欣赏他们本来的样子，不用去关注那些悲伤的过去。

第四章

伊甸园从天而降

人们常常问我：最初为什么想到要建立快乐农场。而我的回答总是一样：纯属意外。接下来我们就会看到，同样的意外也发生在了我母亲身上。

没过多久，我们就意识到一点，那些过去常到陋居来消磨时光的年轻人不会善罢甘休。这里曾是他们避风的港湾、私密的爱巢，如今就这样被"不速之客"侵占，往日的乐趣被剥夺殆尽。他们下决心夺回地盘，于是想尽办法搞破坏、偷东西，还企图恐吓我们。

他们一定暗中监视我们进进出出，所以总能趁我们不在家时破门而入。外公外婆好心送给我们的电视被拖走了，后来外公又送来一台，他们照样再偷了一次。接着，他们突袭了厨房，把杯子盘子统统打碎，又把家具也全部掀翻，一步步地，把我们花了许久才整理得稍微像样点儿的地方搅和得一团糟。后来，妈妈不得不加装了能够扣死的门闩，却没办

第四章　伊甸园从天而降

法阻止他们破窗而入。

妈妈一向骨头硬，但这一连串的意外让她也泄了气。我们的房子本就远离公路，人迹罕至，而且整个儿隐匿在树林中，没人看得见。要是那些流氓想伤害我们，完全可以从容动手，再若无其事地走掉，根本不会有人察觉。她总是心慌地盯着窗户，不安地猜想，在外面的某个地方，此刻有人也正透过窗户窥视她的家。房子前前后后被洗劫了六次，直到她灵光一闪，改变了我们整个生活。

"孩子们，"一天晚上，她把我们聚集在一起，提议说，"你们觉得我们养条狗怎么样？我知道你们一直想养的，再说也找不到更好的安全保障了。"

一条狗！我们自己的！

我们争着抢着答应，马上对养狗的快乐日子做了一番畅想，一个个高兴得又蹦又跳。

"很好，"妈妈边说边在脑子里盘算，"我碰巧知道一条合适的。"

因为没有子女抚养费和赡养费，妈妈只好出去打工，才能让我们有地方住、不挨饿。但她没什么工作经历，只能做些零工——没多少钱还很卑微，人多是体力劳动。她填充信封，每装一封给两美分。她在高速公路上的五金店摆放货架、清理地板。这位曾经富足悠闲的淑女现在还替人打扫房子，为几个月前可能在同一个教会委员会，或同一个桥牌桌上的主妇擦洗地板、清理厕所、洗衣叠衣——我不知道这是否会让她心生沮丧。

不过，她的主要工作是在当地的动物控制中心清理笼子。这个本土机构既不是动物收容所，也不属于防止动物虐待协会，但这里几乎什么动物都收，不论是受伤的野生动物，还是闯进人家阁楼或花园的"讨厌鬼"，流浪猫和流浪狗也不在话下。

按照所谓的标准，动物控制中心会为可领养的宠物找到新家，蝙蝠或松鼠这类所谓的"坏东西"也会被重新放归野外。但大多数时候，这里都是这些动物的最后一站，它们很快会被安乐死。

在那里工作的日子，潜藏在妈妈内心深处的某种情感觉醒了：对那些被遗弃的可怜动物本能的、发自内心的关爱。那些被当作生日礼物或圣诞礼物送人的狗，因为不再娇小可爱而不再被需要。各式各样的宠物，因为主人去世或进了疗养院而失宠。被放养的宠物兔子，自己想方设法活了下来，现在却要被消灭。还有那些被允许繁殖的猫咪，等到生产完却和她们的小猫一起被列入了捕杀名单。

悲惨的故事讲也讲不完。多少个夜晚，妈妈回家时脑子里想的都是某只可怜的动物——某个人的家庭成员，某个人最好的朋友，只因为主人不方便或一时心血来潮，抑或出于困难或冷漠，就把他/她移交给动物控制中心，丢到笼子里冰冷的水泥地板上。

第四章 伊甸园从天而降

她知道，几天之内，这些不受待见的动物就会消失。有时候她几乎盼着他们能早点儿睡去，好让痛苦终结。她了解被抛弃是什么感觉，铁栏杆背后那些交织着悲伤和恐惧的面孔折磨着她。

但也正是在这里，妈妈找到了一条化解我们燃眉之急的出路，发现了一种全新的生活方式。一天，有人送来了一只英俊的德国牧羊犬，他最终成了她救助的第一只动物，同时也成了我们最忠实的护卫。

她带沃尔夫回家的那天，我们兴奋极了，用数不尽的拥抱和亲吻对他进行连番轰炸。我们实在想不通，之前那家人究竟为什么放弃了这么棒的家伙。

"知道吗，德国牧羊犬也被叫作警犬，"妈妈说，"沃尔夫会把那些坏人赶走的。他会把保护我们当成他唯一的职责。"

果不其然，沃尔夫立即把前院纳入掌控之中，而且，不时像个守卫一样巡视我们的领地。他特别注意保护小孩子，我们出去玩的时候总是寸步不离地跟着。有他灵光的鼻子和震耳欲聋的咆哮声做伴，谁都别想靠近。

妈妈做了一块手写的牌子，立在房前小径尽头的大门口，上书："当心！攻击犬执勤中！"她还附了一张照片，照片上一只露出锋利的黄色牙齿，白沫横飞的狗，正张开血盆大口咆哮。我看了哈哈大笑。跟新的家人在一起时，沃尔夫像只小猫一样温顺，但我毫不怀疑，如果有人胆敢伤害我

53

们，他会马上变成一个凶猛的保护神。

皮毛油亮光滑的爱尔兰猎犬埃琳和高大笨重的英国牧羊犬乔治不久也加入了队伍。而这组三重奏仅仅是一个开始。很快，我们就已经见怪不怪了，妈妈进门时身边总少不了各色动物的陪伴，野生的、驯养的，大大小小的都有：有浣熊、松鼠，也有负鼠、小狗，甚至绵羊、山羊和猪。大概就是从那个时候起，她开始把我们的房子称为"快乐农场"。

"快来瞧一瞧，是谁跟着我到咱家来了，"她会一边开着玩笑，一边怀抱一只臭鼬走进屋子，"我能把他留下吗？"

我说过了吧，一切纯属意外。而且是有史以来最幸福的意外。

之后有一段时间，那些坏小子仍然开着车轰隆隆冲进院子，对着房子喊脏话，扔石头。但每一次沃尔夫都会奋力追赶，声嘶力竭地狂吠不止。终于，男孩们放弃了——也可能是长大了吧。日复一日的威胁结束了。我们不再是目标，至少不再是他们的目标。

内墙粉刷一新，地板铺上地毯，窗户挂上手工缝制的窗帘，每个角落都擦得干干净净，我们的新家几乎像妈妈承诺过的那样：美好而舒适。

不过这里的舒适，还有另一层意思：不宽敞，其实就是狭窄。妈妈拿客厅的折叠沙发当床，这意味着除了每晚睡觉时拉下的窗帘外，她的个人空间几乎毫无遮挡。至于斯蒂芬，好吧，还好他很随和，妈妈往一个步入式衣柜大小的空间（她乐观地称之为"缝纫间"）里塞了一张床，他就睡在那里。

洗漱也毫无隐私可言，我们起初可能有过的那一点点矜持，很快就被克服得一干二净。洗手间只有一个滑动的口袋式移门，没办法上锁；我们三个总是同时挤在里面，一个在浴缸里，一个在马桶上，一个正对着水槽上方裂开的镜子刷牙。我很羡慕斯蒂芬，大部分时候他都可以去外面撒尿。就算天气太冷他也有法子：可以站在后门，瞄准，开火。我们女孩子就讲究得多，虽然到了紧要关头，我偶尔也得往最近的树丛里跑。

抗议无效，我和凯茜还是被捆绑在那个单间里，在一张二手双人床上日复一日地争夺地盘。凯茜抱怨我晚上踢腿。我抱怨凯茜霸占了被子。我们都抱怨对方打鼾。另外，我的洋娃娃彭妮的"哇哇"声也让她抓狂。

我俩也有达成共识的时候。因为妈妈在五金店干活——就在附近的高速公路边上，是可以步行往返的距离——买涂料很便宜。我和姐姐一拍即合，决定把墙壁刷成薰衣草紫色，天花板则选用更深的紫罗兰色。成果相当漂亮。不过，我们仍然是 个非常小的小豆荚里两颗不高兴的小豌豆。房间里凯茜的那半边干净利落，第二天要穿的衣服整齐地叠放在椅子上，课本装在书包里，书包挂在门后的挂钩上，一目了然。

我这边呢，乱得一塌糊涂——牛仔裤、T恤衫和沾满泥巴的鞋子歪七扭八堆了一地，颜料、彩色铅笔和其他美术用品扔得到处都是，我胡乱涂抹而成的画钉在墙上。

从记事起，我就喜欢画画，不经意表现出的一点儿天分得到了妈妈的热切鼓励。当我的一幅幼儿园佳作——"动物自在徜徉的农场"——获奖时，我的老师埃贝克夫人说，这是她第一次在学前小朋友的画里看到透视感。

那时我当然不明白什么叫透视——不管是从理论还是实践的角度，但我能看到我的对象是立体的，并且能够将多种维度都表现出来。妈妈把我的风景画贴在一块木头上，涂上一层清漆，装裱得厚实到能扛得住原子弹爆炸，然后挂到了客厅里。看，我的第一幅画廊作品有了。

只要没在外面玩，我必定会趴在一个素描本上，没完没了地画各种嬉戏的动物、窗户上映出幸福剪影的房子。我渴望变成图画书《阿罗有支彩色笔》里的主人公。有了那支可靠的蜡笔，这个圆脑袋的小男孩阿罗无论想要什么，只需拿出笔，画上一画，它自然就会出现。没有月亮时，他就画一个挂到天上。无处可走时，他画一条小路，沿着它翻过山头穿过森林，抵达另一座大山。他经历了许许多多的冒险，它们一步步指引他安全回到了家。

对小小的我来说，这该有多么神奇。我要像阿罗一样，把世界画成我想要的样子：安全和平、绿色富饶，遍布自由自在的动物，还有一个可以回去的温暖的家。我在脑海中，在我的速写本上，已经对这个世界做了上千次设想。

第四章 伊甸园从天而降

我同样画下了那些漆黑的暴风雨之夜,还有尖牙利爪的蓝眼睛怪物。但是只有快乐的场景才会挂到墙上,其他的都被我收进一个文件夹里,藏在床底下。

最初,我把陋居当作另一个临时的中转站,就像之前躲避爸爸时住的汽车旅馆一样。为了让苦日子不那么难熬,我必须认为它是短暂的。但是一晃六个月、七个月,然后整整一年过去了,我终于明白:只能这样了。不管它有多么简陋。

从高速公路通向房子的土路差得像搓衣板,坑坑洼洼的路面足以把汽车的轮毂盖颠飞。遇到干燥的天气,感觉就像刮沙尘暴,到了雨天则泥浆泛滥,如同护城河一样把我们包围。房子的前门仍然没有任何台阶,从客厅的窗户可以欣赏到的风景是隔壁堆积如山的垃圾。

但妈妈还是竭尽所能让这个地方更像家,她不止一次说过,要把它从一个破旧的棚户改造成一个质朴风趣的林中雅舍。她本性是个收藏家,凡是眼睛看得到的地方,都被她放上小摆件、小装饰品,各种稀奇古怪的小玩意儿。墙上挂满裱框的画片,孩子们的作品占了大半,另有几幅她从别人的垃圾中捡来的风景画。她拿剪刀剪出月亮、星球,与在黑暗中发光的星星一起装饰天花板。家里甚至还有了点儿媚俗的氛围——挂上了一幅《天鹅绒猫王》[i]。

要是我们中有谁抱怨我们的新住处——我们着实抱怨得不少——往往只会招来半天训斥,她责备我们不知感恩。"是你们头上没有屋顶,还是桌上没有食物?这个世界上有多少人,甚至愿意以付出眼睛作为代价,去换取你们三个认为理所当然的东西,只为让家人今晚不要饿着肚子睡觉。所以,忍着点儿吧。

"等你们遇到真正的问题了,再跟我说。"

除了改变房子,妈妈也改变了自己,对我来说,整个过程就像看一个全副武装的演员在后台卸妆。首先去掉的是亮片指甲和华丽的衣服;然后是"乡村音乐第一夫人"塔米·威内特式的蓬松发型和她"站在你的男人身边"的宣言。她的头发也不再是铂金色,恢复了棕色的自来卷,看上去还像少女时代一样。她把迷你裙全换成了牛仔裤,脚上穿的不是运动鞋就是牛仔靴。她白皙的双手变得又红又粗糙,指甲里常常因干了一天活而沾满污垢。

妈妈曾经魅力四射,那时我特别崇拜她。但即便褪去了橱窗里的精致衣着,她也同样光彩照人。甚至更美了。不过,有一点妈妈从未丢掉,那就是化妆。妈妈坚信,口红、腮红和睫毛膏总能让糟糕的情况有所好转。长大后,每当我

---

[i] 《天鹅绒猫王》是使用街头艺术家中流行的天鹅绒艺术涂料所画的猫王形象,被认为是当时美国媚俗文化的典型代表。

和凯茜感到害怕时,她总是说:"去涂点儿口红。你会感觉好受些的。"

有人说,母亲在婚姻破裂后失去了一切。毫无疑问,在乡村俱乐部里,在鸡尾酒会上,持这种想法的大有人在。

但从我,以及我姐姐和弟弟的角度来看,她发现的比失去的多得多。她发现自己的内心醒过来,对她说"该结束了"。她发现了支撑她走下去的坚韧——一种十分可贵的品质。她发现,一个人不需要成为上流人士或者富人,就能过上有意义、有价值的美好生活。

没有一件事是一蹴而就的,也没有一条捷径好走。我就在一旁,亲眼见证她如何一生都在感情上犯糊涂,在死胡同里徘徊。但是从脱去戏服的那一刻起,她终于看到了下面更真实的自我,一种坚如磐石的东西,贯穿其中。

在安妮·麦纽提最喜欢的音乐剧里,女枪手安妮·奥克莉如是说:

> *没有钻石,没有珍珠,*
> *我仍不失为一个幸运的姑娘。*
> *清晨阳光洒在身上,*
> *夜晚明月照亮心房。*

农场花絮·动物逸事
鸸鹋埃米莉

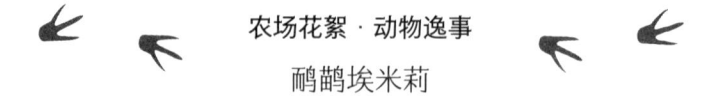

鸸鹋埃米莉的生命始于一个科学项目。

当地的一位老师，我同事的妻子，带着学生在课堂上做实验——孵化两个鸸鹋蛋。这实在叫我摸不着头脑。她以为孵出的会是什么普普通通的教室宠物，仓鼠或金鱼之类的吗？我倒想问问看，等到它们长啊长，最后长到成年，她打算拿这两只高6.5英尺重120磅的巨鸟怎么办？作为身形仅次于鸵鸟的世界第二大鸟，鸸鹋能用它们巨大的三趾脚造成多么严重的伤害，她知道吗？还有一点必须提的，养活一只鸸鹋可不是三年两年的事：这种原产于澳大利亚稀树草原的珍奇鸟类，在圈养条件下可以活上35年，甚至更久。

无论如何，这个项目那时对小学生来说，可是无比新奇有趣。两只蛋都孵出来了，老师给他们取名为埃米莉和伊诺克。

随着鸟儿长大，老师把他们转移到了她家院子里，那是位于新泽西州最南端的开普梅郡的一个乡村。很快，他们发现埃米莉整天不着家，就喜欢在居民区的大街小巷上走来走去，结果把镇上的人吓得不轻。想想看吧，谁敢去套捕一只愤怒的鸸鹋？这种又瘦又高看起来呆呆的鸟，像从《侏罗纪公园》里走出来的一样，要是踢你一脚，保准像功夫明星

第四章 伊甸园从天而降

成龙一样有力。据《不列颠百科全书》记载，鸸鹋脚趾上的倒钩"能够挖出动物的内脏"（书中还令人安慰地补了一句"人类因之伤亡的案例极为罕见"）。

一天，我正在跟工会的人打排球，有人跑过来说："嘿，农场姑娘，要不要接手几只鸸鹋？"没过多久，我就自豪地成了埃米莉和伊诺克的新主人。

伊诺克是个恋家的男孩，相当平和可爱。他总是站在牧场栅栏旁，眨巴着浅褐色的大眼睛，等着接受投喂和抚摸。而埃米莉却是个孤僻的姑娘，唉，虽然搬来农场换了个环境，她东游西逛的习惯却一如既往。有一回，一场暴风雨过境，刮倒了一棵树，这棵树又弄坏了她的围栏。结果，埃米莉趁机离家出走，一走就是整整两个月。

她的逃跑带来了一连串新闻，目击者们困惑的爆料源源不断地更新着，有人说："我对天发誓，我没喝醉，可我刚刚在后院看到了一只 6 英尺高的火鸡！"

最终，埃米莉来到了大约 6 英里外的布埃纳维斯塔露营地。那里的工作人员不知怎么把她圈进了一个围栏里。去接她那天，一看到我走近，她就开始来回摆动身体，同时发出鸸鹋特有的鼓鸣声——表示她非常生气。她长脖子上的羽毛也因出离愤怒而根根竖起。我不得不用一只袜子套住她的头，又把她肌肉发达的双腿绑在一起，才勉强将她塞进车里带回家。此情此景，只差换辆白色货车，我看上去就不折不扣是一个实施绑架的黑帮女孩了。

一向柔弱的伊诺克只活了大约10年。后来,我们又接收了另一只名叫"猫王"的鹂鹉,他现在也已经离开了这里。在宣讲中,我有时会开玩笑说埃米莉是"黑寡妇",因为她比两任丈夫都活得长久。

第五章

破釜沉舟

我们在树林里安顿下来以后,爸爸找过来不过是迟早的事。果然,没多久他就出现了,在台阶上站着,帽子摘下来托在手上,乞求妈妈跟他回去,再给他们的婚姻一次机会。

他不自在地绞动双手。他发誓说他爱她。他对出轨的事供认不讳,承诺自己会痛改前非。他用一双保罗·纽曼的迷人眼睛凝视着她,甚至流下了几滴眼泪。

但是潜藏在他悔悟之下的——不了解他的人相当难察觉——不过是老一套的大摇大摆,厚脸皮的自以为是,自信这番讨好必能说服她,让她回心转意,哄得她相信他会改变。

但是,无以复加的羞辱很快到来,某位女朋友的母亲寄来了一封信;接着又有另一封,信中附了一张照片:一家人微笑着,站在一株尖顶上闪着星星的圣诞树前。这是庆祝节日的欢乐场面,陌生的女主人拥着她的孩子,身边的男主人正是我的爸爸。这封信成了压死骆驼的最后一根稻草。

发生了这些事情，再想想我们在家里最后几天所遭受的难以言喻的暴力，妈妈明白她的婚姻彻底没救了——就像一扇门砰地关上，而且锁得死死的。即使她心里想，也不可能再打开了。凯茜也有同感。要是这辈子再也见不到我们的父亲，她乐意之至。

我的感觉却不一样。不管看见了多少，也顾不上听到了什么，甚至哪怕是经历了殴打、煎熬，目睹了血淋淋的惨象之后，我仍然爱着我的爸爸。他让我害怕，但我还是爱他，想念他。那些曾经逃也逃不掉的气愤，已经看不见摸不着了，我把它们全部深深埋入地下，就像动物为了保命而钻进深不见底的洞里去。

也许这或多或少是因为我长得像他。凯茜继承了妈妈的相貌，一头棕色卷发，肤色白皙。她们生着同样闪亮的爱尔兰眼睛，长着同样柔和圆润的下巴和脸颊。而我几乎是爸爸的翻版，满头金发像扑克牌一样笔直，皮肤苍白中带点儿粉红色，一笑就会露出牙齿。为了摆脱他的影子，我迫使自己不再照镜子。在这个家里，斯蒂芬其实也站在爸爸那边。他想念我们的父亲，就像我一样。

我发现自己试图寻找理由来原谅爸爸，或者至少给他找个台阶下。我听到些大人们的对话，并以此推断，他也在一个充满暴力的家庭中长大，经常被他的父亲奇克残忍地殴打。如果类似的悲剧确实会代代相传，那我的父亲也注定无法摆脱。

当然了，我还只是个小孩子，真正想要的不过是安全感，那种被包裹在茧里的舒适安心的感觉，就像父母之间幸福如常，她在派对上只为他一人唱情歌时那样。

尽管经历了那么多，妈妈从没说过爸爸一句坏话，这点我十分钦佩。不过，从我们离家出走开始，过了相当长的时间——足有一年之久——她才转变心意说，我们可以跟爸爸保持某种关系，如果我们想这么做的话。

"去看看他吧。他是你们的父亲，他爱你们，"她说，"一直都爱，其他事情跟这个没关系。"

鉴于接下来发生的一切，我对这句话表示怀疑。

在那个年代，一个人只要有钱、有律师，又有影响力——我们的父亲这三样都绰绰有余——有时候毫不费力地敷衍一番，就能逃避经济上对子女的支持。当时，我们的父亲——他有教授职位，有投资，对股票市场也有涉猎，一年下来收入超过8万，约相当于现在的40万美金。但是他拒绝为抚养我们支付一毛钱。

妈妈拿出爱尔兰人好斗的架势，高高仰起下巴宣布："我才不要他的钱呢。我只想要自由。"她也不愿去申请任何形式的社会救助。动物控制中心和五金店的工作，以及没完没了地填信封和盖邮戳，只够让她勉强维持生活。

最终，爸爸还是得支付抚养费，一开始是每个孩子每周

10块钱。后来变成了3倍,每月总共360块。也就是那时,他决定挑战妈妈的监护权。

爸爸不是真的想要我们。妈妈知道这一点,我、凯茜和斯蒂芬心里也都明白,我确信家事法庭也再清楚不过。但即便如此,例行公事还是没完没了,我们几乎每个月都要被拖上法庭一次,接受满脸倦容的辩护律师和法官的盘问。每一次,他们都要问我们想和哪一方生活在一起。每一次,我们都会毫不犹豫地重复这个回答:"妈妈。"但问题始终没有解决,监护权之争拖了一年又一年,就像电视节目《家庭问答》里永无休止的对抗一样,不同的是,这是赤裸裸的现实,而且无止境地重复着。

妈妈向她的教区牧师求助,可牧师却叫她回家,回到她应当归属的地方去。"努力去做一个更好的妻子吧,"他一本正经地吟诵道,"好叫理查德受到鼓舞,成为一个更好的丈夫。"

妈妈从此跟教会一刀两断。她保住了孩子的监护权,把上帝的监护权留给爸爸。

家事法庭最终裁定,我们几个孩子每周末都得抽出时间到爸爸家里去。我们也很怀念过去的生活——或者至少是物质方面的那一部分吧,舒适的环境,像样的房间,以及数不清的玩具——但被拽回那个在记忆里已成为战场的地方还是令人不安。周末是孩子的休息时间,就应该放轻松、好好玩。可法院偏叫我们这时候去见爸爸，跟这个我们不敢信任的人一起过周末。

那些日子，我们一到廷贝尔高地山庄，他马上打发我们回房间去，把有味道的农场装束脱掉；又命令我们擦洗脏脖子，清洁指甲缝，再换上"体体面面"的衣服，这样才能重返文明社会。

我们并非没有愉快的好时光。去动物园或公园玩时确实高兴，去威尔伍德克拉斯特的海湾别墅度假时也尤其开心，我们白天去海滩，晚上去木板栈道，拿着成卷的纸门票把游乐园里所有的项目玩了个遍（我只差摩天轮没玩，因为怕高）。

但那是一种规划好的玩乐，跟你在朋友的生日派对或在学校野餐会上时一个样，要表现得端庄体面、温顺懂事、规规矩矩，有很多规则要遵守。我们得在早上8点前起床，晚上5点半准时坐下吃晚饭。白天可以骑自行车，但不能超过一小时；晚上可以看电视，但不得超出一个半小时。在爸爸家里，一个孩子也要跟上班一样准时打卡。上帝禁止我们把小脸弄脏。这跟我们在快乐农场里放养似的自由生活太不一样了。

遇到待得久一些的周末，我们会在星期日穿得整整齐齐，排队跟着爸爸去望弥撒。他的教友们看起来都很同情他——可怜的男人，被妻子抛弃，小孩也被带走了。我记得他们看我们的眼神，充满了好奇和同情，我猜想，也少不了是非评断。

看了这段时间在爸爸家拍的照片我才记起,那时我总用一只手拉住他的前臂,轻轻地,但充满了占有欲,好像害怕他会凭空消失。

人们常说,小孩子适应性强,就我、凯茜和斯蒂芬而言,确实是这样。当贫穷最终成为永恒的底色,我们习以为常,就像习惯了一周至少吃四次煮意大利面一样。(斯蒂芬后来实在厌倦了,他发誓再也不吃意大利面,从此就靠花生酱和果冻三明治过活——早餐、午餐和晚餐都吃这个。)

出乎意料的是,我们的新生活竟得到了补偿,而且丰盛异常。我前面提到过,房子所在的位置有 7 英亩林地,林地后面是一个果园,苹果树桃树各一半,成排栽种。这些土地并非都属于我们的房东克拉克先生所有,但那儿也没有任何围挡,那么站在我们的角度看,这不正是给我们准备的吗?这个蕴藏着无穷无尽新发现的王国,活跃着各种各样的野生动物:狐狸和河狸、花栗鼠和土拨鼠、老鹰和猫头鹰。

"法律规定了,占地者拥有取得权[i]。"妈妈说。

也就是说,我们可以宣称整个林地都是我们的。

大多数时候,就算没出去干活,妈妈也会累到没办法陪我们玩。而且,她讨厌看到我们一动不动地坐着看电视,所

---

i 又称"时效占有法",擅自占地者通过在一定条件下对不动产的占有达到一定期限,就能获得法律承认的所有权。仅部分国家承认。

以她常常把后门打开，开启放养模式。"都出去，"她总是说，"晚饭前不要让我看到你们。"

我们不知疲倦地在树林里游荡，追踪那些生活在我们身边的动物的蛛丝马迹，但他们大多难以寻觅。我们学会了辨别不同动物的爪印和巢穴，甚至能区分出一堆堆粪便的主人。我们了解到，一片被捋平的草地意味着一只鹿曾在那里栖息。我们还发现，一块树皮剥落可能意味着那只鹿，或者其他动物曾经蹭着树干抓痒，要么就是以此来标记它的领地。

我们用大石头和小砾石搭起一个临时的火坑，又搬来旧沙发和破椅子围成半圆形的座席，于是一年到头都有篝火可以烤了。我们终于可以尽情享用烤棉花糖了。

每到春夏，这里就会迸发蓬勃的生机。田野上花朵竞相开放，唤来成群的鸟儿和蜜蜂。一丛丛马利筋舒展开枝叶，吸引着帝王蝶，有时能看到数百只。而到了秋天，带刺的马利筋豆荚砰砰砰绽开，柔软的种子一粒一粒飞到空中，像小天使，又像小小的降落伞一样在我们周身飘浮，对我来说，简直就像一个奇迹。

我们一个个大变样，也变成了野生动物，自由自在地光着双脚，越来越原始。我们不在乎自己有多脏或多邋遢，多不成体统，因为玩得太开心了。

我们努力干活，玩起来更是不知疲倦。我们的睡眠像石头一样沉，作息完全依照大自然的时钟——黎明时分在公鸡的啼鸣声中醒来，太阳下山了就睡觉。每一天都马不停蹄，游泳、爬树、搭建树屋，像吼猴一样在藤蔓上荡来荡去。我们用泥瓦罐捕捉蝌蚪，看着它们奇迹般地变成青蛙。夏天的晚上，萤火虫出来了，在黑暗中忽明忽灭，像一个个小圆点眨着眼睛。我们把它们也捉了放进罐子，然后钻到被窝里，看能否借光读书。

天气炎热时，我们会满不在乎地光着膀子跑到树林里。作物喷粉机在低空轰鸣着对我们的果园进行喷洒作业时，我们骑上自行车在雨帘中飞驰。

水果是上天的馈赠。桃子身上那层细小绒毛，只有 1/4 英寸长，却足以让你的手掌发痒，但同时它们又惊人地香甜可口，美味多汁，叫人垂涎欲滴。我们把意外掉落的果子都收集起来，拿来做馅饼、喂猪，或者仅仅是当武器——熟得越透越好，这样打中的一瞬间就能看到果汁四下飞溅的好戏。斯蒂芬是一个特别好的投手。

许多年后，我们才发现游泳池被附近的污水坑污染了，喷粉机一直在往坑里倾倒纯度很高的杀虫剂。还好没什么影响。虽然因为没有保险很少去看医生，但我们像山羊一样壮实，跟在作物喷粉机后面奔跑，在杀虫剂的阵雨中舞蹈。

当从往昔优渥生活被连根拔起的震惊中回过神来时，我们惊奇地发现，自己正身处前所未有的、莫大的幸福当中。

第五章 破釜沉舟

农场花絮·动物逸事
黛比·德古斯

不少人好奇，我怎么能记得住 600 多只动物的名字呢，尤其在农场里同一种动物有好几十只的情况下。一只白鹅看上去跟其他白鹅没什么两样，不是吗？

好吧，乍一看，他们确实都长得很像。但是动物也像人一样，每个个体都有截然不同的行为举止，泾渭分明的个性特征，有时还带着明显的畸形。在快乐农场，你看到的那几十只招摇过市的鸭子和鹅，许多都有一种生理缺陷——"天使翼"，它会引发鸟类翅膀上飞羽的脱落。这种畸形尽管看起来很不舒服，但并没有什么痛苦。不过，它确实会让一只鸟无法飞行，而这就意味着它迟早会落入捕食者的口中。在野外，这些可怜的家伙自然活不长久，但我们的天使翼成员，虽然永久停飞，却安全无虞。

其中有一只鹅，名叫黛比·德古斯——没有人会把她跟别的鹅弄混的。除了困扰我们诸多飞羽朋友的天使翼，黛比还有明亮的蓝眼睛、专横的举止、趾高气扬的傲慢，以及值得所有人一听的小故事。黛比被发现时就是孤儿，之后跟一位老妇人同住了几个月，老人把她当哈巴狗养。后来这位女士生了病，就联系快乐农场，希望我们可以带走她养尊处优的宠物。来到我们这个大家庭后，黛比不仅没有加入其他鹅的队伍，反而选择成为狗群的一员。于是农场里常能看到这样滑稽的一幕，一只昂头挺胸的鹅一边嘎嘎叫一边跟着一群狗跑来跑去。所以你瞧，从一群动物里找出黛比是不是很容易？

尽管骨子里有些傲慢，但对她的人类朋友，黛比却真心热爱——有一阵子，她对我们的一位送货司机产生了一种特别的情愫。

司机名叫史蒂夫，为我母亲从前的雇主优比速（UPS）工作。黛比狂热地迷恋上了史蒂夫。每一天，只要他的手指头刚一按下大门的电板开关，她就开始朝他的方向飞奔，一边疯狂地拍打翅膀，一边声嘶力竭地尖叫。一天，一位女司机来代班，她出现时场面简直失控，黛比差点要被我们捆起来。

很快，黛比和司机的浪漫故事开始曝光，我们的一名志愿者把它贴到了社交媒体上。故事里的司机叫"万人迷史蒂夫"，"他的笑容明媚到足以照亮一整个鸡舍！"志愿者带入黛比的角色，不断发帖谈论史蒂夫，描述她如何迫不及待地期盼他的下一次来访。黛比目眩神迷的态度，专横霸道的举止，以及对送货员的绝对热情，这些基于她真实行为的故事引发了全国的关注。志愿者还以她的名义写道："请别告诉史蒂夫我是他的秘密仰慕者！"

哎呀！史蒂夫的妻子看到了这个帖子，认为这是我在向她丈夫表白。我急忙向她保证那不是事实，只是农场的社交媒体志愿者在代替鹅发声而已,那是他的工作。几个月后,我听说"万人迷史蒂夫"的名字传开了,这位司机遇到的大多数女士都开始这么叫他。我还注意到这个名字让他挂上了大大的笑容。

这个送货司机与鹅的呆萌故事广为流传,连优比速全国级别的高管都觉得好笑。但是当地的分公司却不愿分享这样的热心和幽默感。当一张史蒂夫抱着黛比站在卡车前的照片被贴出来时,他的老板很不高兴,指责他违反了规定。尽管那张照片获得了公司网站上最高的点击量,他还是认定史蒂夫的行为与一个优比速司机的身份不相称。

天晓得为什么有的动物会迷恋上某个人,或者某样东西。快乐农场还有一只名叫亨利的鹅,喜欢追着汽车跑,他会一边在司机视线正前方扑棱翅膀,一边嘎嘎叫个不停。晚上,他就紧紧依偎在我的车子旁边睡觉。真是怪事。

所以,不难看出,动物其实各有不同。尤其当你每天都和这些动物一起生活时,你就不会再把他们当作群体的一部分来看待,你看到的会是每一个个体,以自己独特的方式存在。

第六章

蛋黄酱三明治

总是有遭遇厄运的动物被送到动物控制中心,他们中有不少最后的归宿就在快乐农场,农场动物的数量始终在增加。他们成双成对地来,四个四个地到,仿佛挪亚把他的方舟停靠在特纳斯维尔附近的树林里,拿掉了挡板,对他们说:"欢迎回家。"

在廷贝尔高地山庄时,除了宠物猫"幽灵",爸爸从不允许让我们养任何动物。相比之下,现在我们简直富足得过分:不仅有猫和狗,公鸡母鸡和鹅,甚至还养了一对浣熊,名叫兰迪和洛奇。

那时的新泽西南部还很乡野,黑马派克大道沿线自由奔跑的山羊和绵羊被动物控制中心逮到的情况并不罕见。不用说,妈妈也收留了他们。

这些事情,克拉克先生全都了如指掌,但他一定是全天下最随和的房东,只要每月照常支付100美元,我们在那里养鳄鱼也没关系,他顶多就耸耸肩。他就是那样满不在乎。靠近高速公路的土路旁有一片空地,被他出让给了一群大学生,他们搭起两间活动板房就住下了。他们留长头发,不修边幅,还满口脏话;虽说野蛮了点儿,但其实都是好人。斯蒂芬年纪小爱热闹,很快跟他们打成一片,成了那群喧闹的邻居人人宝贝的吉祥物,总会邀请他参加周末的热狗派对。

每一天的生活就像在露营一样。

附近的康疗中心也总是热闹非凡。据我观察,它的人流量比保险公司、税务所和希契卡拉马加起来还多。排队等着做"指压治疗""深层组织疗愈""全身整合调理"的客人——卡车司机、建筑工人、商店店员和各色生意人,从早到晚川流不息。

每天早上去公车站时,我都会路过那儿,跟在那儿工作的女孩们招招手。她们都很年轻,清一色长发飘飘,穿着超短裙和紧身上衣。除了长相标致,她们还跟那群大学生一样好相处。

"挺值当的。"妈妈神秘兮兮地说,她把那儿比作午后乐土。我那时懵懵懂懂,只知道这些女孩长得好看,对我又好,心想长大后要是能像她们一样也不赖,起码又漂亮又受欢迎。

又过了些年,我才明白康疗中心其实是一家按摩院,而且是不合法的那种。

流浪到此为止

那年夏天，我们在屋后的果园里发现了一只乱跑的小猪。可能是某个农场的逃犯吧，也说不定是从一辆牲畜卡车上跳下来的。我们想把她赶出来，但花了好几个星期也没成功，她一直很警觉，跑得也快，而且出乎意料地敏捷，像只野兔一样。我们很着急，一会儿怕她会饿死，一会儿又担心她被某只懒洋洋地盘旋在树梢的鹰袭击。

最后，妈妈只好向动物控制中心的伙伴求助，他们派了一名带麻醉枪的特工。特工很快就捉住了这只行踪不定的机灵鬼。我们给她取名为普丽西拉。六个月后，她从一只赤条条、尖声细气的粉红色小猪——像一个超大号的存钱罐——变成了一头呼哧作响、鼻息粗重、背上刺毛根根直竖、重200磅的大家伙。而这对普丽西拉来说只是个开始。她最终长到了1500多磅，大到我和斯蒂芬、凯茜可以把她当小马骑。

是普丽西拉让我懂得了，猪并不像人们通常认为的那样低贱、肮脏，他们不仅敏感、机灵，还很深情，而且对居住环境其实相当挑剔。没错，他们确实会在烂泥坑里打滚，但那是为了驱除蚊蚋和苍蝇，或者防止皮肤被晒伤。

尽管猪可以靠吃泔水过活——包括餐厅的厨余，就像在垃圾堆里生活时一样——普丽西拉却是个美食家。她偏爱绿叶蔬菜、干草和新鲜水果，我总是想尽办法叫她得到满足。我莫名觉得她有几分娇俏，扁扁的粉红鼻子和自来卷的小尾巴着实讨人喜欢，她开始成为我画作里闪耀的明星。

第六章 蛋黄酱三明治

也是普丽西拉让我明白了，养动物并不只是好玩那么简单。比如说，所有农场动物的蹄子、指甲、长牙，甚至牙齿都需要定期检查、护理，猪也不例外。想象一下这样的场景，翻进围栏里，和一头几乎有别克车那么大的猪待在一起，想方设法给她修剪长得过长的指甲，或者，把一匹马的臼齿锉平。还有其他各种各样的活计，妈妈从家畜饲养手册上一一学会，之后又教给我们。不用说，照顾动物这些年来，我们每个人身上都留下了这样那样的伤疤。

毫无疑问，母亲对动物满怀爱心。但在某些方面，她并不多愁善感。她吃肉。凯茜和斯蒂芬也吃。于是，在连续吃了好几个星期各种各样的意大利面——纯素意大利面、芝士意大利面、阿尔弗雷德白酱意大利面，三种排队轮换——之后，她终于把一只鸡送进了当地的肉铺。素食主义在那个年代还是个时髦词汇，要界定它对大多数人都是件难事。

但是，眼睁睁看着我们鸡群里的一员被丢进油锅，我哭成了泪人。妈妈却不为所动："劳丽，我们给了那只动物幸福的生活。现在它给予我们食物。这交换很公平。"

"妈妈，"我抽泣着，"我们怎么能吃自己的宠物！"

"那我们也不能只靠吃面条过日了啊。随你闹吧，等晚上有炸鸡吃了，你会高兴起来的。"

那天我并没有高兴起来，以后也再没有过。还记得爸爸强迫我把一块嚼不烂的牛排往肚子里吞吗？从那天晚上开始，一想到吃肉我就反胃。所以每一次，只要有农场动物出现在餐桌上，我要么挨饿，要么就吃三明治：白面包配上好乐门蛋黄酱。

一定得是好乐门牌的。有那么几回，妈妈买来便宜的蛋黄酱，装进了好乐门的瓶子里，以为能够骗过我。可只要闻上一闻，我就会大声抗议："妈妈，求你了！我只要真正的蛋黄酱！"

每天早上上学前，我和凯茜负责把动物喂一遍，再给山羊挤挤奶。家里人都喝羊奶，因为只有羊奶可喝，但我们都不太喜欢——一股子腥膻味，就像把羊圈盛进了玻璃杯里。但也有人爱喝羊奶，还拿它制作黄油和奶酪。于是我们开始把这些东西拿去卖，外加几打鸡蛋和鸭蛋。我们小小的家庭作坊也能赚点儿外快了。

有时候，妈妈也会把山羊羔卖掉，那样的日子里我铁定要大哭一场。眼看我们家的小成员被运走，在卡车后面可怜地咩咩直叫，吵着闹着要找妈妈，怎能不令人心碎。我很想跟他们说声再见，但我是个懦夫，只会一头扎进树林里，双手捂住耳朵，一直待到卡车开走。

那些夜晚，等到凯茜睡着了，我就从我这一边爬下床，跪在地上向上帝祷告，请求他确保接下来也会有人像我一样照顾那些小羊，关心爱护他们，无论他们去了哪里。

其他任何一种结果，我都不忍想象。

第六章　蛋黄酱三明治

一天下午，妈妈又叫我们大吃一惊。她抱着一只小马驹走进门来，马儿瘦瘦的，露出了骨节突出的膝盖、高跷一样的细腿，正从粗糙的羊毛毯子深处探出脑袋往外看。他的皮毛是枣红色的——妈妈说他是匹栗色马——长着黑色的耳朵，黑色的鬃毛和尾巴，只有一条腿雪白雪白的。

房子里有匹马！太难以置信了。我们全都冲过去看，逗他玩，但妈妈把我们轰走了。她说，他的前腿骨折了。对一匹马来说，这样的伤是致命的，因为他庞大的身躯只能靠四条纤细的腿来支撑。

大多情况下，马断了腿就会被杀掉——即使是像巴巴罗那样身价百万的传奇赛马也不例外。他赢了肯塔基德比[i]，却在普利克内斯锦赛中摔断了一条腿；还有那匹名叫"暴徒"的赛马女王，在贝尔蒙特锦赛中摔断了脚踝。类似这种级别的纯种马通常会被安乐死，但更为常见的处理方式是：一颗子弹击中头部，速战速决，显得更仁慈。受伤的小马驹被带到动物控制中心时，妈妈立即向她的老板们求情，她怕他们一看到他就开枪。

"给我一个帮他重获新生的机会吧，"她恳求道，"我向上帝发誓，如果不能让他恢复健康，我会亲手了结他。"

那个时候，她跟查利、朱迪这对在当地经营饲料商店的夫妇已经是好朋友了。查利家三代经营农场，他对如何护理

---

[i] Derby，即赛马会，肯塔基德比、普利克内斯锦赛以及贝尔蒙特锦赛是在美国举行的三项国际一级赛事，合称"三冠赛"。

动物了如指掌。于是妈妈跟他学习，以正确的方式对受伤的腿进行固定、包扎，希望他能有机会痊愈。

接下来，还要竭尽全力让小马变得更强壮。这意味着每隔几个小时就要拿奶瓶给他喂奶，不分昼夜。每到那时，母亲就用双臂环绕住他，像怀抱着一个大婴儿；而他紧紧噧着瓶口的橡胶奶嘴，一双黑玛瑙般的大眼睛无限深情地注视着她。那样的情景我永远不会忘记。

他活下来了。妈妈给他取名为香农·奥利里，跟圣帕特里克节日游行的创立者查利·奥利里同姓，因为他的生日是3月17日圣帕特里克节。有一个多月的时间，他都和我们一起住在房子里，但我们想要驯服一匹马的努力却毫无成效。

我们再一次认识到，养动物带来的并不总是乐趣。我们几个孩子摇身一变，成了便便侦察兵，端上簸箕拿着铲子跟在香农屁股后面跑。我们铲起一块一块的马粪，倒进花园里，然后疯狂地擦洗地板，想办法给狭小的房间通风。

他终于可以把腿立到身子下面了。于是妈妈开始把他带到院子里去，他在那儿蹒跚着学习迈步、走路，然后开始慢跑。妈妈在一旁看着，两只手紧握在一起，就像在看她的孩子第一次骑自行车一样紧张。那场面确实值得一看。我永远记得那一天，香农第一次穿过空地，开始在院子里绕着圈奔跑，马蹄"嘚嘚"地踢弹个不停，因纯粹的喜悦仰头嘶叫。妈妈发出一声快活的呐喊，我们全都欢呼起来。

之后，他从瘦骨嶙峋的小马驹成长为一匹壮硕的种马——精力充沛、脾气暴躁,坦率地说还有点儿浑蛋,可能是因为没被阉割过。只有妈妈可以驾驭他,别人连近身都难。我曾试着扑到他宽阔的马背上,双手牢牢抓住他两边的鬃毛,但他会故意跑到一根足够低的树枝下面,让枝叶把我刮掉。然后再掉转马头,越过锃亮的后半身看看我,目光里带着顽皮的轻蔑。

成年后,香农开始溜出去跟别的马约会——和那些住在这一带其他农场的母马,一定是风把信息素传了过来。怎么能怪他呢?这么一个高大魁梧的男孩子,已经到了恋爱的年纪。但是带他回家这件事很折磨人,而且声势浩大。我之前从不旷课,现在却不得不加入围捕香农的队伍。有时我们还得开车去追,那可就有好戏看了:香农在前,在四车道上开足了马力,妈妈加大油门紧追不舍,我们几个孩子坐在后座,抓住两边的窗户把身子悬空出去,像西部牛仔一样大喊大叫。

为了让他安安稳稳地在家待着,我们最终找到了一种类似宠物颈圈的东西——一条长而重的锁链,拴在一对旧卡车轮胎上。这让香农有足够的空间觅食、活动,同时也确保他无法逃离农场。妈妈会挑选一片肥美的草地,在近旁竖根木桩——漆成了粉红色,十分显眼——让香农在那儿吃上一阵子,然后带着他四处溜达一圈。

尽管香农脾气暴躁——这个家伙会咬人,还爱恶作剧——但我还是喜欢他,这跟他长相俊美不无关系,那闪亮的赤褐色皮毛、波浪起伏的鬃毛和尾巴实在是惹人爱；另外，马儿的力量和精神也是原因之一。

可斯蒂芬不这么看。他讨厌香农的马式把戏。冬日的一天，他犯了个错误——走到香农身后，用雪球击中了他。马儿的报复迅速而坚定。他掉转身，像头公牛一样低着头冲上去，把斯蒂芬推进了铁丝围栏。接着又把他像布娃娃一样翻过来，试图把他背上的衣服扯下一块来。

斯蒂芬连忙爬起来，尖叫着跑向妈妈。"香农咬我！"他拉起衬衫，红色的啮痕清晰可见，尽管他外面还套了一件厚重的夹克。

妈妈知道香农有时候很淘气，但她也清楚斯蒂芬喜欢激怒他。"你做什么了？"她问。

他看起来闷闷不乐，抵赖说："什么也没做。"

妈妈的语气一下更严厉了："你到底对香农做了什么？"

斯蒂芬强忍着眼泪承认："我用雪球砸了他。"

妈妈回去做家务了。"活该。"

后来，更多的马儿加入了我们：戈尔迪先来，然后是考利，接着是妈妈最宝贝的一匹墨黑色母马，名叫南希。要是汽车抛锚了，妈妈就会让南希去跑腿，有时甚至会骑上她到打工的五金店去。她把南希"停"在停车场，不忘给她留下一个饲料袋和几个苹果。

于是，毫无意外的，妈妈"动物女士"的名声传遍了小镇上下——有时这个称号开头还会冠上"疯狂"二字。

我承认,偶尔我也会觉得她滑稽的行为让人有那么一丢丢难堪,因此希望她能表现得跟其他孩子的母亲一样正常。但大多数时候,我都相信自己拥有世界上最酷的妈妈。

农场花絮·动物逸事
朱莉

跟之前那三只猪在森林里挨饿不同,朱莉来这儿前遇到的问题恰恰相反。她是一只宠物猪,主人将她买回家后一直过度喂食,把她养得越来越胖,重达450磅。(她的理想体重是250磅。)

不知情的主人原以为朱莉是一只"迷你猪"——就算真有迷你型号的猪,也不过是一个容易误导人的标签而已。迷你猪——也被称为微型猪或茶杯猪——并不会一直迷你下去,除非喂食不足。而令人难受的是,就有一些饲养者为了顺利卖出去而叫它们挨饿。一旦之后饮食恢复正常,它们就会膨胀。

朱莉的家人原计划把她像狗一样养在家里——他们相信她会一直那么娇小可爱,让人不时想抱着玩——于是乎,毫无节制的投喂开始了。他们什么都喂:比萨饼和薄煎饼、麦片和薯片，还有糖果、多力多滋玉米片……凡是从桌子上掉下来的食物，也全都进了朱莉嘴里。她长大了。她有点儿胖了。她膨胀起来，差不多有 1/4 吨重了！结局就是，她的主人打电话来快乐农场，求我们收留她。

可怜的朱莉！最初，她胖得几乎没办法走路，稍微试着迈个步子，肚子就会蹭到地面。我们立马让她开始节食。她毫不掩饰心中的不快，不是噘起嘴耍性子，就是低头生闷气。她对健康的谷物和蔬菜嗤之以鼻，很少从窝里出来，对我们的友好表示也不理不睬。

但是慢慢地——非常非常缓慢，前后经历了约 18 个月之久——朱莉觉醒了。她的体重掉了 150 磅，性格也变开朗了。她开始更喜欢由干草、健康的谷物颗粒和蔬菜组成的新菜单。

最棒的是，她变得那么活泼可爱、喜欢交际。朱莉现在搬进了"猪村"——那是我们新扩建的一片猪公寓，冬暖夏凉——和另一只获救的迷你猪奥利芙生活在一起。值得一提的是，朱莉和奥利芙的品种完全相同，年龄也正好相仿，但在瘦了那么多之后，朱莉还至少有两个奥利芙那么大。特此警示：看看过度喂养给"迷你猪"造成了多大影响吧。

朱莉最爱的食物是西红柿，但因为它们含糖量高，只能作为特别款待了。这样我们的大姑娘才能体态健康、舒适自在，一直快乐地生活下去。

第七章

生活的真相

在快乐农场，饲养动物大大小小的活计都由孩子们承包，搭建庇护所就是职责之一。幸运的是，我们完全不用为建筑材料发愁：饱经风霜的旧广告牌、弃置的木材、破损的托盘、废旧的胶合板等在房子周围随处可见。我们会结伴跑进林子里，把需要的东西收集到一处，拿绳子捆好了，再放到老旧的手推车或雪橇上运出来。

我们搭棚子和鸡舍的水平相当不赖。棚顶用的是木板或焦油纸，围栏则是铁丝网。鸡舍里还添置了供鸡休憩的栖木和巢箱；我们学会了按部就班地做事情，同时很为自己的手艺骄傲。窝棚有时会朝 侧倾斜得厉害，但并不妨碍它履行保证动物安全和干燥的使命，而我们对外观的美感也并不在乎。

从早到晚都有做不完的家务杂事，我们时不时也会抱怨，但我们知道妈妈更辛苦。她一个人是做不来的，得要大家都投入进去才能把活儿干完。因此，我们几个从很小的时候开始就非常有责任感。

在农场长大也让我们早早获得了一些生活经验。记得有一回在公园，我看到两只狗在交配，旁边的一位家长是这么跟她的孩子解释的："它们玩跳背游戏时不小心被卡住了。"我妈妈在这种事情上总会实事求是。一只动物骑到另一只背上时，她告诉我们："它们在交配。所有动物都要通过交配来孕育后代。这样就算老的动物死掉了，也总会有新的动物出现。"

农场里几乎总有动物在骚动，不是交配中，就是在求偶。目睹我们的种马香农发情，把蹄子搭到一匹母马身上，一个孩子不由自主就会窥破个中道理，并留下深刻印象。

没过多久，动物间的情事在孩子们眼中就不再不像话，甚至也不那么有趣了。但是紧接下来的生产呢？在我们看来，永远都那么激动人心。我记得一个春日，我们的一只山羊快要分娩了。她拖着孕晚期几乎跟谷仓一样宽的身体，在围栏里不安地来回踱步，这样断断续续过了12个小时，我一直在旁边守着，紧张得就像是我自己要上场表演一样。我只观察过蛋的孵化，这将是我第一次近距离观看分娩。

终于，小羊羔从产道滑出来了，全身都包裹着白色的黏液，做母亲的这时仍然站着，马上把他给舔干净了。几分钟后，刚从子宫里出来的湿答答的小羊羔，已经挣扎着站起来，绕着干草散落的围栏蹒跚了几步，然后把小鼻子凑到妈

第七章 生活的真相

妈身子下面,开始吃奶。

真是乱七八糟!真是惊心动魄!真是引人入胜!

表演到这时还远未结束。这位妈妈是一个多面手,当她的第一个孩子狼吞虎咽吃着第一顿饭时,她又一口气生了三个孩子。双胞胎、三胞胎,在山羊中都很常见,但四胞胎很稀罕。那天,我们"一举四得",所有的小羊羔都活了下来。

我们看到了交配。我们见证了出生。我们也目睹了死亡。

在我们的三只山羊因食用野樱莓身亡后,我不得已获得了屠宰的第一手经验。对人类来说野樱莓不具有毒性,我们经常挑选这种深紫色、略带酸味的果子来做果酱。但通过这次悲剧我们才了解,一些果子可能会要动物的命。而且山羊——唉,它们几乎什么都吃。

那时,我们已经告别过几只心爱的动物了,它们死后就埋在附近的林地,我们给每一位都举办了体面的葬礼。因此我听说山羊的事后,就去拿铲子了,心里念着,早些面对就能早些放下。

"等一下,"妈妈说,脸上带着那种"我有一个好主意"式的表情,"这几只羊身上的肉够我们吃好几个月的。"

到那时,我原本不应该再惊讶了。经过那么多年一贫如洗的生活——不论贫困程度,对她来说都像走钢丝一样艰难——妈妈逐渐具备了生存主义者的思维方式。她什么都不扔，哪怕是最小的纸片也不例外。我们厨房的抽屉里，摆着一捆捆的橡皮筋，用其他皮筋捆在一起；放着一盒盒的纽扣，重复利用过一次又一次的几方铝箔纸；还有各种尺寸的安全别针，像圣诞树花环一样别在一起。她把那些袋子、回形针和没盖上邮戳的邮票通通保存起来。至于衣服，她把我们穿的修了又修补了又补，直到我忍不住想抗议——能不能给我们买件带价签的新衣服啊，就这一回行不行？

我理解她想要回收再利用，但这可是我们的山羊！

我很反感。另外，我以为妈妈会把山羊送去屠夫那里，宰杀之后再用漂亮的牛皮纸包好带回来放进冰箱。

可起码这次不会是这样。她找到了一本讲牲畜屠宰的书——一本插图详尽的教学手册，不过谢天谢地，里头没有真实照片。等我明白她在动什么心思，当即气急败坏地抗议，不过到了这个时候，我知道反对也没用。

"亲爱的，"妈妈说，"我没办法一边看书一边操作。你得帮帮我。"

所以，就这样共同协作，我们学会了屠宰山羊。妈妈把它们倒挂在树枝上，我大声朗读手册里的指示。我们上了一堂与众不同的生物课。

要是学院教职工的妻子们能看到她那天的样子就好了：曾经那么精致端庄的安妮·扎列斯基，现在呼哧使劲、汗流浃背地给几只山羊开膛破肚。接下来的几个月里，她先后把炖羊肉、羊肉香肠和羊肉干端上桌，给我们的意大利面做配菜。我则继续吃我的蛋黄酱三明治。

妈妈终于拿到驾照的那一天真是开心。那天晚上,当她开着一辆老掉牙的水星牌彗星汽车回到家时,我们高兴坏了,像模像样地庆祝了一番。这是她的第一辆车!这车原本是白色的,现在外观看起来却像是踩了一个星期的雪泥。它比隔壁垃圾堆里那些破旧老爷车好不了多少——搞不好原本就属丁那一堆东西 但它是她的,而且还能跑,通常情况下能。

一天早上,正要出发去打第一份工时,她发现轮胎全都被冰锥划破了。但那一击充其量只是警告。从此,刚搬进去时曾令我们备受困扰的恶作剧又卷土重来,而且来势汹汹。

这一次,骚扰变本加厉。与那些青少年闯进来偷走电视或破坏客厅的行为不同,这回的入侵者不仅割破了轮胎,还切断了电线。第一次断电时,妈妈处之泰然,甚至还给我们几个孩子找了点儿乐趣。"好吧,今晚我们要回到本·富兰克林时代,像他们那样,就着烛光做作业!"

在半明半暗中读着书,看着被拉长的影子和跳跃的烛光在字里行间摇曳,我觉得自己好像变成了电视剧《草原上的小木屋》里的小劳拉。原来,当拓荒女孩是这种感觉!那我可一点儿也不介意。没有电,冰箱里的东西就会变质,包括羊肉在内,但也没什么好担心的,因为这就意味着可以吃外卖了。比萨!

流浪到此为止

但是破坏行为并没有就此打住。接下来供水也被切断了。对我们来说，断水本身并不罕见；我们的水源是一口井，到了寒冬时节，水龙头里涌出的井水时不时就会变成涓涓细流。遇到这种情况，妈妈就把一根花园水管——用多根水管串联而成——拉出窗外，穿过院子，沿着砾石路一直牵到约翰·汉考克办公室外面，接到那儿的水龙头上。但是，一个寒冷的早晨，我们打开水龙头，却不见水流出来。妈妈出去查看，发现水管被劈成了碎片。

她换上新的水管，还是被破坏了。后来，迫于这种情况一而再再而三地发生，我们只好在厨房里接了满满一大桶水，这样才有足够的水供饮用和洗漱。

我们当面讨论时，一致猜测那伙恶作剧的青少年可能又回来了。但私下里，人人想的都不是这回事。这些行为绝不仅仅是为了搞破坏。这像是在故意折腾人。如此残忍刻意、针锋相对的刁难。

我一度怀疑爸爸是这些事情的幕后黑手，但就像要把一个不速之客赶出去一样，我马上又把这个念头打消了。没错，爸爸可能对妈妈气恨交加，对我们的贫穷也漠不关心。但可以肯定的是，他不会剥夺他孩子的食物、水源和热量。他做不出这种事的，对吗？

骚扰还是没有停止。轮胎再一次被割坏后，妈妈瘫坐在后门的台阶上，头枕着膝盖，大声抽泣起来。更换四个轮胎将花去她一周工资的一半以上。

第七章 生活的真相

她报过警了,他们也每次都会出警,做记录,提交报告。但是折磨我们的人实在很擅长这个行当。他总能悄悄地溜进溜出,神不知鬼不觉。没有证据,警察什么也做不了。

一个星期天下午,我们在惯常的周末拜访结束后,从廷贝尔高地山庄回到农场来,爸爸妈妈之间的敌意这时又到了新的高点。

我们像往常一样,脱下熨得妥妥帖帖的表演服,换上皱巴巴的农场装束,依次钻进他的凯迪拉克,准备回去。我们一路驶出街区,爸爸跟熟识的每一个邻里点头挥手,像教皇在巡视一样。

我感觉不太好,有些轻微的发烧,还断断续续地咳嗽,因此他犹豫要不要带我去找他的医生看个病。爸爸有点儿抑郁症状,自己总是跑去看医生。此外,他也保留了带我们去儿科看诊的监护权。

我们在农舍门口停下,他从车窗探出头对妈妈说:"劳丽发烧了。我想把她留在我那儿,带她去看医生。"

妈妈看了看我,又把手放到我的额头上感觉了一下。她几乎从来没有去看过医生,再说,我们现在不都是农民了吗?像马一样强壮的农民,个个都很健康。如果可以,她会像影片《我盛大的希腊婚礼》中的家长那样说一句——喷点儿 Windex,保证好使。

"她就是流鼻涕,"她耸耸肩说道,"要是恶化了,我自己会带她去看医生。"

就这样,他们冷静而礼貌的谈话戛然而止。爸爸眼中腾地蹿起了火苗,我又看到了记忆中的眼神,那种让我脑中响起警笛,全身汗毛直竖的神色。

我赶紧救场,一边嚷嚷着:"我现在确实觉得好多了!谢谢老爸。老爸再见!"一边就抓起背包,推开了车门。

"够了,"他说着,转动钥匙发动了车子,"都待着别动,孩子们。"

听到这样的言辞和语气,妈妈也火了。"他们会待着才怪!就算劳丽需要医生,也是我带她去。"

车子动了,她开始敲打引擎盖,这进一步激怒了他。

"你敢,"她尖叫起来,"没有我的允许,你怎么敢带走我的孩子!"

哦,妈妈,我绝望地想,别再火上浇油了。

"孩子们,你们就乖乖待着吧!"他吼道。

车子向前猛冲,我的背贴到了后座上,在一团腾起的尘雾中,我们出发了。

凯茜转过身冷冷地瞪了我一眼:看你干了什么好事。斯蒂芬焦躁不安地坐着。我们沿着土路吭哧吭哧地走着,快到公路上时,身后突然传来巨大的撞击声。我回头往后窗外看了一眼,马上倒吸一口冷气——只见妈妈纵身一跃,落在了后备箱上,她用双手牢牢抠住车身,开始破口大骂。

爸爸不仅没有减速,反而加大油门,飞驰到崎岖不平

第七章 生活的真相

的土路尽头，接着向左急转弯，上了高速。一路上，妈妈一直牢牢抓在车子后面，爸爸就故意在黄线两侧来来回回地换道，想赶紧把她甩掉。那是一场没有尽头的噩梦。我们三个坐在后座上，歇斯底里地哭啊哭啊，恳求他马上停车。

大街上车辆川流不息，汽车、卡车的喇叭声全都响起来。司机们的脸一个个从我眼前闪过，尤不因看到凯迪拉克拖着一个女人疾驰而写满震惊。我回头看着妈妈，她显然吓坏了，却不肯松手。我害怕极了，觉得下一秒钟她就会飞到沟里，或者被卷进半挂卡车的车轮底下去。我从后视镜里瞥见了爸爸的眼睛。他脸上的冷漠，跟那晚在凯茜的卧室里用刀子威胁我们时一模一样。

终于，车子驶进了廷贝尔高地山庄。邻居们——他们周日大多都在院子里，或是拾掇花草或是享用烧烤——眼看凯迪拉克开过街角，一个歇斯底里的女人像装错地方的车头立标一样扒在后面，一个个张大了嘴巴。他呼啸着冲进车道，猛地把刹车踩死，妈妈摔到了水泥地上。

几乎在同一时间，三辆警车也在我们后面停住了，路上肯定有什么人报了警。警察和闪光灯马上围了上来，在我的泪眼里模糊成一片。父亲双臂交叉站在那儿，仍然火药味十足。母亲哭喊着，情绪濒临崩溃。她的指甲扯破了，指尖沾满鲜血。经历了这样疯狂的搭车，妈妈还活着，我不禁松了口气，但同时又为这一切都被邻居看在眼里而感到难堪。从此，他们对父亲和我们这个家的看法肯定会大不相同。

之后,争执不下的父母被带回家庭法庭。我、凯茜和斯蒂芬不得不站在又一个讨厌的法官面前,描述我们看到这件事发生的全过程。

其实,我一直不知道爸爸具体受到了什么惩罚,但那肯定微不足道,也毫无意义。因为,不管他做了什么,他们仍然要求我们每周去看望他,只不过,从那以后,我们的交接都要在警察局完成。这不合礼节,还很丢脸。但是他们不敢越线。有警察看着就不会了。

农场花絮·动物逸事
臭鼬"臭臭"

这个名字实在没什么创意,对不对?而且在这个故事里,其实也称不上准确。我们的"臭臭"在笼子里出生,在笼子里长大,被他的第一任主人——一位珍奇动物饲养员——阉割,然后卖给了一对年轻夫妇。他们原本打算把他当宠物养的。如果有一个合适的臭鼬房,能将臭臭同他们自己的生活区分开,这个计划倒可能会成功。但是他们住的是公寓,这样的设计不是很理想。

这些年我养过好几只臭鼬。我简直爱死这些家伙了。它们既聪明又友好,还可以像猫一样接受如厕训练。缺点只有

第七章 生活的真相

一个，而且还不是小问题。

臭鼬是夜行动物。它们白天大部分时间都在睡觉，到了晚上才出来觅食、吃饭、玩耍。有人坚持认为臭鼬可以调整生物钟，适应正常的作息安排，但起码从我的经验看，没有成功过。

可想而知，没过多久这对夫妇就厌倦了臭臭的通宵狂欢。他不再满足于待在垃圾箱里，开始在地毯上挖洞。很快，女人发出了最后通牒：要么让臭鼬离开，要么她的丈夫自己走。他不情愿地把自己的宠物带到了快乐农场。

我们这儿没有现成的臭鼬庇护所，甚至连一个像样的动物笼子也没有，所以最初几个星期，臭臭就以农舍为家，自由自在地游荡。我们来说说那些不眠之夜吧。臭臭体内似乎有一个精准无比的闹钟，总能在我昏昏欲睡的时候醒来。于是，派对拉开了序幕。我听到他在橱柜那儿活动，柜门开了关关了开，听到他翕动鼻子四处搜寻食物残渣，听到撕扯垃圾袋的窸窣声，整整一夜不见消停。对了，还有扒拉瓶瓶罐罐，那是他最喜欢的消遣。到了早上，厨房就变成了摆满翻倒的塑料容器的障碍跑道。是时候让臭臭搬出去了。

缺少了可以喷射臭味的气味腺，家养臭鼬基本上"手无寸铁"，即便几只漂亮的爪子又长又弯，面对捕食者也几无抵抗之力。所以臭臭的庇护所不仅要够大，让他可以疯玩撒野，打洞刨地，能享受户外，同时还必须足够安全。后来，一个好心的家庭资助农场，为他建了一个相当大的木头园地，包含一个室内房间，还有许多室外空间，整个都用铁丝网围着。

臭臭搬进新家后不久，他的前主人回来了，他说很想念臭臭，想把他带回去。

"打住，"我说，"不妨先解释一下你的状况有些什么变化吧。是换了个新房子，可以给臭臭安排不同的住处了？还是妻子变了？"

答案是一连串"没有，没有，没有"。自然，臭臭还留在农场，继续着他的夜间活动。还有，他擅长打洞，且声名远播，因为他在自家地底下挖啊挖，挖出了一条隧道，一直通到不远处的纪念品商店里，他会从那儿偷些动物毛绒玩具，带回自己的住处。

虽然臭鼬这种动物生性独来独往，但臭臭很享受人类的陪伴，每逢开放日，我只需叫一声"臭臭"，他就会打个哈欠，伸伸懒腰，从洞里钻出来跟访客见面。孩子们特别喜欢见到他，争先恐后地要跟我们著名的臭鼬臭臭来张自拍。

第八章

泽西恶魔

我很喜欢我的学校,一直是个安分的好学生。但是学生也分三六九等,阶层自然把我和同龄人划分开来。我只消看一眼我的大多数同学,尤其是那些身穿时髦又流行的休闲品牌服装的女生们,就不难发现自己衣衫褴褛,像是二手的玫瑰。

在农场里,我是个假小子,大大咧咧、皮实强悍,原始森林里狂野的泰山与珍妮,合在一起就是我的驱动力。在学校里呢,一不留神就会像被拔掉了插头一样,蔫头耷脑。伴随着长大懂事,我开始感到自卑、尴尬,为自己的胳膊肘、骨节突出的膝盖和梯子一样细长的腿担忧,一举一动无所适从。课间必须从长长的走廊经过时,我总是低着头缩起肩膀,目光牢牢盯在地板砖上,仿佛那就是世上最迷人的东西。我一次又一次祈祷,希望不会有人注意到我,但我也清楚这有多难——我成年后的身高是 5 英尺 10 英寸,在一路上蹿的过程中，也一直比其他孩子都高，包括男孩们。

课间休息时，我收获了各式各样的外号："竹竿""长颈鹿"……一个自作聪明的家伙发明了"亚马孙女孩"，一伙人一致叫好。有一回的经历最为糟糕："嘿，欢乐绿巨人！"——竟然有男孩子用蔬菜罐头上的吉祥物来称呼我，而他正是我暗暗喜欢的那一个。

那天一到家我就向妈妈哭诉，她上上下下打量了我一番，一本正经地说："这么着吧，把你的脚砍掉好不好？这样你就能变矮些了。还是说你觉得要从膝盖那儿下手？"

我满脸的眼泪鼻涕还没来得及擦，就扑哧笑出了声。

"好了，亲爱的，"她边说边用双手捧起我的脸，注视着我的眼睛，"总有一天，你会爱上自己原本的样子的，鹤立鸡群，无人可及的高挑和漂亮。现在呢，就先好好哭一场吧，因为，你知道的……"

"我知道，"我一边说，一边用袖子擦着鼻涕，"哭得越多，尿得越少。"

"没错，正是这样。

"再说，也没有什么好怕的，只要你足够强，所有的孩子，包括男孩子都不是你的对手。"

我确实够强。

一次课间休息时，我无意中听到有人喊了声"松树佬"，紧接着，其他人也你一声我一声地跟着唱和起来："松树佬！松树佬！"

第八章 泽西恶魔

那时我还不明白这个词代表着什么,只能从他们嘲弄的语气中,推测它多多少少是种侮辱,甚至很可能是句脏话。我警惕地四处看看,希望他们是在嘲笑别人,而不是我。

后来,我才了解到"松树佬"是对居住在新泽西松树荒原的与世隔绝者的蔑称。人们想当然地认为,这些人都是乡巴佬,与社会脱节,他们和表亲结婚,和畜养的猪住在一起,还喜欢弹奏十分蹩脚的班卓琴。

迄今为止,松树荒原上最著名的居民是一只神话般的野兽——传说中的"泽西恶魔"。某个来自落后地区,人称"利兹妈妈"的女人生下了它。这是她的第13个孩子,天生畸形。在当地传说中,它头上长角,腿下生蹄,还有着蝙蝠一样的翅膀、撒旦一样分叉的尾巴。据说它会在松树林飞来飞去,屠杀牲畜和宠物,而且喜欢通过烟囱上上下下,有点儿像反派圣诞老人。在19世纪早期,一些"目击者"声称它看上去像一只会飞的大型袋鼠,有的说是鸵鸟,还有的说是袋貂。好啦,证词到此为止。

就地理环境来看,我不能算作"松树佬",因为快乐农场位于松树林外围。但这不过是赤裸裸的自我安慰罢了。我们屋子里正好住着一头猪,还有一只鹅呢。另有一匹马才刚刚搬出去。符合描述的除了我还会有谁?于是乎我当即在心里发誓:不让任何人知道我住在哪里,过着什么样的生活。

于是,每一天,校车在约翰·汉考克办公室附近把我放

流浪到此为止

下之后，我就飞也似的沿着那条土路往下跑，祈祷着不要有人发现我的家——垃圾山旁边，被成群的猪、山羊和母鸡包围着的破房子。

这里有必要提一句，如今，那些曾被贬作松树佬的人，已经把这个标签看作是荣誉的象征。在南泽西，你常常能在汽车保险杠上看到印着"松树佬精神"字样的贴纸。但回过头来看，在我小时候，这个对乡下人和穷苦人简单粗暴的称呼确实带有贬低的意味，侮辱性很强。

我知道母亲是怎么想的。我们当然不是松树佬，但就算是又怎么样？学校里还有别的孩子会用废木头给动物搭棚子，能骑一匹不安马鞍的骏马，或是知道怎么给猪修剪指甲，又敢给山羊妈妈当助产士吗？我们难道不应当为自己感到骄傲吗？更何况，我们三个都是优等生，在各自的班上名列前茅。就算一无所有，又有什么关系呢？管它什么乡巴佬、土包子呢。

但不论如何，这件事还是刺痛了我，它让我早早开始思索：为什么人们总能找到理由来互相瞧不起呢？

我是富裕学区里为数不多的"贫困生"中的一个。

在学校里，"贫困生"可以用一张特殊的饭票领取免费午餐，可对我来说，排着队去享受这种特别待遇却像是一种煎熬。每次我都是把饭票藏在紧握的手掌心里，趁旁人不注意时偷偷塞给女服务生，心虚得像是间谍在传递什么机密一样。取餐后就抄起托盘，三步并作两步奔向餐厅的角落，急急忙忙找个座位坐下，羞愧得脸颊发烫。

那段时间，我头一回对自家的贫穷感到愤怒。没有面包吃了，妈妈又买了廉价的蛋黄酱，在学校书展上我连旧书都买不起，这一切都让我气愤。其他孩子都有的一些东西，我也开始想要——约达西和塞尔吉奥·瓦伦特牛仔服，还有耐克运动鞋——然后又为自己得不到而难过。

还有其他事情暴露着我们的贫困。头几年农场里一直没有装电话，因为不管我们几个怎样苦苦哀求，妈妈坚持说，这只会又多出一张她无力支付的账单。每回迫不得已要填学校的表格，比如说野外旅行的许可书时，她都会在电话那栏写上"N/A"（不适用）。结果，有好几个老师因为我提交的表格不完整感到恼火，有一回，他们中的某一位把我叫到教室前面，直接问我要电话号码。

我背对着全班同学，吞吞吐吐地咕哝说，家里没有电话。

"对不起？"她的身体往前倾了倾，"请你讲大声点，劳丽。"

我把头低下去，又重复了一遍："我家里没装电话。"说完抬起眼睛，恳求地看着她。

请，不要让我，再说一遍。

她的眉毛上扬，接着露出一副理解的样子来。她拍拍我的手说："劳丽，谢谢你的解释。别担心，没事的。"

我赶紧回到了座位上，绝望地希望同学们没有听到这次对话。之后那位老师对我一直很温柔，这当然很好，却也同样让我难过。她在同情我，跟做慈善一样，而我已经成了救济对象，这简直叫人难以忍受。我开始偶尔把廷贝尔高地山庄的电话号码报上去，还会填上爸爸的地址，尽管这让我觉得对妈妈有点儿不忠。

家里装电话的那天，我欣喜若狂。而这个缩写——N/A——直到今天仍然会影响我的心境。仅仅是在一张纸上匆匆瞥到一眼，那一天的情景就会重现：我站在全班同学面前，心怀一生中最大的担忧，怕他们发现我穷困的事实。

那两个字母就好像在揭示我自身的缺陷，诉说我人生的失败：劳丽，N/A。N/A。N/A。

我想，在我们三个当中，因为父母分手受到伤害最大的是斯蒂芬。因为他年纪还太小——我们刚从廷贝尔高地搬走时，他还不到4岁，对家庭暴力还没有什么概念呢，就背上了"没爹的孩子"这样不光彩的标签。那时候，我们认识的同龄人中好像没有父母离异的，连分居的都没有。放到现在难以置信，但在当时，这种"丑事"只能私下谈论。

我曾抱着一线希望，希望尘埃落定后，爸爸妈妈能试着成为朋友。我听说过类似的奇迹，成年人表现出成年人的样子，从夫妻角色转变为分担为父为母责任的合伙人。要能那样也很好啊，平平淡淡、安安稳稳。可梦想没能照进现实。

第八章 泽西恶魔

而且，爸爸的所作所为着实让我们难堪，他丝毫不打算隐藏他的女朋友们。女大学生一个接一个，年轻的金发女郎都迷恋着才华横溢的扎列斯基教授。在她们的陪伴下，他越来越趾高气扬，胸肌也越来越发达。斯蒂芬记得有几个女孩想要讨好他，努力表达母亲式的关爱；但她们自己也不过才十几岁，不多会儿就又恢复孩子气的本性，和他一起闹着玩。

她们也努力向我示好，但我已经有妈妈了，我只会传达我的谢意，用这样的词："滚开。"至于试图讨好凯茜的女孩子，上帝保佑，我姐姐把她的感受表达得明明白白：这些女孩都很可怜，而我们的爸爸，比她们还要可怜。

但是，无论他如何为所欲为，看起来总能逃避惩罚，就算是绑架，也不会带来什么后果。一个周末，我们按约定到泽西海岸的别墅去住。然而，两天变成了四天，后来变成了一周，又两天过去了，他仍然毫无动静，根本不提送我们回家的事，而我们的包里只带了足够过一个周末的衣服。

我们不知所措，问他能否给妈妈打个电话。他拒绝了。最后，我和凯茜悄悄溜出去，走了好几个街区才找到电话亭。呼叫铃声才响了一下，那边就拿起了听筒，妈妈提心吊胆地屏住呼吸，听到我们的声音，当即哭了起来。"我的天哪，姑娘们，你们到哪儿去了？警察来找了吗？斯蒂芬还好吗？"

爸爸私自把我们留了那么久，事先也没有同妈妈商量，这明显违反了监护协议。妈妈向警局求助,但他们却并未采取任何行动。当时她没有车——上班是骑马去的——自己没办法来找我们。

到了晚饭时,终于有一辆警车闪着红灯停在了威尔伍德海滨别墅前。两名警官命令爸爸把我们交出去,否则后果自负。我们抓起书包,一个接一个被推进后排坐着。门关了,我们终于回家了。

我唯一的解释是,在那个年代,"父母绑架"的法律概念尚未成形,抑或没有被严格执行。所以,当爸爸绑架了我们,妈妈去报警时,警察表示无能为力,不情愿加以惩戒。

后来我发现,从离开廷贝尔高地山庄开始,妈妈变得不太习惯接受拥抱和亲吻了。这也难怪。她是一个苦恼的单亲妈妈,打三份工,要养活三个孩子、十几只动物,担负了一大堆责任。亲密无间不仅对这些毫无帮助,还可能会让她在一天结束时变得敏感脆弱。

但我从未怀疑过她对我、姐姐和弟弟的爱。而且有一回,我对这爱感到前所未有地真切。那天她给我买了新玩具——那是个她负担不起,我也根本用不着的玩具,而且我在爸爸家里已经有一个了。下午放学回来,我在我的床上发现了它——崭新的、带着价签,该有的全都有。我还清楚记得那一刻我按捺不住的狂喜。

"一个芭比头!"

第八章 泽西恶魔

我冲过去抱住妈妈,像墙纸一样贴得紧紧的,她不得不用力把我剥下来。

"好了,劳丽,"她一边说一边往外走,"看到你喜欢这个礼物,我很开心。"

"谢谢你,妈咪!"我冲着她的背影又喊了一声。然后抱起芭比头开始在房间里跳舞。

我拿出画画工具,找到一支黑色的记号笔,在玩具头的底部用大写字母写上:"劳丽·扎列斯基所有。"

我对几乎所有的东西——我的衣服、教科书、鞋子——都做了同样的标注,想以此证明我在这个世界上拥有一些东西。不过,这有时候并不管用。有一次在溜冰场,我最喜欢的绿色帽衫落在看台上了,尽管衣领内侧就赫然写着我的名字,还是有人把它拿走了。

那是妈妈省吃俭用给我买的新衣服,不管里头穿什么,我的外搭永远都是这一件。妈妈也没有能力再给我买一件了。这一损失让我心痛了好几个星期。

有一天,我在学校里的地位奇迹般地发生了变化,而且是往好的方向发展。起因是妈妈提出了一个不可思议的想法,把哈里·汉堡——我们饲养的安格斯小黑牛带到学校去,给大家做展示和讲解。

一开始,我简直吓呆了。她是想毁了我,让我永远不被同学们接受吗?她是要向所有人宣告我们是松树佬吗?

但事实证明，这成了我入学以来最棒的一天。同学、老师成群结队地从教室里往外跑，目瞪口呆地看着妈妈走过大厅，哈里跟随牵引绳在她旁边从容地迈着步子，校长紧跟其后，匆匆忙忙地清理着牛粪。

到了教室里，妈妈一边讲述动物关怀和农场生活，一边让我班上的同学排着队抚摸哈里，喂他吃零食。哈里对这样的关注很满意，发出一声悠长而深情的叫唤："哞！"把大家都逗乐了。动静真是够大的，其他班级的老师也开始让学生加入进来，直到兴奋的孩子挤满整个教室，争先恐后地要去看讲台上的一头牛。

我们瞬间出了名，成了学校的话题人物。在饭厅里，在操场上，从前不大注意我的同学会悄然走到我面前，问我各种各样关于农场和动物的问题。"你还养了鸡和猪？你家的山羊要生孩子了？哇哦，真是厉害！"

回想起我那时的感受，很可能就像莎莉·菲尔德第二次得奥斯卡时一样飘飘然："你们喜欢我！你们真的喜欢我！"

沐浴在从天而降的好名声中，我意识到，一直以来，我总渴望成为富人家的孩子，以为只有这样才能找到认同和归属。但那些富裕的孩子，至少有一部分，内心深处也是向往农场生活的。这一发现，对每一个扎列斯基家的孩子来说，都足以改变一生。突然之间，做我们自己不仅没问题了，而且还很酷，甚至令人羡慕。连古怪都变成了褒义词。我们的家园，我们垦荒般的生活方式不再叫人觉得可怜，而是趣味

第八章 泽西恶魔

十足，相当另类。

孩子们开始到我家里来，骑马、爬树、调皮捣蛋，常常弄得脏兮兮的。我们生起篝火，烤棉花糖吃，而后在星空下睡觉。等到要加入童子军时，妈妈毫无争议地成了最受欢迎的女训导员，所有的同学都吵着要进她的队伍。后来，我和凯茜加入了学校乐队，那时妈妈有一辆三手的电力公司货车，方向盘还是古老的转向杆——转向柱头上配一根杆子。它后来成了我们的乐队游行花车。车身是迷彩绿色的，车上没有座位。但并没有人介意。乐队成员会一拥而上，在折叠椅、干草捆上，或者干脆就在地板上坐下。所有人都觉得这情形太有趣了。

倒不是说看到别的孩子穿漂亮的衣服、住体面的房子，和相亲相爱的父母生活在一起，我不会再感到嫉妒。只是我在我们的生活方式中找到了价值所在。我开始为自己感到自豪，也开始明白，虽然这样的生活非我所选，但正是它，以一种打破常规的方式帮助我克服了重重困难。

虽然我妈是出了名的风趣随和，但碰到要紧事她又比谁都严格，尤其是在学习方面。在我们家，你只能全力以赴，否则的话，哼！早在小学的时候，妈妈就警告我们说："我没办法供你们上大学，所以你们都得拿奖学金。现在，快把那些书啃完。"

凯茜天资聪颖，是家里最会读书的。她在学校一直上快班，还总是名列前茅。对她来说，学习就像从圆木上往下掉一样容易。而斯蒂芬继承了爸爸在数学和经济学方面的杰出才华，他还是个孩子的时候——七八岁的年纪——就开始订阅《福布斯》和金融周刊《巴伦》，而且，跟看蜘蛛侠漫画一样读得津津有味。

虽然我也读快班，也总是名列前茅，但要取得这样的好成绩，却必须付出双倍的努力。念书期间，大学一直盘旋在我的脑海里，让我一刻也不敢放松。我的专长是美术。我想象自己将以此为业，成为一名出色的画家、时装设计师、迪士尼动画制作人，或者艺术老师。当我又满脑子胡思乱想时，妈妈会称呼我"呆劳丽""怪劳丽"，但她百分之百地支持我。她对自己孩子的信任就像信仰一样坚定。

相反，爸爸却对我的雄心壮志不屑一顾，认为那不过是无聊的白日梦，说艺术赚不到钱。"你将来想做什么，"他问，"在贫民窟终老吗？"

那时我年纪还不大，但也能听出他话里的讽刺意味了，我鼓起勇气说了几句真话："爸爸，我已经在贫民窟里住了好多年了，姐姐和弟弟也是。是你把我们丢在那里的，难道你忘了？"

即便无法带来金钱，艺术也自有其价值。我无法想象没有艺术的生活。

那时我最崇拜的艺术家是诺曼·洛克威尔，多年来一直是我的最爱之一，我想，这多少能对我这个人做些注解。他

第八章 泽西恶魔

为《周六晚报》画的那些封面,以近乎摄影般的真实感让我目瞪口呆,他对日常生活田园诗般的描绘也让我着迷:年轻人在冷饮店谈情说爱,一家人在感恩节相聚庆祝,孩子们抱着衣服从禁止游泳的水塘逃跑。我喜欢他画自己的那幅名画《三人自画像》,欣赏他对民权时代的生动描述。我很中意他画笔下那个坐在校长办公室外傻笑的女孩子,她辫子乱糟糟的,一边眼睛乌青——显然刚刚赢了一场斗殴,打败的很可能还是个男孩子。我跟这个女孩很有共鸣。她是个好样的拳击手。

我希望生活就像诺曼·洛克威尔的画一样——满是欢乐、希望和幸福的结局。

很多很多幸福的结局。

差不多就是在那个时候,我开始对妈妈许诺:"等着瞧吧。有朝一日,等我成了一个著名的艺术家,就给你买一个真正的农场,你想养什么动物都不愁没地方。"

"好啊,"妈妈回答,"等我拿支笔,把'有朝一日'在日历上标出来。"

我一点儿也没想到,那些话——那些无聊的白日梦——会从此指引我的余生。年复一年,我重复着这个承诺,像在念一条咒语。

那天一回到家,我在学校的兴奋劲儿就被浇灭了。哈里·汉堡不见了。

当然了,他就叫汉堡,这不是明摆着的线索?原来,妈妈之前同意替附近的一个商人抚养哈里,报酬是在他被屠宰后分一份牛肉。那几百磅的肉足够养活我们一家人(其中一人弃权),至少一年,也许更久。有了哈里,不时再添点儿鸡肉,我们的一日三餐就能安排得妥妥当当,杂货账单会大大削减,只需包含意大利面和一些主食了。

我爱哈里,他像驼鹿一样高大,像小猫一样温柔,跟我们家所有的狗狗一样顺从。他喜欢人轻轻揉他的屁股,亲他的鼻子,喜欢你喂他一大把新鲜的甜甜的干草。我对他在学校里明星一般的亮相尤为感激,是他改变了同学们对待我的方式。

妈妈听完我声泪俱下的长篇大论,只是温柔地回答:"劳丽,他本来就不属于我们呀。对不起。但我已经做了这个交易,而且也只能这么做。我们需要吃的。"

伤心欲绝的我没有得到丝毫安慰。我把哈里的一张照片装进相框,像是个神龛一样,摆放在客厅的架子上。之后很长一段时间,只要妈妈把汉堡、牛排或是肉丸端上来,我就会含着泪离开餐桌,一个人到厨房里去,一边大声呼哧鼻子,一边做蛋黄酱三明治。

那以后没过多久,我们的经济状况得到了显著改善,因为有一个人成了我们的第二个父亲,也是"父亲第二"——跟第一个一样,善变、靠不住。

农场花絮·动物逸事
牛仔

一连好几天,一个南泽西女孩和她的母亲总是听到隔壁农场传来尖锐痛苦的叫声。他们跑去查看情况,发现有一只新生的山羊,因为和一匹马关得太近了,反反复复挨踢,结果骨折了。他们走近围栏,看到羊羔挣扎着想站起来,发出咩咩的叫声,可怜巴巴的。

妈妈和女儿找到农场主,质问他为什么不帮帮小羊。他的回答一针见血:"不关你们的事,这不过是头愚蠢的畜生,一只该死的山羊。叫它见鬼去吧,我再也请不起兽医了。"

显然,这位农场主跟一些人的想法一样,认为动物不会说话,就代表感觉不到疼痛,至少痛感不像人类的那么强。好吧,他不过是说了实话,他真的一点儿也不在乎。

对这对母女来说,这种时候一声不吭地走开会简单得多。毕竟,山羊是农民的合法财产,他们凭什么来干涉?但让我高兴的是,她们把死板的规则放到一边,站出来告诉农民他有两个选择:要么交出小山羊,要么就等着被动物福利当局传唤吧。

农民没有反抗——这其实也是他解决这个棘手问题的好时机——于是山羊就这么来到了快乐农场。紧接着,我们又把他送去新博尔顿中心治疗,那里的兽医警告我们,要想修复山羊骨折的前腿，动手术的花费可能会超过3000美元，而且需要用到手术钉。

遇到这类情形，我有一个标准的回答："好啊，信用卡正好派上用场。"

受伤山羊的故事对我来说特别精彩，因为它有力地证明了有多少人在背后支持我们。他的救命恩人，那对为正义挺身而出的母女尤其让我觉得骄傲。我们的社交媒体志愿者想了一个主意：以山羊的身份讲述整个故事，然后在脸书上发布。我本来对这个主意没什么兴趣，我跟志愿者说："我的动物可不会演戏，也不会说话。"但他还是说服了我，好吧，试试看也无妨。几个小时之后，捐款开始如潮水般涌来，完全够支付他的手术费和相关费用了，每笔捐款都附带着爱心便条和慰问信息，全都是给牛仔的——我给山羊取名为"牛仔"，因为它黑白相间的皮毛和打弯的双腿。不用自己的钱来支付兽医费用，这对我来说还是第一次。

牛仔是一只拉曼查山羊。据说这种羊是西班牙奶山羊的后代，因为长着细小的"地鼠耳朵"，更因为对人类和食物毫不掩饰的热爱而闻名于世。牛仔被我们的志愿者和访客封为"捐赠质检员"，因为他会把捐赠品全都品尝一遍，以保障农场伙伴的健康。留神哦，要是不看着点儿，他可能会爬进你的车里寻找麦片、金鱼饼干，或是其他美味。如果来参观快乐农场，记得一定不要错过健康、强壮、魁梧的牛仔。作为快乐农场第一个在社交媒体上发声的动物，他赢得了全世界的爱。

第二部

安妮的女孩

第九章

父亲的形象

"没时间了。要是你不能赶紧把飞机开起来,那就赶紧祈祷吧,因为我们即将坠落。"

这架比一辆大众汽车大不了多少的双座塞斯纳教练机,在南泽西乡村上空的气流中发生偏航。我从右边的窗口向下俯瞰,火柴盒一样的汽车沿着道路和高速公路爬行,与农场、田野纵横交错,如同一幅一望无际的巨型拼图铺陈开去。

我看得目瞪口呆,在乘客座位上不由自主地缩成一团。这时,飞行员却放开操纵杆,往后一靠,"咔嗒"一声打开一听百威啤酒,啧啧地吸溜着溢出来的泡沫。飞机很快开始上下颠簸,可他仍是一副若无其事的样子,从衬衣口袋里掏了包温斯顿香烟,抖出来一支,又在同一个口袋里摸出了打火机。

那一刻,我看上去肯定酷似爱德华·蒙克的画作《呐喊》——张大嘴巴,吓得说不出话来。他看着我,神色泰然,好像我们是在喝茶打发时间，而不是在 3000 英尺的高空，在无人驾驶的飞行器里摇摇晃晃。

"接下来 10 秒钟里，"他冷静地说，"你要把这架飞机开起来。"

《呐喊》变成了活生生的现实。

"不行，巴尼！我不知道怎么开！"

"从控制开始。"

他扫了一眼手表。

"你还有 8 秒钟。7 秒。6 秒……"

他的全名是约翰·戈登·奥德菲尔德二世，但人人都叫他巴尼，巴尼·奥德菲尔德，跟 20 世纪初一位著名赛车手同名。妈妈第一次见他是在威尔伍德的木板栈道，他在市集上吹制兼兜售各色玻璃雕塑：小丑、圣诞树、旋转木马——个头都不大，却个个色彩斑斓，光辉夺目，堪称精巧别致的艺术品。妈妈和巴尼一样孤独，一样对爱情感到失望，两个同病相怜的人很快走到了一起，如同两只在海上漂流的木筏搭上绳索，从此相伴航行，船上还拖着几个儿童乘客。

巴尼是一名空军老兵，越战期间在冲绳基地修过飞机。他不是一般地聪明，而是博览群书，无论什么领域都略懂一二：历史、地理、宗教、政治……要是去参加《危险边缘》竞答节目，他一定所向披靡！

吹玻璃是巴尼的艺术爱好，也是副业。早上九点到下午五点，他的身份是一名汽车修理工。此外，他也驾驶和修复老爷车，其中就有史上最酷的跑车：1960款的奥斯汀·希利精灵。

妈妈被巴尼吸引实属正常，这个男人肩膀宽阔、相貌英俊，留着小胡子和长长的马尾辫，戴一副约翰·列侬式的眼镜，处世的态度如影片《逍遥骑士》一样随遇而安。而且，巴尼具有那种让女人难以抗拒的个性：男性气质强烈，情感又很细腻。他古铜色的胳膊和双手首先吸引了我的注意力，那么宽阔结实，看起来有力得像个大铁锤。

他和儿子戈登住在奥杜邦小镇，从大西洋城高速公路过去大约半小时车程。他和妈妈在一起以后，我们有时会在那边过夜。我就住在地下工作室正上方的房间里，恰好能看到他在下面全神贯注地工作，忙着吹制那些玻璃小丑和旋转木马，硬质钢门改造成的工作台上夹着一个康宁焊接火枪。直到今天，我似乎还能闻到熔化玻璃和香烟散发的味道，听到低沉的摇滚乐彻夜在地板上回荡：齐柏林飞船、史密斯飞船、甲壳虫乐队。

这与往日的声响大不相同。从前我常常在爸爸妈妈举办花式鸡尾酒会时偷听，兀自想象着一盘盘开胃小菜、一杯杯马丁尼和一排排甜点模具。现在，啤酒和杰克·丹尼威士忌取代了鸡尾酒，而代替妈妈在三角钢琴上演奏出的乐声的，则是巴尼立体声音响里砰砰爆出的摇滚乐。我还记得艾尔顿·约翰演唱《本尼和喷气机队》时，地板都会震动。

我们两家就这样来来回回，从奥杜邦到特纳斯维尔，从特纳斯维尔到奥杜邦，直到巴尼和刚满五岁的戈登决定搬到快乐农场。我知道你肯定会想问：如果妈妈和巴尼要住到一起，为什么不是我们搬到他那儿去，在郊区一个三居室的房子里，起码可以像半个正常人一样生活，是不是？

我觉得妈妈是有顾虑。经历过爸爸的事，这也难怪。她现在不愿意和任何男人共命运，至少不敢赌上余生。她离开爸爸时都没有强迫我们换学校，为了巴尼，肯定更加不会。

此外，还有这么个理由——如果我们搬家，谁来照顾动物？

结果，巴尼卖掉房子，带着戈登来跟我们挤。如果说四个人住在一居室大小的房子里还能用很挤来形容，那么六个人就好比沙丁鱼罐头了。六个人再加上几十只动物呢？无疑像在参加竞技表演。

即使到了那时，我们的家也仍在不断壮大。妈妈奉行的是"家门开放"政策，这些年来，许多四处漂泊、无依无靠的人也像救助动物一样，成了我们家庭的一分子，虽然有的只是暂时停留。比如吉米·培根，一个本地男孩子，他母亲死于癌症，后来又在一场火灾中失去了父亲和兄弟，境遇十分悲惨。亲爱的吉米17岁时来到我们身边，像是一只受伤的小鸟，虽困惑而悲伤，却可爱又善良。他是那种最最体贴的大哥哥型。

作为有了容身之所——他更喜欢住在停车场的车子里，

第九章 父亲的形象

这样还能有一点儿隐私——的交换,吉米成了我们几个孩子必不可少的陪伴,后来更是成了我们一生的朋友。那个年代,同性恋仍然被认为是可耻的,出柜的举动不仅骇人,甚至可能招致危险。是妈妈帮助吉米正视并认同自己,不再认为自身有任何缺陷。如今争取自由平等的人们高喊着"爱就是爱",而妈妈得出这个结论的时间,比许多人要早得多。

另外有一位女士,我们叫她碧妮阿姨。和妈妈一样,她同丈夫离婚后一贫如洗,无家可归。碧妮曾经相当富有,她在我家客厅地板上的铺盖卷里睡了几个月,离开时还送给我们一些漂亮衣服。我们还为一个名叫史蒂文的寄养儿童腾了点儿地方,在将近一年的时间里,妈妈像母亲一样爱护着他,直到为他找到了一个更合适的家。

夜晚,等所有人都爬上床——无论是一张真正的床还是地板上的一小块地方——睡前问候的情形跟电视剧《沃尔顿一家》一模一样。

晚安,比恩。

晚安,吉米。

晚安,约翰小子。

陋居变成了离家出走者、流浪汉和叫化子的中途之家,连我们学校里的朋友,不论出于什么缘故和父母闹翻了,也会到我家来。他们都很信赖我的母亲,她的安慰和建议跟皮礼士糖果一样甜,至理名言比《亲爱的艾比》专栏还多。

她的座右铭"哭得越多,尿得越少"屡试不爽,总能叫人破涕为笑，多多少少驱散了一些忧郁。

巴尼来了以后，我们的生活更加丰富多彩，也发生了不少有益的改变。他驱使我们三个努力用功，学习更多知识。他给我们提供了多年不曾有过的经济上的稳定。他给我们带来了第二个兄弟——戈登，我们刚开始总爱找他的碴，但最终还是爱上了他。不过再仔细回想一下，好像还是一直在闹着玩欺负他。

巴尼解决了女生寝室的地盘之争。他做了一张双层床，这样我和凯茜就不用再并排睡了。但不久他又做了一张，因为我俩为谁应该睡上面争执不下。

他教斯蒂芬水肺潜水，教我修车，还向妈妈这个摄影迷演示如何拍出更好的照片。妈妈非常喜欢拍照，她把柯达太阳相机随身携带，没有哪天不拿出来咔嚓几下的。巴尼则足以媲美真正的摄影师，他有一台35毫米胶卷的单反相机，各种大块头装备也一应俱全。他的专长是拍摄风景，还机智地利用我们漆黑的浴室作为暗房冲洗照片。他工作的时候，我就一直跟在他屁股后面，一边看一边大脑飞速运转，这些记忆在多年后我成为一名职业摄影师时派上了用场。

巴尼也更善于利用房子周围的土地。他买来旋耕机，种下一长排一长排的轮作作物：夏天是玉米、西红柿、莴苣和西瓜，秋天是胡萝卜、洋葱、欧洲萝卜和菠菜。孩子们被组编成除草巡逻队。感觉整天都有除不完的草，到后来手都磨破了，背也快弯折了。这样的劳动实在讨厌，但看着实打实的食物开始从精心照料的土地上冒出来，我们一个个大呼小叫，骄傲得不得了。从此，我们一年到头都不愁没有新鲜的蔬菜了，在全家尽情享用之余，还能跟动物一起分享。

事实上，对于巴尼这个人，以及我母亲对他经久不衰的依赖，我的感觉相当复杂。但是，至少有一件事我将永远充满感激。他教会了我飞翔——我，这个连摩天轮都不敢坐的胆小鬼。

一开始是他生日那天，妈妈在威廉斯敦的克罗斯基斯机场教了教他。

结果，巴尼就像查尔斯·林白[i]一样飞起来了。没过多久，他拿到飞行驾照，于是开启了周日下午的兜风之旅，让我们轮流在天空翱翔。不知为何，他坚持认为我应该亲自飞飞看。据他说，在四个孩子中，我是最有兴趣和天赋的。

我不记得自己有没有同意，尤其是在 3000 英尺的高空中，他把那双大手从操纵装置上拿开，命令我接管时。我当然得飞了，但并不是因为想飞，只是不想平白无故地摔死。在飞行中，巴尼不时会驱使这辆塞斯纳做出些惊险刺激的动作，比如将操纵杆一把拉到胸前，推动它近乎垂直地爬升。遇到这种情况，飞机会失速俯冲，跟着在一个急转弯后螺旋下降。虽然为应对紧急状况，所有的飞行员都要进行熄火练

---

[i] 美国飞行员，1927 年史无前例地达成了单人不着陆飞越大西洋的实绩，因此闻名于世。

习，但他们的做法跟巴尼可不一样。他似乎就是喜欢这样的效果：自个儿故作镇定，却把我吓得不轻。我估摸着，这人肯定是有钢铁般的意志吧，要不就是啤酒发挥了魔力。

失速掉下来时，我感觉自己就像在下水道里打转；在发动机轰鸣着恢复运转之前，机舱里死一般的寂静，我吓得喊了一声"万福马利亚"。返回机场的路上，我们冒险飞得很低，嗡嗡作响地擦着树梢，起落架上挂满了树叶。

每个周日结束时，我都会含着眼泪，信誓旦旦地对妈妈说我再也不上飞机了，永远不要再去了。但是接下来的周末，当巴尼说："来吧，孩子们，我们要去机场了！"我又一次不落地跟去，等回过神来时，总是发现自己已经坐在副驾上，喊着"万福马利亚"。

如果巴尼的非正统教学方法——在飞行中抽烟喝酒，尤其邻座的乘客还是个小孩子——被传出去，他肯定会被禁飞，而且我也不认同把对死亡的极度恐惧当成助推剂，但这并不妨碍我们卓有成效地完成任务。害怕是实实在在的，但同时我竟感受到一种从未有过的不可抑制的生命力。很快我就分不清恐惧和兴奋之间的差别了。后来我无意中听到巴尼对妈妈说："安妮，她真的很有天赋。天呐，这孩子才11岁，她已经会飞了。"当时我的自豪无以言表。

要不是他，我做梦也成不了飞行员。

不幸的是，除了在天上喝酒，巴尼在陆地上也是个不折不扣的酒鬼。他习惯用"提神醒脑"的早酒——一小杯烈酒加一杯啤酒，有时甚至把啤酒倒进他的鸡蛋里——开启一天的畅饮时光，一整天都陶醉其中。而且，巴尼并不是一个快乐的酒鬼。酒精刺痛了他的神经，使他变得暴躁易怒，四个孩子没完没了的吵闹和古怪的行为举止，在他眼里也变得更加难以忍受。

久而久之，他喝得越来越厉害，不到中午就能喝下一品脱的杰克·丹尼，还能支撑着正常地工作。但偶尔到达忍耐力的极限时，他会瞬间从一个正直清醒的成年人变成一个笨手笨脚的醉鬼，口齿不清，步履蹒跚。

巴尼在很多方面都很鲁莽。从他大胆的驾驶风格不难推测，他八成是一个好斗的司机。那时候，新泽西州的环形路比现在多得多。司机们遇到这些交叉口时心态成两极分化：一些严阵以待，准备应对可怕的死亡旋涡；另一些跃跃欲试，打算挑战刺激的碰碰车游戏。巴尼当然属于后一类。他在环道上行驶的速度快到一侧的车轮已经离开了地面，关键是他还只用一根小拇指控制方向盘！那种时刻，连我妈这个出了名的快车党也紧张到抓住他的胳膊叮嘱："开慢一点儿，巴尼。稍微慢一点儿。"

他还是个纪律严明的守旧派，严格得就像在罗马竞技学校一样。有孩子做错了事，就要被逼着站在后院举砖头。这样的惩罚真把人折磨得够呛。把胳膊向两侧伸得直直平平的，托住压在上面的砖块，还要坚持半个小时甚至更久，撑到最后那种被巨石压得喘不过气来的感觉我至今还记得。要是我的胳膊往下掉了，巴尼马上就会一声吼："抬起来！"我们无一幸免，并且别无选择，只能老老实实受罚，一个个哭哭啼啼，跟婴儿似的。

同样，要是巴尼发现斯蒂芬和戈登打架——这在兄弟之间并不罕见——他可不会劝架，反而要让他们打得更激烈，"你们想打架是不是？好啊，那干脆就来点儿真格的！"于是，他在旁观战，看他俩像角斗士一样，厉声喊叫着厮打。

有一回，巴尼发现斯蒂芬往戈登的脚踝上撒尿，他的处理方式，竟然是让两个男孩在后院脱光衣服，然后互相往对方身上尿。谁的水枪坚持到最后就算谁赢。有这样的奇葩创意也是叫人佩服。

这种惩罚如今看起来很残酷，在那个年代却并不罕见。许多家长，甚至老师都是体罚的忠实拥护者，满脑子不打不成器的想法。不过，扎列斯基家的孩子在他们父亲的家里，目睹并经历过的事情比这糟糕得多，相比之下，这些形式的管教简直称得上温和了。

即便如此，我们还是不断向母亲抱怨，她实在被我们烦透了，才去找巴尼理论。到后来，体罚虽未得以终结，也确实有减少，而且也没那么有想象力了。

简而言之，妈妈离开爸爸时，还没有完全放下"站在你的男人身边"的观念。所以，后来她仍然站在巴尼一边，为他辩护，哪怕对立面是她自己的孩子。我无从解释，只能归咎于时代的局限。她在很多事情上都不走寻常路，以此提升了自己，也影响着我们。但这一点却终究难以回避：她在男人方面的品位糟糕透顶，而且还倾向于顺从男人。爸爸加上巴尼，她两度受挫。

意料之中的，爸爸和巴尼相互看不顺眼，甚至可以说是厌恶。巴尼有时会陪妈妈上警察局，送我们去做例行的周末拜访。狭路相逢，爸爸立即双眼开启最强的"激光"，往巴尼身上"扫射"，嘴里还念念有词："你这个臭瘾君子。失败者。废柴……"如果眼神能杀人，巴尼早就人间蒸发了。但是，面对接二连三的侮辱，他不仅从来没有以牙还牙，甚至连眉毛都没有抬一下，这点让人不得不佩服。

他的冷漠无疑让爸爸抓狂，更加疯狂的报复或许从那时已开始酝酿。

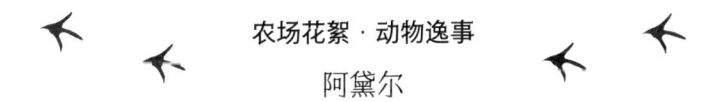

农场花絮·动物逸事
阿黛尔

"于是一只鸡走进了脊椎理疗室……"

听起来像是在讲笑话，其实呢，这不过是快乐农场生活的又一天。

流浪到此为止

在我们最知名的成员中,有一只奥平顿母鸡,脾气和态度跟红头发的爱尔兰人很相像。她叫阿黛尔,和另外六个无家可归的伙伴一起被送来了农场。从那天算起,她是迄今唯一一个拒绝和其他几百只禽类一起在场院里生活的。似乎在她看来,这种平民式的生活根本不值得过。每次我把她放进院子里,她都会绕回农舍后面来,在玻璃移门上一个劲儿地啄,直到我把她放进来为止。显然,阿黛尔已经决定要做我的新室友,而且根本不打算放弃。我又怎么能拒绝呢?她到底还是赢了,兴高采烈地和家里的猫猫狗狗住在一起。她喜欢跳到沙发上看电视,最爱看的是《老友记》,总是咯咯咯从头笑到尾!

美中不足的是,没办法训练鸡上厕所。相信我吧,我尽力了。最后只好让阿黛尔戴尿布——这对于住家母鸡来说必不可少——另外还用纸板搭了一个房子,里面有专门供她栖息的小窝,她成了有史以来最快活的母鸡。但凡我找不到她,她肯定是在浴室里把玩我的首饰,有时还会把一些项链挂到脖子上试戴。阿黛尔对闪闪发光的东西很着迷,盯着镜子一看就是好几个小时。每一次我带上狗狗们开车出去,她都不甘落后,而且一定会占据卡车的中间扶手位置,以获得最佳视野。阿黛尔当家作主,没有一只猫狗敢站出来反抗。

一天,我要出门去做脊椎理疗,阿黛尔不知怎么就溜到我身后,跳进了卡车后面。我出发了,完全不知情。等我按摩完出来,听到有人在谈论什么公鸡、母鸡、柴鸡……我走近接待员，看见她手里拿着一只鸡。我问鸡是从哪儿得来的，她说，是这只鸡自己爬上台阶敲开了门。我当时随口答了一句："她长得跟我家的阿黛尔很像欸，你打算拿她怎么办？"接待员说她有一个小型农场，打算把她带回去，在外头给她搭个鸡圈！我临走还叮嘱了一句："很好，要是你有任何需要，希望我能帮上忙，我是快乐农场的。"

我找了阿黛尔两天，把整个农场都翻遍了。终于，到第三天早上喝咖啡的时候，我脑海中闪过一个念头，阿黛尔那天一定跳进了我的卡车里。

我的感觉像极了一个糟糕的妈妈！我打电话给接待员，告诉她那只鸡就是我的阿黛尔！她哈哈大笑，叫我去接她。我赶到她家里，看见阿黛尔正在一个漂亮的围栏里来回踱步，满脸的不高兴！

回程时，阿黛尔一路冲我大喊大叫。到家以后，我马上给她涂了指甲，以确保我永远不会再认不出她来。我把这件事告诉了社交媒体志愿者，不久，他从阿黛尔的角度写下这个故事，发在了脸书上。这是迄今为止我们点击量最高的帖子之一，当然也是被谈论最多的。他在故事中写道："我刚在卡车后面躺好，它就开始动了。我们的速度越来越快，越来越快，那感觉简直像龙卷风迎头撞上了飓风。等到终于停下，我跳下车子，差点儿就站不起来了。我看到一个牌子，上头写着'脊椎理疗室'，我高兴坏了，经历过这么一番颠簸之后，正好需要调适一下！"

如今，以阿黛尔为主角的反霸凌儿童图书已经出版了。她教孩子们善待他人——因为你永远无法完全体会别人内心的感受，并且要尽自己所能做到最好。在书中，阿黛尔有一句名言："做你自己，做最好的自己，就像我一样！"

当然，身为快乐农场的明星动物之一，阿黛尔还总是教育孩子们："对人不友善，绝非好孩子所为！"

第十章

闯入者

春天的一个下午,我正趴在窗台上做作业,斯蒂芬沿着土路慢悠悠地走了过来。他像哈克贝利·费恩那样,拖着一根折断的芦苇在地面上划拉,不时踢踢路边的石子,像往常一样磨蹭着。那天他是最后一个从学校回来的。

我正要喊他,却见他突然停下来转过身去,好像在树林里发现了点儿什么。他一动不动地站了好一会儿,凝视着前方,接着突然拔腿朝房子跑过来。门打开的时候,他的脸都发白了,站也站不稳。

妈妈从洗手间走出来,边擦手边问他:"怎么了?"

他一言不发,指了指院子,接着开始号啕大哭,声音响得像要把屋顶掀翻。妈妈撒腿就往外跑,不一会儿,我听到了她低低的呻吟声。

"哦,不。哦,不,不,不,这不是真的。"

我连忙跟了过去。在给狗狗喂食的那片空地上,沃尔夫、乔治、埃琳、贝尔和巴迪——我家的五条狗全都躺倒在地，腹部肿胀，眼睛后翻，嘴巴松弛。他们被毒死了。

"那个狗娘养的，"妈妈哭喊起来，"那个狗娘养的。"

那时候，关于那个反复割坏我们的汽车轮胎、电线和水管的罪魁祸首，家里已经没有谁愿意再自欺欺人，继续编造什么陌生人了。我们知道是爸爸干的。我们就是知道。

但还是那句话，没有证据，就不会有任何后果。

我们在房子后面被雨水软化的土地上挖了一排浅坟，把狗狗安置在里面。从那天起，安妮拿起了她的枪。

过了没几个星期，有一天，她听到院子里忽然骚动起来，动物扑腾着、嘶叫着，这通常意味着这片土地上出现了闯入者，不是两条腿就是四条腿的。她拉开窗帘，嘴巴立刻抿出一条邪恶的曲线，接着一把抓住了她的步枪。我并没有亲眼看到接下来发生了什么，但这个故事我听了太多次，所以总感觉自己就在现场。妈妈发现爸爸倚在牧场的栅栏上，正在喂香农·奥利里吃生菜。

她像经典西部片里的芭芭拉·斯坦威克一样，扣上步枪的扳机，咆哮着发出警告："离那匹马远点儿，你这个浑蛋。滚出我的地盘。立刻，马上！"

不知道别人会怎么样，但要是有人拿着步枪指着我，我肯定立马识相地开溜。但我父亲傲慢得过了头。"亲爱的，你怎么了？"他问，"我不过是想表达我的友善啊。"

第十章 闯入者

这一次他错看了她,正如他从前也"看走眼"了一样。她把枪管斜了斜,向空中开了火。他瞬间变成动画里的人物,原地往上蹿了3英尺高,然后咆哮咒骂,像个懦夫一样离开了——直接去了警察局。他递了诉状,指控他的前妻谋杀未遂。

对于法庭,妈妈早就习惯了。尽管这件事严重得多,她还是保持了一贯的冷静作风,面对指控毫不退缩,慷慨陈词:"要是我真想杀了那个狗娘养的,他早就死了。"

虽然不在现场,但她说这番话的情景,就像我亲眼看到亲耳听到一样真切。我愿意相信这个故事是真的。

作为初犯,妈妈可能获得了缓刑,但我对具体细节并不知情。可以肯定的是,谋杀未遂的指控没有成立。而爸爸那边呢,还是老样子,信不信由你,根据法院探视权的规定,我们还是得每个周末去廷贝尔高地山庄。

那个人毒死了我们的狗,可能还计划杀掉我们的马,我们却不得不继续跟他过周末,这时候所要面对的重压,超出了一个孩子的承受能力。

我们开始默默地反抗。好多次,我们到了爸爸家,装模作样待上几个小时之后,就趁他转身的空当儿溜出门,步行回家去。妈妈看到我们出现在通往农场的土路上,大为恼火,劈头盖脸就是一通数落:"孩子们,要是你们不去爸爸家,我可能会被逮捕的。知不知道?"

我竭尽全力不再去想那些狗的遭遇——一切都已过去，无力回天了——但当我从院子里经过，或是走去公车站台时，总免不了会看到他们的碗和狗窝，看到他们死去的地方，以及埋葬着他们的土地。每个上学日，我一爬上公交车的台阶，就赶紧把鼻子埋进袖子里。如果有人能问问我为什么哭，说不定会有些帮助，但并没有人这么做。我不得不独自面对这些问题。

为什么我没想到应该把狗保护起来？

他们死时是害怕还是痛苦呢？

为什么爸爸会这么讨厌我们？

没有答案，我只能试着把它们赶出脑海。

据说，身体会记住人的所有情绪，不管你是否愿意面对，那些你试图忽视的感觉最终会以某种方式从你身上冒出来。接下来发生的事正是如此。狗狗们死后大约过了一个月，我清早醒来发现一边脸肿了。难道是我睡的姿势太怪，或是半夜不小心撞到了？

我去浴室照了照镜子，惊恐地发现，我的左半边嘴巴下翻，同一侧的眼睛没办法眨动了！我的半边脸垮了，看上去像极了一个正在融化的冰激凌蛋糕！

前面提到过，妈妈自己从不去看医生，也很少带我们去，除非遇到出血、牙齿松动或骨折等紧急情况。但那天，她只看了我一眼，就马上把我拽出门，去了急诊室。

第十章 闯入者

通过一些测试，急诊室医生诊断我患了一种叫作"贝尔麻痹"的面瘫，症状类似中风。这病不管儿童还是成人都可能会得，而且多数由压力引起。

"最近家里或者学校里有没有什么特别的事情，"医生问，"让劳丽觉得压力很大？"

我和妈妈交换了一下眼神，然后像一对晃头娃娃一样疯狂点头。

医生说，好消息是麻痹通常是暂时的，可能几周内就会自行消失。坏消息是，在那之前，我上学时不得不打扮成萨尔瓦多·达利[i]画中人物的样子。

姐姐和弟弟觉得我的样子十分好笑，但我可真是受罪。我吃东西，食物就从我麻了的半边嘴里掉出来。我喝水，只能用管事儿的那半边咬住吸管，我笑的时候，打哈欠或做鬼脸时，表情也只出现在那半边。最糟的是，我的口水流个没完。所幸，正如医生承诺的那样，我很快就康复了。

我也终于从对父亲的爱中清醒过来。这么多年，我一直在为他的恶行寻找借口。现在，我听到心里的那扇门"砰"的一声关上了，就像我母亲和姐姐之前一样。周末见面，我不再回应他的拥抱，也不再以那种占有的方式牢牢抓住他的手臂。而且，就像是打破了魔咒一样，我也不再像以前那样怕他怕得厉害。

---

[i] 西班牙著名画家，因其超现实主义作品而闻名。

又到了我们三个上家事法庭的日子，这一次，凯茜平静地站在法官席前对他声明："如果我们还是不得不到爸爸家去，我们一到那儿就掉头回家。"

她这么说可不是在赌气——事实上我们已经这么做了，夫人。

谢天谢地，这一回法官把她的话听进去了。她了解我们家不时发生暴力冲突的历史。她也知道母亲在凯迪拉克上的故事，这在特纳斯维尔早已成为传奇。那一天，法官和法庭听到了理查德·扎列斯基的孩子们的心声，终于把自由还给了我们。我们摆脱了去廷贝尔高地山庄过周末的义务，只有斯蒂芬选择继续跟爸爸见面。他仍然享受他们的亲子时光，我们也不介意他这样。至于我和凯茜？我们已经受够了。

爸爸可不习惯被挑衅，也没打算善罢甘休。反击很快开始了，他指责妈妈不称职，不但在污秽的环境中抚养孩子，还是个毒贩子。但他什么都证明不了，因为这些都是谎言。他又发誓说，要是看不到他的女儿们，就休想让他再掏一分抚养费。

妈妈不为所动。她倒很可能想掐死他——我就想这么干——但她只回了一句："你的任何帮助我都不需要。让这一切结束吧。把平静还给我们就行。"

1980年，我们迎来了历史性的一天，妈妈带回了一个会让我们的生活变得更好的消息："孩子们，我进工会了！"

第十章 闯入者

巴尼幸运地在费城的优比速仓库找到了一份待遇不错的工会工作，然后想办法让她也进去了。她成了一名"预装工人"，也就是包裹搬运工，在装卸码头上夜班。

妈妈告诉我们，她能挣不少钱呢，这可是有生以来第一次。要加班，工作时间可能加倍，还要占用黄金时间，但这些她都无所谓。她还会得到相当优渥的一揽子福利，这意味着要是生了病，我们就不用担心没钱看医生。

她大摇大摆地穿过客厅，抓起一沓电力公司寄来的蓝色断电通知单，刺啦啦撕成碎片，像撒彩纸一样撒到了空中。那一周，她带我们去了一家真正的餐厅吃饭——不记得有多少年了，我们只会去"得来速"买快餐——还嘱咐我们说不要太顾虑花费。周末，她更是放纵了一把，开车带我们去商场买新衣服。

讽刺的是，差不多就是从这个时候起，我开始了一种破旧的、"破烂娃娃"拉格迪·安式的穿衣风格，自认为这才是艺术家该有的样子。我戴着另类的帽子，穿一身霹雳舞风格的运动衫，再用懒散的袜子搭配笨重的"踢屎靴"。我在手臂上上下下套了一排橡胶手环，配上一副网眼手套，内衣外穿，同时故意在紧身衣上撕开几个洞；另外，还努力把金色的长发打成结。偏偏就在我们开始买得起漂亮衣服的时候，我却打扮得像是从百老汇音乐剧《福音》剧组落跑的演员。

尽管样子看起来便宜，这种衣服通常价格并不低。我从 11 岁起就开始做保姆赚零花钱了，现在为了给购物的狂热买单，只能快马加鞭，尽可能晚上和周末都去工作，有时甚至会通宵。我还找到了一份课后工作，为附近的眼镜店除草，因为凯茜在那里整理文书。

店主乔治·迪布瓦是个严厉而苛刻的老板。我在他前门外除草时，他几乎无时无刻不在我头上盘旋，一边对我的技术吹毛求疵，一边指出我漏掉的蒲公英嫩芽。本来我最讨厌的就是除草，现在还得忍受他在旁边啰里啰唆。

但是，为了拿到薪水，我只能这么做。

那时我并不知道，乔治会成为我们一家子，尤其是我和凯茜生活中的重要人物：是雇主，是恩人，更是永远的朋友。但即便是那时候，要是我缺钱了，或是需要什么东西——从新鞋到文具，到美术用品，再到校外补习费——我就知道可以向他求助。

他的反应总是一个样。先是翻翻白眼，然后开始抱怨："又破了？你不是在开玩笑吧？还有，你把我当什么了，第一国家银行？"不过，一旦抱怨完了，乔治又总是会想办法帮我。一直都是这样。

"好吧，外头有些杂草上写着你的名字呢，还不赶紧去看看……"

从那以后，乔治在我家里就被亲切地称呼为"银行"。

令人喜出望外的是，他很快就把我从那些讨厌的杂草中转移到商店办公室,让我做一些初级的行政工作:归档、更新约见日历、接电话。考虑到我的艺术专长,不久后,他还把我提拔为"时尚顾问",帮助顾客选择镜框,推荐最适合他们的颜色和风格。他的顾客主要是中老年人,所以我一直也没明白,他为什么把这份工作托付给一个郊区购物中心麦当娜式打扮的人。但是我受用得很——它带来的不仅仅是钱,还有独立的感觉。

跟我一样,妈妈也很喜欢她的新工作。费城仓库里没有多少女性预装员,她所在的国际卡车司机兄弟会里也只有几个。能达到要求,成为一个跟男人做一样的事,挣一样的工资的女人,她相当自豪。

但她的孩子们可不感到惊讶。她不是已经干了这么多年重体力活了吗?要知道,围捕一匹脱缰的公马,跟一只上千磅重的猪摔跤对她来说都不在话下。她像伐木工人一样砍断圆木,再把它们劈成柴火。相比之下,提起40磅重的包裹在她不过是小事一桩。她和大多数男人一样强壮,说不定还更强壮;她装卸卡车的速度就算不比他们快,也不会慢丝毫。

在安妮·麦纽提轮班的第一天,她的男同事们是怎么想的已经无所谓了,因为他们很快就意识到,安妮是个女汉子。他们开始喜欢上她,尊重她的坚韧。之后他们听说了她以前的事,还有继续骚扰她的前夫,个个都很愤慨,进而就想保护她。什么样的浑蛋会去给安妮这样的好女孩找麻烦?

那时,爸爸对我们的威胁已经少了很多——也可能是没办法,毕竟家里多了个巴尼——但见鬼的是,他就是不想放弃,只不过多数时候得更加小心翼翼,才能不让人发现踪迹。妈妈的轮胎再一次被划破了,并且油漆泼得满车都是,这次是在优比速码头的停车场,她的伙伴们被激怒了。不止一次,他们小心翼翼地提出要去"照顾照顾"爸爸,只需请他们喝两打啤酒就行。

"说吧,安妮。只要你开口,"他们说,"我们可以让他从此消失。或者至少给他点儿苦头吃,让他长长记性。"

但是妈妈又一次拒绝了。"无论行善作恶,终究会有报应,"她说,"我们不能用一个错误去纠正另一个。"

总而言之,那是一段快乐的时光,是我们平静美好的黄金岁月。这样的日子一直持续到斯蒂芬称为爸爸的"最后一幕"的决定性事件发生。那是1983年的一个晚上,家里有四个人——我、妈妈、斯蒂芬,还有戈登。凯茜去参加通宵派对了,巴尼应该是在工作。只有斯蒂芬听到了枪声——一声,又一声——半夜两点半左右,他被惊醒了,从被窝里坐起来,眯着眼睛在黑暗中努力地听。之后一片静默,再没听到什么了。于是他躺回去,又打起瞌睡来。直到六点钟,妈妈打开了他的房门。她推着他的肩膀,嗓子沙哑地喊着:"快,快起来帮帮我啊。香农死了。"

我被喊声吵醒,也打着呵欠走出房间,正好迎面碰上妈妈,她苍白而坚定地推开了后门。

"劳丽,穿好衣服,拿上铲子,"她说,"香农被人杀死了。我们得给他挖个坟。"

我越过她的肩膀看了看斯蒂芬,他瞪着眼睛,震惊得哭不出来;戈登跟在他后面,嘴巴大张着。

我的心碎了。在快乐农场所有的动物中,我最爱的就是香农。虽然这毫无疑问是单恋,但他就是我的至爱。这些年,我越崇拜他,他越是拒绝我,有点儿像一个脾气倔的男朋友。他还总爱咬我、踢我;每次我想骑上去,他都会把我甩到地上。但这些从来不会影响我对他的爱。

那天早上,我跌跌撞撞地跟在妈妈和斯蒂芬后面,难以自抑地抽泣着,到后来简直要喘不过气了。妈妈根本顾不上这些,她劈头盖脸吼了我一通:"劳丽,我现在没空听你在这儿瞎哼唧!要么忍着点儿帮帮我们,要么就回屋里哭去!"

我很受伤,她怎么能在这种时候呵斥我呢?但这就是妈妈的风格。她要全副武装,面对飞来横祸,必须坚忍不拔。

我们拿着铲子到了牧场。草地上赫然躺着香农,不,香农的尸体,四条腿摊开,身体已经僵硬。我又情不自禁开始号啕大哭,看到妈妈的眼神,才赶紧止住。

他来到我们身边时不过是匹小马驹,不仅无家可归,还带着腿伤,拼了命才活下来。我们看着他迈出试探性的第一步,看着他学会走路、奔跑,看着他长大、出门,在周边的牧场寻找伴侣。他曾经那么意气风发，美丽动人。现在他死了，死于两发子弹，一枪打在太阳穴上，另一枪打在耳朵后面。

我们一铲土一铲土往下挖着，直到掘出大约 4 英尺深的墓穴。妈妈闷着头干活，始终面无表情。然后，我们找了一个废弃的汽车引擎盖，翻过来放在草地上，把香农的尸体推上去后，又用绳子拴到我的雪板上，像拉雪橇一样拖着它走向坟墓。在那里，香农将与这些年来我们埋葬的所有动物——沃尔夫、埃琳、乔治和其他家庭成员——一起安息。

警察这次相当认真，拍下了在牧场上发现的脚印，收集了弹壳。之后他们进行枪支追踪，确认作案的是一把 0.38 口径的左轮手枪，装的是被称为"冲孔型弹头"的平头子弹。这种子弹通常用于打靶练习，要是射程远了精准度就不高，但在近距离打击时却极可能致命——就像这次一样。

我想起了爸爸曾经说过的话：我来让你哭个痛快。

这是我人生中最悲伤的日子之一。所幸从此以后，我们将不会再被相似的阴霾所笼罩。多年的恐吓和威胁过后，爸爸可能觉得，最后这次恶毒的行为终于解了他的心头之恨。他像戏剧里的反派一样，鞠了个躬以示退场，从我们的生活中彻彻底底消失。

香农死后过了几年，我曾短暂地跟爸爸见过一面。但从那以后，在超过 25 年的时间里，我没有再跟他说过一句话。

第十章 闯入者

因为有一位性格坚韧的母亲,我们几个孩子,包括戈登在内,都有一股子韧劲儿,并且具备很强的职业道德。母亲的品质融进了我们骨子里,流淌在我们的血液中。和她一样,我们长出了老茧,也培养出了独立的性格。另外可能还从她那儿继承了一部分勇气。依靠这些,我们成了圆满的"依靠自己的人":自律勤勉,也许还有点儿任性。

在20世纪90年代中期,我们还当了一次"活动家"。为了拯救黑马派克大道旁的一棵树,妈妈单枪匹马地发起了一场运动。

那是一棵古老的红橡木,几乎有100英尺高,树围约16英尺。据说,这棵参天大树已经200多岁了,自独立宣言签署以来,就一直生长在那里。

但是,政府批准了一项开发计划,要在派克大道沿线建购物中心。于是,为了给一家沃尔玛和一家山姆会员折扣店腾地方,这棵树,连同21英亩林地,都被划进了清理圈。

妈妈泪丧极了。她知道开发本身难以阻挡,但她不明白为什么非得把树也砍了。"就让它在那里待着不好吗,"在给当地报纸的信中,她写道,"让它变成一个人人都愿意坐在下面休息,感受大自然的好地方。"

这只是个开头。她起草了一份拯救老树的请愿书,希望能收集几百个签名。究竟有多少人会跟她感受一样呢?她并未想过。这场运动很快流行起来,引发了铺天盖地的媒体报道。请愿书的副本通过街头分发、信件邮寄、当地商店的宣传、邻居间的传递迅速发放出去。那时互联网还远未广泛普及；对妈妈来说，所有事情都得靠两条腿和电话。她写了一封又一封热情洋溢的倡议信，寄给当地的执政者和州里的政要，包括当时的州长吉姆·弗洛里奥。她不仅同沃尔玛阿肯色州总部的一位前董事会成员取得了联系，甚至还想办法向当时的第一夫人希拉里·克林顿寻求帮助。

接着，妈妈开始了下一步行动，沿着黑马派克大道，在老树附近一带发起示威游行。在她的众多剪贴簿中，有一本收录着那时候的照片和剪报：人群在高速公路入口和出口，在进进出出的车流中呐喊示威，挥舞着写有"救救树，不要铺路"的小旗子。我们几个孩子则在最前线，在腹地跟其他抗议者一起，给老树围了一圈黄丝带。在一篇报道的配图中，妈妈正在往树干上挂牌子，上面写着"救救我"。

我们的老朋友吉米·培根也加入了战斗。那时，他在度假小镇威尔伍德当酒保。威尔伍德在更南边，离这儿还有差不多一个小时的路程。但当吉米在酒吧里分发妈妈的请愿书时，他的顾客都非常乐意签名。似乎整个南泽西的人们都爱上了这棵高大的橡树，热切期盼着它能够活下来。

活动结束时，已有3000多人在请愿书上签名。这时候，沃尔玛的人终于意识到，反过来保护这棵树，其实能为他们赢得朋友，未来的顾客自然也会更多。况且付出的代价也没多大：只不过是一个有数百个车位的停车场上少了15个位置。这次"自然之母"的使命总算得以完成，不枉妈妈为此殚精竭虑，奋斗整整两年时间，从未挥过白旗。

"这是原则问题，"她告诉我们，"一旦你决定了相信什么，就要一直坚持下去，为这些原则挺身而出。"

环保人士获胜，老树得到赦免，我们办了个派对好好庆祝了一番。

但这件事过去没多久，一天夜里，有人拿着链锯潜入橡树腹地，围着树干一周割掉了一圈6英寸宽的皮。这种做法的专业术语叫作"环剥"，一位当地的环境学家则形象地把它比喻为割脉。正常情况下，适度的环剥可以帮助树木过冬；但老树的皮剥得太宽了，伤口已无法愈合，叶子的养分没办法再传导到根部，日渐在饥饿中死去。这下任谁都无能为力了。妈妈为此伤心了好一阵子。

与此同时，投资这块地的开发商抱怨说，抗议活动让购物中心推迟了六个月才破土动工。一名地区议员公开同意这一观点，并表示"如果没有对树的大肆宣传"，沃尔玛早就开张了。

不出所料，新的购物中心揭开了黑马派克商业化开发的序幕，接下来，绵延数英里的乡村地带被夷平，数千英亩的树木被摧毁，所有的荒野都变成了购物中心、商场、超市和汽车专卖店。时至今日，这个地区已然面目全非。

这些年来，巴尼还是一直喝酒喝得很凶，酗酒的后果一点点地在他的健康、外表和性情中表现出来。他不再清瘦英俊，一张脸总是通红而浮肿。他的行为也变得越发古怪，令人越来越难以接受。

十几岁时，我垄断了家里的电话，这让他恼火不已。我拿起听筒，把长长的电话线从厨房一路拉到洗手间里，然后用脚抵着门，坐在马桶盖上和朋友一聊就是好几个小时。我还在洗手间做作业，以至于妈妈戏称那儿为"劳丽的办公室"。

巴尼火冒三丈。他理所当然地指责说，我占用电话、霸占洗手间的行为很不体谅人。但那时我正值青春期，根本不在乎。一天早上，他穿过厨房时，迎面撞上了拉直的电话线，它像套索一样勒住了他的下巴。

火药桶顿时原地爆炸。他猛拽电话线，直到听筒从我手中飞出，我也从马桶座上摔了下来。这还不算完，他又直接把整部电话从厨房的墙上扯下来，把听筒丢进灶上的热煎锅里，任它随着鸡蛋和培根一起发出咝咝声，直至熔化。

后来，我们俩不得不向妈妈解释：为什么厨房的墙上有一个洞，煎锅里怎么会粘着一部熔化的电话。她非常不高兴，把我们两个好一通责骂，就像在数落不听话的小孩子。

我和凯茜渐渐长大，从骨瘦如柴的女孩子长成了亭亭玉立的大姑娘，巴尼觉得可以随意评价我们了，当着我们的面说：凯茜聪明、劳丽漂亮。这样子归类对我们俩都不公平。凯茜确实聪明绝顶，但相貌也同样出众——老天，她长得很像妈妈好吗，像他爱的女人！而"怪劳丽"呢，我认为，她的脑袋可不光长满芭比的金发,也装着足够多的智慧。

不过,对女孩子来说最糟糕的是,喝醉了之后,巴尼开始放任自己说些带有挑逗性的话。要是在狭窄的厨房碰上了,我们不得不从他旁边一点点挤过去,几乎肚子贴着肚子,每一次,他都会说:"既然挪不开了,干脆贴紧点儿吧。"

我气得咬牙切齿,忍了很长时间才回击他:"我看我直接照你那儿踢两脚比较干脆!"

他在我们的卧室门上装了猫眼;我们只看了一眼就发现装反了——外面能窥视到里面,里面却看不到外面。他还声称这是无心之失。拿我们当傻瓜吗?

妈妈真的很爱巴尼,花了很长时间才决定跟他一刀两断。在那之前,她选择设置一条底线,来禁止他的某些行为;他总是反复试探她的决心,而她则一再强调这个底线。这种模式一直延续到我们接近成年的时候。一天,巴尼爬到我们房子后面一个铁皮棚的屋顶上,试图在凯茜洗澡时窥视浴室的窗户。

报应来得很快。铁皮生了锈,而巴尼可能也喝醉了。他失足掉落下来,摔断了脚踝。妈妈对他的信心也一并触底,像吃了炸药一样爆发起来。按下来不到 24 小时,巴尼就拄着拐杖离开了,没有任何疑问,也没有一句解释。

在感情这件人生大事上,我的母亲并不是我的榜样。她怎么能一而再再而三地,让自己屈从于男人的意志呢?她怎么能逃脱了婚姻的暴政,却在另一个男人的拇指下爬行?她怎么能一方面如此独立，另一方面又如此顺从？这些事情我当年想不明白，现在也仍然困惑。我毫不怀疑，它无形中影响着我在一段关系过于亲密时的感受——如同一匹野马，被拴在了马鞍上。一想到会被这样控制，我就想赶紧越过栅栏逃走。

或许是出于这个原因，长大后，我、凯茜和斯蒂芬都结婚又离婚也就不足为奇了。我无意为他们代言，但对我自己来说，只要有人试图掌控我的生活，我就会立刻开始寻找出口。

我从不给自己任何犯错的机会。虽然很多时候，我也希望自己能让点儿步，妥协一下。但是目睹了母亲在自己家里的各种屈服——坦率地说，她自己多少也算同谋——我很难不对婚姻感到恐惧。一想到有人要代替我过我的生活，我就浑身发毛。于是，在男朋友拿出订婚戒指时，我请他改送一台滑移装载机。"在农场里，它能派上大用场。"平安夜里，他用平板拖车把机器给我送来了。这才是我要的爱情。不需要一束一束的红玫瑰，一盒一盒的巧克力也没用。对某些人来说，要想打动芳心，最好是送农场装备。

我跟朋友们开玩笑说，恋爱关系应该有一个七年的免责条款。七年结束时，要么从头再来，要么就说拜拜。就像一张免死金牌。多莉·帕顿的一首老歌把我这方面的感受诠释得恰到好处："要是你占有欲太强，我就往前看不再回头望。"

第十章 闯入者

我和我的前夫弗兰克仍然是好朋友,他是一名空军中士,人非常非常好。你猜怎么着——我们的婚姻正好维持了大约七年。

一天,当我和男朋友乔在一家百货商店逛街时,我注意到 个在排队结账的男人正直勾勾地盯着我看。

那时我已经快18岁了,而且在人群里十分惹眼:5英尺10英寸的大高个,金发披肩,身材凹凸有致,活像是芭比娃娃走进了现实。我无意吸引任何人——这就是我的外表而已。但我同样也无法逃避它。我开始习惯男人上下打量的目光,"嘿,宝贝"式的盯视,还有起哄的口哨,甚至粗俗的评头论足。我不把这些关注放在心上,总能保持淡定。

但是这个人却看得我头皮发麻。首先,可能跟他上了年纪有关系。但更重要的原因是,他太厚颜无耻了,不光拿眼睛在我身上来来回回地扫,还一个劲儿地咧着嘴笑。

我回瞪了他一眼,甩过去一个恶狠狠的表情,像在说:"浑蛋,你以为你是谁啊?"

就在那时,一个似曾相识的影子在我脑海里闪过。我立即转过身来,拽住乔的胳膊就往出口走,嘴里喃喃着:"快带我离开这里……"

"怎么回事,劳丽?"等到了停车场,乔才问我,"你认识那个人吗?"

"是的,很不幸,我认识。那是我的父亲。"

农场花絮·动物逸事
里基和露西

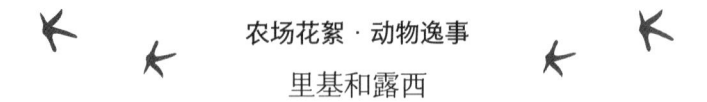

在我看来，孔雀开屏完全可以成为一项观赏性运动。这在当下无疑能吸引大批观众，遗憾的是当年我大费周章围捕里基和露西时，竟然想都没想过收门票这回事。

几年前，我接到一个电话，说有一雄一雌两只孔雀正在梅斯兰丁镇一个公寓住宅区的庭院里游荡。他们靠虫子、浆果和各种植物为生，看起来过得相当不错，似乎打算就这样在那儿长期生活下去了。但我前面提到过，孔雀的尖叫声实在叫人毛骨悚然，尤其是在交配的季节，嗓门之大、音量之高，几英里外都能听到。恐怕这种噪声永远不会符合公寓管理的要求。

而且，孔雀会飞，捕捉他们自然就成了费时费力的苦差事。我、凯茜和几个朋友前前后后花了好几个星期，反复尝试了各种办法。一开始，我们举着巨大的网追着一对孔雀跑。这吸引了一大票人围观，其中大多是公寓里的住户。他们摆出了看超级碗[i]的架势，一个个兴高采烈的，有些人还捧着爆米花。

---

i Super Bowl，美国国家橄榄球联盟年度冠军赛，一般在每年 1 月最后一个或 2 月第一个星期天举行，多年来都是全美收视率最高的电视节目，逐渐成为美国非官方的全国性节日。

第十章 闯入者

在这场追逐赛中,孔雀队显然是主队。每一次,总是在我们靠近到足以下网时,他们眨眼就飞得没了影儿,人群中跟着响起欢呼声。也有些住户盼着我们赢,因为他们不止一次在自家阳台上发现了孔雀屎。鸟儿会飞起来,同样,也就会再落下。于是,我们就得开始又一场比赛,没完没了,且徒劳无功。

最后,我想到了一个好主意,在公寓的架空层下面藏一些食物,把孔雀引诱过去,再瞅准时机用网套捕。这法子竟然奏效了。一天早上,我四点钟就溜出去——那个时候露天看台空无一人——爬到架空层下面,想看看孔雀是不是还在睡觉。果然!里基和露西还没反应过来要逃跑,就双双落网,然后被我用巨大的板条箱带回了家。这完全得归功于找对了时机。

这对恩爱的夫妇在农场愉快地安顿下来。直到有一天,露西穿过铁路大道去生蛋的时候,灾难降临了。里基跟在露西后面,照说他亮白色的羽毛十分显眼,体型也够壮观,在成排的松树中间很难不被发现;但在乡下,人们开车就跟不限速似的,根本不会考虑路上有没有行人或动物。里基出了车祸。我赶紧把他送到兽医医院,x光显示脊椎骨折。

"很抱歉,劳丽,但恐怕他没办法康复了,"医生说,"而且脊椎断了之后,他再也不能走路,也不能飞了——最好还是安乐死吧。"

听到这个消息,我强忍住了眼泪。"他现在会感觉很疼吗？我可以带他回家跟露西道别吗？"

"他应该不会觉得特别不舒服。去吧，等过两天你准备好了再带他回来。"

回去的路上，我把里基抱在腿上，开始认真思考。好吧，如果他现在没那么痛苦的话，为什么还要急着放弃呢？

回到家时，一个计划已经在我脑海中成形了。

一开始，我把里基安置在一个铺着软稻草的狗笼里，笼子就搁在我的厨房里头。接下来，要花三个月给他建一个全新的"鸟窝"。我的计划是买一个玉米仓房——大大圆圆的，顶上加盖、肚里宽敞的箱体，一般用来储存玉米穗。这种结构可以确保两只鸟有足够的空间以及适当的通风。我在附近找到了一间二手的，朋友们帮我把它拆掉，用拖车带回家，然后又重新组装起来。按照计划，还得给里基套上一个安全带，再系一根橡皮筋牵到谷仓的顶上去。这样他的身体才能得到支撑，可以稍微抬高些，坐得更舒适，同时腿和脚也仍然不受约束。

在玉米仓完成以前，里基一直住在我厨房的临时笼子里，就在玻璃移门旁边。每天露西都会来到后门廊透过玻璃门看望他。我就推开门，让这对情侣靠着坐在一起。几个月以来，这就是我们的日常生活。

后来有一天，我把里基放进浴缸，为他清洗背上的伤口。到了水里，他的一条腿突然开始往外踢，就像运动员在游泳一样。我欣喜若狂，像电视里的传教士那样大喊起来：

"他好了!看啊,瘫痪的人现在痊愈了!谁说没有奇迹!"

我备受鼓舞,开始了更积极的康复计划。每一天,给里基换被褥的时候,我都把他的腿抬起来又放下,反复好多次,希望能增强他的腿部力量。白天就带他到户外,在草地上做同样的练习。两个月后的一天,他终于自己站了起来。又过了几天,他不仅能站起来,还走了几步才重新坐下。第二周,他蹒跚地走了几步之后,竟然展开翅膀飞过前院,最后靠胸部着陆了——就像萨利机长让那架大飞机在哈德孙河安全降落[i]那样。我简直不敢相信我的眼睛!每天他都在显著进步,直至最终完全康复。

里基奇迹般的回归给我上了极为重要的一课。后来,我又不止一次面对看上去不可能康复的动物,兽医的建议总是安乐死,他们认为这是最仁慈的选择。

但只要想到里基,我就会三思而行。

今天,里基和露西的家属——整个里基家族——至少有四代孔雀住在快乐农场。我也很希望能向大家报告说,这对爱情鸟仍然在一起,但是很遗憾,一对孔雀通常只会一起生活一个季节,而不是一生一世。农场后来又来了几只蓝孔雀,露西马上就跑他们那儿去了。相当不念旧情。

凭借着昂首阔步的英姿,以及美丽独特的蓝白色羽毛,

---

[i] 2009年1月15日下午,全美航空1549号班机从纽约拉瓜迪亚机场起飞,一分钟后遭遇鸟群袭击,两个引擎同时失灵。机长萨伦·伯格果断决定迫降在纽约哈德孙河上,机上155人全部生还,仅有少数人受轻伤。

里基也结交了一些新的雌孔雀。他现在很喜欢在农场飞来飞去地巡视，就像他拥有这个地方一样。里基的痊愈是快乐农场真实发生的许许多多奇迹中的一个。

第十一章

傲骨之战

在我们家，没人指望又呆又怪的劳丽在事业上能有多大的成就。我自己就更不抱期望了。但这并不妨碍我勤勤恳恳地工作，坚信并贯彻着妈妈信奉的准则："越努力，越幸运。"而且，当我遭遇职业瓶颈——一场完全可能把我的职业生涯直接扼杀在摇篮中的危机——还有世界上最伟大的啦啦队长给我加油鼓劲。这位队长你在前面已经认识了。

我在眼镜店的兼职持续了将近 10 年，从野草巡逻员到时尚顾问，再到磨镜工，乔治·迪布瓦对我相当器重。最后，乔治还把我送去光科学校进修，希望我毕业后成为他的全职员工。

不得不承认，这样的前景相当诱人，尤其一年 4 万美元的薪水，对我来说简直就是天文数字。遗憾的是，在内心深处，我知道自己并不想当配镜师。因此最终还是谢绝了乔治医生好意提供的机会。

"我真的很想接受，"我说，"但我的未来不能没有艺术。要是成不了艺术家，做什么都没劲。希望您能理解。"

他又吃惊又恼火，但还是给了我一个拥抱，预祝我一切顺利。

后来，我拿到了费城摩尔艺术设计学院的夏季奖学金，到那儿学习插画；19岁时创办了劳丽·扎列斯基公司，员工只有我一个人。想不到吧，亲爱的老乔治医生还是我第一份正式工作的幕后推手。他打电话给一个熟人，请他帮忙联系康登郡金宝汤公司的人。虽然拐了好几道弯，但我最终还是得到了设计部门的实习机会，以及一份延续到现在的自由艺术家兼职。

我开着车缓缓驶入公司总部，感觉自己从未如此伟大和成熟。它那标志性的水塔在几英里外就能看见，外观酷似一个巨大的红白相间的汤罐，顶上用代表性的金色字体写着"金宝汤"三个大字。这是一份相当体面的工作，时薪高达10美元——在我眼里当真不是小数目。我刚涉足职场就得到这样的好工作，摩尔学院的老师们都觉得不可思议。

那时候，大部分插图仍然要靠手工完成，我干得十分得心应手。我曾经负责为斯旺森[i]的"伟大的开始"微波早餐系列制作优惠券。这种插图必须栩栩如生，而且只能用点画来绘制：用无数手工渲染的彩色圆点汇集成大而具体的图像。

---

i　Swanson，美国保健品品牌。

第十一章 傲骨之战

我带着一种禅意般的快乐，趴在光线充足的桌子上，一个一个地，画出成千上万个小点，让它们拼凑成法国吐司、糖浆和培根条的模样。

与此同时，我还算机敏地认识到计算机图形是大势所趋，就早早着手准备。那时候有不少人都抵制计算机，说它标志着"真正的艺术"的终结，但我不这么认为。我热爱手绘，但我同样拥抱数字时代。

摩尔的一切都是老派的，所有设计都要在画板上完成。在那儿完成夏季项目后，我申请到葛拉斯堡罗州立学院（现在叫"罗文大学"）的全额奖学金，就读期间精通了SuperPaint、PaintBox等设计软件——正是我们今天使用的设计工具的前身。这个明智的选择，让我在找工作的时候有了决定性的优势。

离开学校后，我做的第一份全职工作，是在赖茨敦的麦奎尔空军基地给一名承包商打工。身为一名初级平面设计师，我挣得不比之前少——每小时超过11美元。我骄傲得不得了，盘算着这些收入，感觉自己都快赶上大富豪洛克菲勒了。

接着，瓶颈期到了。事情是这样子的，老板把我从麦奎尔调去另一个政府项目组，同时升为经理——表面看上去是个好兆头——但实际上我的薪水减少了1/3。

这样明升暗降很难不让人觉得蹊跷。我当然表示抗议，他们当面保证说，我的工资很快就会恢复到原来的水平。但几个月过去了，完全没有动静。等一年以后，我们再次开会讨论这个问题时，他们说来说去就一个意思："实在抱歉，姑娘，但我们没有预算了。"

这可把我妈妈惹恼了——她先是气我的雇主，气他们自以为可以欺骗一个女人，给她开更低的工资；接着又气我，因为我接受了这个不容接受的事实。

"劳丽，你得去找这些家伙谈谈。告诉他们承诺了就得兑现。"

"可这是口头协议，妈妈，我们就握了个手算作约定。"我叹了口气，"所以根本没办法证明他们食言。我被耍了。"

回答错误。安妮身上的爱尔兰基因立马被激活："我问你，还有什么比握手更有约束力的？至于食言——那不就等同于撒谎吗？""别在那儿哭哭啼啼了，"她责备我，"你是我的女儿，我把你养这么大，教给你的可不是忍气吞声。这事儿不能就这么算了，你要再去找他们，直到争取到你的权利为止。"

我很想像圣女贞德一样，二话不说直接投入战斗，但一想到要跟上司们周旋，我就感到害怕。于是，我转而向一位了解政府合同的朋友寻求建议。令我惊讶的是，他对违约的事并不怎么在意，反倒对一些其他的事感到困惑。

"劳丽，你没抓住重点，"他说，"你该做的是和承包商竞标。"换句话说，就是和雇用我的人竞争这份工作。

"还能这么做？"

第十一章 傲骨之战

"当然可以。这是公开招标。只要你觉得自己能胜任——我相信你的实力——就可以提出申请。"

到了这时候，我仍旧心存犹豫，没有马上迈出那样大胆的一步，而是再次尝试与我的雇主和解。我给他们提了一个建议：我继续担任他们的经理，前提是他们信守承诺，把我的薪资提高到之前的水平。否则，他们很快就会多一个竞争对手。

"而且无须一步到位，先恢复25%作为一个开始也行，"我还补充道，"只要让我看到，我们在朝着正确的方向前进就成。"

如果当时他们同意，可能今天我管理的就是他们的公司了。但恰恰相反，他们解雇了我。在他们看来，我不过是个20岁出头不知天高地厚的丫头片子，不值得放在眼里。他们才不会认真对待一个无关紧要、容易被人撺掇的菜鸟。

但有两个理由不容我放弃：一是我的母亲，要是我屈服了，她指不定会和我断绝关系；二是我的骄傲、我的职业道德和能力。所以，我打起精神为平面艺术合同准备了一份标书。结果，我输了。

眼看形势不妙，我完全有理由放弃。但问题在于，我很清楚自己的报价有竞争力，打包方案也相当优质，所以我申明了我的权利，要求对比下两个选中的标书。我惊讶地发现，在关键的人员资质方面，这两个标书竟然皆无一条达标，而这意味着，他们从一开始就应该被淘汰出局。并且，我的方案在每个细分维度的评估都是满分。这下可是被我抓了个正着。

政府倒是很快就承认了错误，但仍然没把合同签给我。他们提出了一个和解方案。我不是不心动，在连汽车贷款都快还不上的时候，这笔收入很可观了。但我一心想要合同，不想要什么补偿。我拒绝了这个提议。

政府惊讶于我的坚持，同意第二年雇用我。但是到了第二年，这个提议却不作数了。经过两年让人焦虑到几乎患上溃疡的斗争，我实在受够了。

"是时候把玩具收一收拿回家了，"我跟妈妈说，"我实在撑不下去了。"

"在放弃之前，"她说，"再最后问一问自己，你相不相信你是对的，这份合同到底该不该是你的。"

"妈妈，求求你，别再背这套鸡汤文了好不好。这些人没那么简单。他们有内线。我斗不过他们的。"

"你没有回答我的问题。在内心深处，你相信你是对的吗？"

我瘫坐在餐桌旁。"是，是，我相信我是对的。"

"你相信你百分之百正确？"

"没错，就是百分之百！"

"很好。那就拿出我女儿该有的样子来。去和那些人战斗。"

"接下来必须请律师才行，但我没有钱。"我当真把钱包

第十一章　傲骨之战

打开凑到她跟前,"看到没?都落灰了。"

"'银行'会借给我们的。"

"要是我输了呢?"

"至少你知道已经拼尽了全力,以后才不会觉得懊悔。"

长话短说,有了她的鼓励,以及乔治贷款("你需要贷款?那赶紧来除草吧。")的资助,我请来律师打官司,最后竟然奇迹般,用我的小弹弓打倒了巨人。1998年,我赢得了第一份合同,我的公司——后来更名为 Art-Z Graphics——从那以后就一直承包政府合同,包揽平面设计、摄影和多媒体制作等业务。我和我的员工创作的壁画悬挂在白宫的墙壁上。我曾为空军一号,以及自签约以来就职的每一任总统拍过照片。我在这条路上越走越远,远到我妈妈都会为此激动不已。我穿着飞行服从直升机上吊下来,为海岸警卫队拍摄航拍照片。我跟随美国陆军黄金骑士跳伞队,乘坐巨型 C-141 "运输星"运输机,用相机记录下一幕幕令人叹为观止的纵身跳跃和出神入化的特技飞行。

曾经那么恐高的我,现在时不时就在直升机和飞机外面飘来荡去。

我曾梦想过上美好的生活,希望能像《阿罗有支彩色笔》的故事一样,用想象的画笔描绘出自己的未来。现在我成为一名职业艺术家,有了一份报酬丰厚的工作,还有一群出色的员工。是时候去实现下一个梦想了。

我从未忘记小时候许下的诺言:给妈妈买一个真正的

农场，让她退休后有地方住，还能随心所欲救助动物。想办法履行它就是眼下的头等大事。

至于我自己嘛，我理想的生活是波希米亚式的，自由不羁、多姿多彩，我要像《人鬼情未了》里的黛米·摩尔一样，住在充满艺术气息的阁楼里。那里会有同样的拱形天花板，同样梦幻的天窗，同样的陶艺窑和陶轮，当然，帕特里克·斯威兹也必不可少，起码得有个差不多档次的南费城或者南泽西男主角。

经历过从小到大的物质匮乏，独立后的我不仅工作上兢兢业业，生活中也不再满足于现状。在新合同的鼓舞下，我一度沉迷于买买买，急于证明我的富足，也再没考虑过借贷的事。我买了一辆运动型的新敞篷车、一辆二手哈雷·戴维森摩托车，再来是一辆1965年的奥斯汀-希利精灵马克四代——我最最喜欢的一款车。另外还有一柜子漂亮干练的商务装、好几只手表和各色珠宝。那是一段我妈妈所说的"得意忘形的日子"。

"你当心别爬太高了，"她总说，"别忘了高处风大，爬得越高，摔得就越痛。"

"好啦好啦，这道理我懂。"我听懂了她说的话，但并没有真的听进去。我像所有年轻人一样踌躇满志，自认为事业有成，未来可期。

职场上，我是穿着高级定制套装和高跟鞋的首席执行官。但在家里，我仍然是电影《贝弗利山人》里的乡巴佬，穿着牛仔裤和踢屎靴，帮妈妈喂养浑身泥巴的动物。

快乐农场一带已经发生了翻天覆地的变化。开发商砍光了苹果树和桃树，为一个医疗中心让路。希契卡拉马现在已经延伸到我们曾经玩耍的田野，停车场上挤满了大型房车和露营车。荒野大部分都不复存在，鹿和狐狸、蜜蜂和蝴蝶也随之消失。交通噪声从早到晚不见消停。

当然，那些住在高速公路附近板房里的闹腾的嬉皮士，也同他们的午后狂欢一并成为历史。尽管如此，我们的家仍然偏安一隅，算是有足够的空地供动物生活和玩耍。

在超过 1/4 世纪的时间里，我们的房东克拉克先生只把租金提高到了 300 美元——仍然便宜得不值一提——条件是我们必须自己维修。这项交易可谓皆大欢喜。我们自愿承担起每一项维修工作，从挖新井到更换屋顶，大大小小的活计全都自己动手，还有不少朋友来帮忙。我们给前门铺设新的台阶，加装电栅栏以保证动物的安全。我仍然幻想有一天能给母亲买一个真正的农场，但在此之前，她还是乐意心满意足地待在这里，从不考虑搬家。她的原话是，既然可以不花一分钱在原地好好待着，为什么还要花一大笔钱去买套公寓呢？

不过，最终还是要归结到动物身上。

"要是我搬了家，谁来照顾他们？"妈妈问，"再说，我住在这儿就很开心。如今你姐姐弟弟都搬出去了,你没有觉得这个地方大得要命吗?简直像一座城堡。"

不过,我也会不时陪她到农场外面走走,疯狂购物,去星级酒店用餐,或是到避暑胜地度假,都能带给我们不少乐趣。她念念不忘的是在费城看《拉曼查的男人》那一回,由她最崇拜的罗伯特·顾雷特主演。我花大价钱买了最好的座位——交响音乐会的第五排或第六排。她兴奋极了,整个演出过程中一直坐立不安,当堂吉诃德的颂歌《不可能的梦》响起时,我不得不碰一碰她的肋骨,提醒她不要大声抽泣。

演出结束后,她心血来潮要找偶像要签名:"让我们到舞台门那儿伏击他。"

"天呐,妈妈,我们非得这样吗?这是罗伯特·顾雷特,又不是哪个超级明星。"

但一想到要跟他本人见面,她就表现得跟个女学生一样激动。所以,我只好陪着她,和其他几个粉丝在梅里亚姆剧院后面的小巷里徘徊,一直等到他出现。他的羊绒大衣搭在胳膊上,全身好似闪耀着星星般的光芒,偶像派头十足,并且十分热情友好,说起话来男中音的嗓子透出天鹅绒般的质感。看到我妈妈像追星族一样紧紧抓住她的白马王子不放,我脸都红了。

"劳丽,给我们拍张照!"她指挥着,一边把她寸步不离左右的柯达相机递给我。我拍了几张照片,直到今天,再

第十一章 傲骨之战

看时还是忍不住会心一笑：他的目光看向镜头，骑士般的脸上露出困惑的微笑，而我妈妈正在他耳边喋喋不休……

自从跟罗伯特·顾雷特见过面，妈妈高兴得简直像上了天堂。"现在我可以幸福地死去了。"她说。

在维尔京群岛度假时，我头脑一热，花了平生最为奢侈的一笔钱。当时我和男朋友兴致勃勃地参加了一次朗姆酒主题游轮体验，只要我们答应听一场分时度假[1]的宣讲会，行程就完全免费。不多久，我就在虚线上签了字，把自己跟一份永远也不会到期的合约绑到一起，骄傲地拥有了一处度假胜地 1/52 的产权。

这是一处金碧辉煌的所在，作为圣克罗伊岛岩礁酒店的一部分，跟历史悠久的克里斯琴斯特德小镇隔海相望，在每一个房间都能看到迷人的海景。

还有一点我觉得特别有魅力：要从我们居住的酒店区域到主岛上去，必须乘坐渡船，所以我们每天都要坐船去喝酒用餐。风景如画的加勒比海，万顷碧波中荡漾的帆船，柔软的象牙色海滩，舞动的棕榈树。妈妈生活在这样迷人的环境中，我在一旁看着都觉得享受。我们纵情玩耍，浮潜、深潜、航海。她拍了不计其数的照片，剪贴簿里的收藏一天天越发丰厚。

---

[1] Timeshare，指顾客购买一处房产（大多为度假村的公寓）一部分时间的产权，如每年的某一个星期，拥有这段时间内该房产的使用权和出售权。

我自认为还算慷慨，每到一年中的那一周——我的排期在九月——我就把全部的家人和朋友都请去"天堂"度假。他们像麻雀一样蜂拥而至，我对此毫不介意。那时的我就跟妈妈一样好客——人越多，越开心。只要买得起机票，在这儿就会受到热烈欢迎。有时候那么一个小地方能挤下七八个人。

一天，妈妈穿着比基尼，懒洋洋地躺在海滩的长椅上晒太阳。她举起那杯氤氲着雾气的"椰林飘香"，说了一句祝酒词："如果当真能让时间停驻，此时此地就恰到好处。"她把酒杯里的樱桃放进嘴里，又补了一句："这才是生活。"

那时，巴尼已经淡出我们的视线好几年了。到了度假的时候，我和妈妈往往会互换角色：她变成了女孩子，而我则成了指手画脚的家长。

在克里斯琴斯特德的一家酒吧里，她遇到了潇洒的布赖恩，瞬间跟他擦出火花。她喜欢他的方下巴、方肩膀，以及十足的詹姆斯·加纳派头。他自然也很喜欢她。那时我妈妈47岁，外表相当年轻、曲线玲珑，而且热情活泼，在每个派对上都是灵魂人物。如果非要说这次罗曼蒂克有什么不对劲的地方，那就是布赖恩无意中说他是联邦调查局特工，妈妈因此更加意乱神迷。

这么快就泄密引起了我的怀疑。"他透露消息的时机也太快了，你说是不是？依我看，布赖恩可当不成一个优秀的特工。"

"也许吧,"妈妈表示赞同,"但他肯定有本事周旋其中!"

在所有家人当中,我是最能理解母亲急切的心情的。我明白她想抓紧时间享受。但是有一天晚上,当她没有按计划回到度假村时,我还是忍不住担心。我时而焦虑,时而愤怒,盯着嘀嗒嘀嗒的时钟看个没完。三点钟。四点钟。五点钟了。我大约在日出时分打起瞌睡,后来朦胧中听到钥匙开门的声音,又马上惊醒过来。那时已经上午十点多了。妈妈神采奕奕地走进来,身上仍然穿着晚礼服,耳环闪闪发光。她一脸幸福地微笑着。我却再也控制不住了。

"好啊!都看看,她回来了,踩着耻辱的小碎步!好歹也打个电话吧,否则我还以为你死在某个巷子里了呢!"听着自己泼辣的语气,我也有点迟疑,但又实在担心得要命,火气直往上冒。"依我看,你完全有可能被塞进油桶里,被人拐去从事性交易。这种事发生得可不算少,你不会没听说过吧?"

她把包搁在沙发上,走到阳台上伸出双臂,像在祝祷似的说道:"多么美好的一天啊!"接着,她走过来轻轻抱了我一下。"实在抱歉,我错过了最后一班渡轮。不过,他真的很帅,你说是不是?"

我怎么可能一直生她的气呢?说到爱情,她从前的生活毫无乐趣可言——熬过一段短暂而暴力的婚姻,接着又经历了一段漫长而麻烦的感情。那天的她却是无忧无虑的,挑染的卷发沐浴在清晨的阳光里,微微晒黑的皮肤衬托着她的爱尔兰雀斑,双颊泛起了绯红的光彩。虽然我仍愁眉苦脸地对着她,心里想的却是,她看上去真是光彩照人。而且我第一次注意到,要是把她鼻梁上的六颗雀斑连起来,就能得到一颗星星。

"好了好了!"我叹了口气说,"去吧,尽管去做你的青春期少女吧。我猜这一天我们都等待了太久。"

那天晚上,在电话里,我已经能大笑着同凯茜讨论照看母亲的事了。

一旦我收起监护人和安全督察的本分,我们俩都能各自享受到更多乐趣。妈妈和布赖恩一起跳舞,并且像往常一样,在岛民和旅馆客人中结识了许多新朋友。

假期快结束时,我们终于一起吃了晚饭。妈妈还是那么漂亮,身穿藏青色的夏装,上面绣的是她最喜欢的雏菊图案。晚餐结束后,我们愉快交谈着往轮渡码头走去。经过停车场,才走了一半,她的速度突然慢下来。我转过身,看到她捂着肚子,殷红的鲜血正顺着她的腿往下流!

"天啊!妈妈!你怎么啦?"

在灯光下,有那么一瞬间,我想我看到了她眼中的恐惧。但下一个瞬间它已经不见踪影。妈妈不屑地摆了摆手。"没事没事。就是更年期到了。"她苦笑了一下,"过去他们说这叫'女性的抱怨'。别管它了,没什么好想的。"

"什么意思,你说这是更年期?这种情况持续多久了?"

"不长。几个月吧。回家我就去看医生。快走吧,我们要错过渡船了。"

我们走了没几分钟,她弯下腰开始大口大口地喘气。又一股血涌了出来,我光看着就觉得头晕。可令我惊恐的是,她竟然把手伸到裙子下面,猛地褪掉了带血的内裤,然后跪下来,试图把她自己的血从停车场黑乎乎的地面上擦掉。

"老天爷啊!妈妈,你真没必要这样做。"

"一团糟,"她十分慌张,因而擦得更用力了,头几乎趴到了地上。"我弄得一团糟。"

我们登上渡船,她坐下前小心翼翼地把披肩铺在了座位上。黑暗中,我仍然能看到血迹,湿答答、黏糊糊的,在她的腿上泛着光。船默默地航行过半个加洛斯湾,然后我才轻声问她:"嘿,妈妈?你到底怎么了?"

她凝视着海岸。"女性问题,仅此而已。我说了会去看医生的。"

"你保证一定去?"

"我保证。不用担心。"

就这样,我努力让自己忘掉那令人不安的一幕:我的母亲跪在夜色笼罩的停车场里,费劲想擦掉自己的血迹。

农场花絮·动物逸事
公路表演

亲爱的读者,请先打发您的孩子去别处玩一会儿,因为现在,我要来讲一讲快乐农场早期历史上最令人难忘(也是限制级)的一次营救。

那时我 20 岁出头,和妈妈两个人住在陋居里。凯茜已经结婚,在波音公司市场部工作(巴尼在波音当过机械师,在被妈妈扫地出门之前,帮凯茜找到了这份工作)。斯蒂芬在费城的证券市场做交易员,同他的未婚妻南希一起住。戈登靠着体育奖学金在佛蒙特读书。

那时,我们所有的朋友都知道我家救助动物的事。一天,我接到邻县打来的电话,询问我和妈妈是否愿意收养两头没人要的大肥猪。她毫不犹豫地同意了,于是我向我的男朋友伍迪借用卡车。

伍迪是个真正的汽车奴,有一些菲利克斯·昂格尔式的挑剔。看到仪表盘上落了灰尘,或是地板上有口香糖包装纸,他都会急得抓狂。在停车场,他总是把车停在最靠边的位置,最大程度地避免刮擦和碰撞。用他的车拖一对脏猪,无异于要他的命。他到底没敢把卡车借给我,而是万分不情愿地答应亲自去拉。

我和妈妈拿栈板搭了一个临时的板条箱,准备用来装

第十一章 傲骨之战

猪,然后就出发去了开普梅县。情况比我们预料的更糟:可怜的动物被深深地埋在夹杂着粪便的泥浆中,只露出脖子,身体几乎不能移动。没有什么巧妙的法子可想;我们不得不淌进2英尺深臭烘烘的泥巴里,靠一身死力气把这两头脏兮兮的猪揪出来,再想办法把它们推进板条箱里。

我们深吸一口气,捏起鼻子跨进围栏,踩进了齐膝高的臭泥里。靴子在脚下发出可怕的吸溜声,我们几乎立刻开始打滑。刚才还动不动的猪这时却变得异常灵活。它们发疯似的在猪圈里四下扑腾,拼命躲避我们的追捕。很快,我和妈妈从头到脚都溅满了猪粪。

我尽量不去看妈妈。我知道,哪怕看到她露出一丝丝微笑,我都会马上失控。但是结果当然还是逃不掉,我无意间瞥了她一眼,她在傻笑呢!很快我们就笑得歇斯底里,我几乎喘不过气来。妈妈试图扑到那头更大的猪身上去,最后只落得一通狂笑,可能笑得都有点尿裤子了,我也笑到肚皮紧绷。可怜的伍迪在一旁厌恶而恐惧地看着,这让整件事显得更加滑稽。

妈妈对他大喊起来:"别担心,伍德!我保证,我会把裤子和秋裤通通脱掉,再把衬衫也脱下来垫在座位上的,好不好?"

我的男朋友抬起一双眼睛往上头看,好像在质问老天爷:"见鬼,为什么偏偏叫我来?"

他发飙了,抓起一个工业用的大型铝制垃圾桶,一会儿

169

工夫就把两头猪陆续捞起来,往桶里一丢,拖到了车后的板条箱里。

完工。"好了!"伍迪喊了一声,"都给我上车,我真是受够了,赶紧走吧!"

快到高速公路下口时,已经明显可以看出,我们救的是一公一母。而且,显然他们对获救非常兴奋!听到尖叫声,我转过身来,看到他们正在众目睽睽之下疯狂地纠缠在一起。

要想了解这样的奇观为什么会出现,必须对猪的解剖结构有所了解。公猪的阴茎呈螺旋状,伸展状态时足有18英寸长。高潮也能持续很久——在长达半个小时的时间里,可以一直射精。这可并不仅仅是一对好色的农场动物在玩耍,这是万物繁衍的本能,是地球上最伟大的表演。

有的过路人看到这一幕,开始挥舞拳头,欢呼雀跃。一位载着小朋友的母亲从我们身边加速驶过,我猜是为了不让她的孩子过早地学到太多东西。还有几位司机,看到高速公路上的"男欢女爱",激动得差点儿偏离了航向。

我们一到家,妈妈立马打开软管冲洗卡车。伍迪把我堵到角落里,用手指戳着我的脸,严肃地警告我:"这件事,不能告诉任何人。"

时间快进到了新年晚会。我被节日暖融融的氛围包裹着,欢欣鼓舞,一不留神就把这个故事讲了出来。很快,所有人都开始拿猪的旅途表演秀跟伍迪开玩笑。一段恋爱就此告吹。

　　而猪在新家一切顺利,大约四个月后,母猪生了六只小猪。

第十二章

十字路口

回家以后，妈妈似乎已经将岛上那吓人的一幕抛诸脑后，我不得不反复催促她去看医生。她的回答永远都是支支吾吾的，不是说忘记打电话了，就是说什么"因为太多年没看过私人医生，必须去找全科医生预约，麻烦得很"。她捏造这样那样的借口，想就这么耗下去。

她害怕了。

她怕是有 20 年没看过医生了吧。这么多年，没拍过乳房 X 光片，没检查过宫颈，甚至连流感疫苗都没打过。对妈妈这样贫穷的女人来说，日常的医疗保健简直就是奢侈品，是特权阶层才配享受的待遇。

但这一次，我绝对不会放弃。"求你了，妈妈，别犯傻行吗？赶紧把这事儿处理好，该治疗就治疗，等没问题了咱们就都轻松了不是？"我通知了姐姐和弟弟，叫他们也一起从旁督促。终于，她不情愿地预约了看诊。

第十二章 十字路口

接下来就是检查了。每查一个项目,我们都期待着一份"无异常"的报告,好尽快告别这段可怕的插曲,松一口气,回归正常的生活轨道。至多也不过就是告诉我们,她有妇科问题,开点儿药吃吃,或者做个小手术,休养上一段时间就没事了。

但事实却是,每一次查完都得继续再做另一个,我们也跟着越来越焦虑。首先做的是宫颈抹片,妈妈怕得要命——说实在的,没有哪个女人不怕。结果说有一处"显示异常",这意味着需要更彻底的内科检查。深度检查又表明有"可疑区域"或肿块存在,现在必须做一次活检了。

活检。唉,听到这个词,我的心就开始往下沉了。他们这是在考虑癌症的可能性。

这时候妈妈却恢复了处变不惊的老样子,满不在乎地说:"不可能是癌症。我跟癌症结过婚,但是已经离了。我可是有文件的,白纸黑字可以作证。"

我可没她那么自信。真的,一丁点儿自信都没有。我看到过她流血的样子。

但是,好吧。如果妈妈坚持要把自己的感受都捂得紧紧的,我也只好这么做,在逃避的美妙世界里跟她作伴。她从不计我陪她去看医生,回来后向我交代的情况也少得可怜。要是我鼓起勇气追问细节,她就含糊其词地敷衍。既然她这么不放在心上,那就是默许我也漠不关心了。

然而,这样的等待终究是一种异样的煎熬。我努力想忘掉，它却始终杵在那儿，在我意识的边缘，像个幽灵一样徘徊。

为了逃避，我只好让自己忙碌起来，吭哧吭哧埋头苦干。这倒是不难。公司有一堆事要操持呢。我得约客户，见政府官员，要赶截稿日期，还有一票员工要管。每当那个不受欢迎的词语冒出来——活检！——我就不假思索地把它从脑海里推开，就像扔掉一张我支付不起的账单。但是，恐惧总会在不加防备的时候突然降临，就像一个怪物，跳出它躲藏的阴影。

这时，我只好提醒自己：别忘了，她可是一个农场女孩，像马一样强壮，永远健康。

一天傍晚，她走进屋子，悄无声息地挂好外套，然后叫我到客厅去。我看到她在沙发边上坐着，身体好像有些颤抖，脸色苍白，但很平静。

"我刚刚去看医生了。"

一瞬间，我已经知道接下来会发生什么。

"劳丽，我知道你可能会崩溃。拜托你一定控制住。我得了癌症。"

我伸出手准备抱她。"哦不……哦不，妈妈……"

她举起双手，示意我不要往前。"好啦，不要这样。是宫颈癌，不是闹着玩的，但也没那么严重。现在各种各样好的治疗方法多得是。你就放心吧，我不会有事的。"

第十二章 十字路口

她打电话通知其他人,说的也都差不多。我们选择了相信她,一来我们想相信,另外也是习惯使然。我们眼看着她经受过多少年的穷困潦倒和痛苦磨难啊,而她从未因此失去她乐观的精神,至少从没真的被击倒过。她的生存哲学是:把眼泪都哭出来,然后擦擦干。她天性活泼,总能振作起来的,一如既往。

再说,她受的苦还不够多吗?如果真的存在业障因果这种东西,安妮·麦纽提完全没有未偿债务。毫无疑问,在她生命的这个阶段,除了灿烂的阳光和迷人的彩虹,再没有什么是她应得的了。哪怕仅仅是为了补偿我父亲让她经历的一切,也理当如此。

妈妈对她的病情轻描淡写,态度十分令人信服,所以在最初的震惊之后,我开始放松了警惕。我想,姐姐和弟弟也跟我一样。我们都没有跟她的肿瘤医生联系。但做梦也没想到的是,这一次,我们的母亲,那个最诚实的女人,竟然撒谎了。

宫颈癌在早期不会引起疼痛,也没有并发症,妈妈生病的时间肯定不短了。事实是,她去看医生时,癌症已经到了第四阶段。手术干预已经太迟,来不及救她的命了,甚至都没办法再给她多争取些时日。

这些真相,她一个人都没告诉。肿瘤医生宣告她还有六个月的生命,从 10 月到来年 4 月——只剩一个感恩节,一个圣诞节和新年，一个圣帕特里克节。

医生的预测是，一切将会在春天结束。

这次打击无疑是致命的，至于她选择独自面对的原因，我只能在心里默默猜测。也许她认为，如果把"终点"这个词大声说出来，现实就会更加逼真，沙漏里的沙子会流得更快。也许她想在公开之前先私下慢慢消化。但有一点毋庸置疑，她想让她的家人免受担忧之苦。

最让我吃惊的是，她变得很乐于表达感情。对某些人来说，表示亲昵轻松得很——每一次见面、每一次告别时，这样的话张口就来。但妈妈完全不是这样的人。打我们记事起，她就是4秒钟拥抱的大师：我们只能抱她这么久，她会在我们的脸颊或前额上轻轻一吻，然后温柔而坚定地把我们推开。而且，出于莫名的原因，在父亲背叛后，多余的身体接触都会让她觉得不舒服。

但是拿到诊断结果之后，她开始接纳身体上的亲昵接触，对此表示欢迎。她甚至会主动拥抱我们，久久不肯放开。

她还把那些从不说的亲热话说了个遍："我爱你。"

"我为你骄傲。"

"有你这样的女儿，我真高兴。"

"有你这样的儿子，我很感激。"

这些日子，斯蒂芬来看望她时，她会像只猫一样蜷缩成一团，把头枕在他的腿上，在这样的亲密中渐渐进入梦乡。

这太不像她了。她丢失的亲亲抱抱一夜之间全都回来了。

察觉到这种变化之后,我当然很高兴,可同时也感到害怕。

妈妈的治疗开始后,大家都开始面对现实。她的医生说,首先要做一个疗程的化疗,以防止癌细胞扩散。然后,她将接受放疗,这有望摧毁现有的癌细胞。他警告我们说,过程相当艰难。天哪,这些治疗果然动了真格,一记组合拳就把她的身体变成了千疮百孔的战场。

很难说哪种治疗更糟。化疗的第一步,不得不通过手术在她锁骨下植入一个端口来输送化疗药物——这种被称为"鸡尾酒疗法"的方式,可以缓慢滴注毒素,以达到把癌症杀死而不危害病人的目标。每次输液持续好几个时辰,而每每经历这可怕的几小时后,她都要恶心好几天。治疗在她嘴里留下了金属的味道,还附赠口腔溃疡,使她几乎无法进食。她的体重开始往下掉。

"往好的方面看,我在岛上度假时确实胖了几磅,"她说,"所以这点损失还承受得住。"

她还能受住多少呢?治疗日,我们一到家,她就马上往洗手间冲,好几个小时消失在那里,呕吐的声音不断传出来。到后来,我轻轻地敲开门,发现她半躺在地板上,头在马桶的座位上搁着,想借此让她的额头凉快一下。没过多久,她丰满匀称的身体就变得瘦骨嶙峋,看上去就像是一副衣服架子。

我试着用简单的食物诱惑她，都是她过去爱吃的，香草冰激凌、酸奶，还有她最喜欢的费城软椒盐纽结。她也仍然爱吃比萨，但打开盒子时却不得不叹气，因为她知道自己吃了以后很可能会呕吐。

"没想到我竟然会得这样的病，"她无可奈何地说，"比萨恐惧症。"

在医院嘱托的一堆注意事项中，我被告知，妈妈的衣服和床上用品要单独清洗，而且要戴上橡胶手套；妈妈用过的一次性用品，要装两层塑料袋，包好了才能丢掉。原来，化疗使用的药物中的毒素，在治疗结束后仍会在她的尿液、呕吐物甚至眼泪中滞留，长达两天。这件事又调动起了妈妈的冷幽默，她说自己简直就是"行走的爱河"——携带着化学污染物在奔流。

而放疗，或许只会更加难挨，尤其是一开始，副作用像大锤一样发动袭击。在准备过程中，妈妈要躺在轮床上，被"固定装置"包围起来，以便在治疗过程中保持不动。接着，她被滑入一个胶囊形状的机器，看上去就像宇航员准备发射了。只不过，她将承受的是来自这个巨大嘈杂、闪着光还嘟嘟响的机器四面八方的放射线辐射。

治疗本身持续的时间不长，开始后一般都不超过 10 到 15 分钟。但它的副作用却极其可怕：极度疲劳、腹泻、大小便失禁都很常见，还会出现标志性的放射"灼伤"——皮肤因暴露在辐射光束下而斑驳发红。

我听说现在一些癌症疗法不那么痛苦了,希望是真的吧。回头再看妈妈经历的那些日子,不亚于跟拳王泰森的一场恶斗。她一到两周去做一次化疗,接着得休息好几周才能缓过劲来。

化疗的日子糟糕透顶,间歇休息的几周也好不到哪里去。她好不容易开始振作了点儿,就到了要再来一轮的时候。每一次,我们往北出发去医院,她的不适感就会开始发作,离目的地还有一个小时的车程时,她的手指已经在颤抖了。即便嘴上仍然在愉快地讲东讲西,双手却紧张地交握搭在膝盖上,这个微小的动作足以让我心碎。

幸好,身为自己的老板,我可以调整时间表,而且干脆就把康登郡库珀大学医院的房间当成了移动办公室。我像是参加了一个"癌症101"速成班,没多久就成了外行专家,对治疗过程及其广泛后遗症了解得头头是道,敢自封"化疗女王"而毫不脸红。

但是,每当我想为自己能帮上别人感到自豪时,就会难以回避地想起那次忘记带她去医院的事。我也不知道怎么了,就是完全不记得——也许是大脑把它屏蔽了。可怜的妈妈换好衣服站在门口等着,准备去接受癌症治疗了,她心爱的女儿却没有出现。今天想起来,我仍然悔恨莫及。

即便在情绪最低落的时候,妈妈仍然不忘提醒我,如果这就是让她好起来的代价,那便只能一忍再忍了。她需要相信自己会有起色，其他任何可能性都不在考虑范围之内。

天晓得她是怎样一直保持乐观的，我却时不时地因为她这股子精神劲儿伤心。那时，我就会变得不耐烦，开始吹毛求疵。为什么她不能尽情释放一下，哭出来，发发火，狠狠地骂几句，或是对着天空挥挥拳头呢？我就很想这么做。

但她肯做的只有一项好的活动——美其名曰"让癌症变得有趣"。更让我受不了的是，她还要向我道歉。因为只有我在家里住，自然就成了她的非正式看护人。可她并不想成为别人的负担。

"妈妈，"我说，"求求你，千万不要有那种感觉。我完全没那么想。"

确诊后不久，妈妈就没办法再工作了，但她的保险——相当给力的联合保险，健康时她从未使用过——支付了大部分医疗账单。真是多亏了这个，不然她又要多一件需要担心的事了。

她的工会伙伴和其他朋友们都很贴心地支持着她，用鲜花、礼物和糖果连番轰炸。每天，信箱里都会被慰问卡塞得满满的。在她最喜欢的一张卡片上，一个卡通形象的农夫正快活地干掉一罐威士忌，身边围着一只猪、一条狗和一群鸡。卡片背面写着："我们听说你身体不适。要快点好起来呀！"

第十二章 十字路口

相当有模有样。对快乐农场的主人来说再适合不过。

她把卡片一张张妥帖地收进她的剪贴簿里。然后一封封写回信。

尽管身体很虚弱,她仍然坚持照管着农场,按时准备干草、清理围栏。最重要的是,她也总能在动物中得到安慰。天气好的时候,她会坐在院子里她最喜欢的松木长椅上,在山羊和猪的陪伴下,安静地歇息。

"真好啊,"她说,"一派祥和。"

治疗带来了身体上的种种不适,但最令她痛心的,是失去了那一头富有光泽的金棕色卷发。尽管早就收到过提醒,但每当早上梳头不小心扯下一把头发,或者在枕头上发现一缕缕发丝时,她总会失魂落魄。更糟的是,她的睫毛和眉毛也脱落了。这让她的脸失去了焦点,看起来空空的,就像过去那些泡沫假发头模。连她的苍白都几乎一模一样。

最后,为了避免无休止的脱发,她让我把她剩下的头发剪短,后来干脆都剃光了。同时我给她买了礼物:不下十种款式的假发,有她本来发色的,也有她一直喜欢的铂金色的。每天早上,在例行戴上假发之前,她都要先画眉毛,涂上口红和腮红。

"出门前一定要先化个妆,"她说,"看起来有气色了,感觉上也会不错。"

时间一个月一个月地过去,她的状况却没有明显的改善。我们意识到这会是一场持久战，只能勇往直前。真是难以置信，不知从什么时候起，癌症竟成了生活的底色，和多年前的贫困如出一辙。这就是我们的命运，是冷冰冰的现实。放疗、化疗和其他所有苦差事都必须日复一日、周复一周地做下去，只有这样，她才可能活下去。我们所有人——我、凯茜、斯蒂芬和戈登——都相信，她一定会活下去的，因为她是雪压不倒风吹不折的，我们不可战胜的妈妈。

我倒不是说她是一个好病人——她属于没耐心的那一种，讨厌病恹恹的状态。但是，尽管有医生预言在先，妈妈仍然拒绝死亡。这个女人固执己见，坚持要活过6个月。12个月。18个月。两年过去了。她还要继续活着，倔强地超越医生的期望，继续活下去。面对癌症，她仍和过去面对每一个艰难时期一样，决不轻言放弃。如果可以，她会对病魔说一句："好啦，我知道啦，见鬼去吧。"这就是我们的妈妈。

"等准备好去死了，我会让你们知道的，"她说，"在那之前，可别惦记我的钱哦。"

农场花絮·动物逸事
坑里的杰利

我第一次去看米斯帕农场，就觉得它的面积大小合适，

第十二章　十字路口

牧场和谷仓也相当令人满意，但除此之外，我特别中意的一个卖点是，它的车库是自带修理坑的。身为一个地地道道的机械爱好者，我从巴尼那儿，从一堆切尔顿汽修手册中学到了种种技能，从换机油到修理化油器，再到变速器的拆卸、重组和更换。

我还买了一堆零件，自己鼓捣着这里拆一拆，那里装一装，大多数时候，最终竟然都能改装出一辆相当不错的车。作为一个女孩，这项技能给我带来了名气。有一次，我的油门线在半路上坏掉，我用卫生棉条的绳子把它给修好了。像巴尼一样，我也钟爱那些酷酷的经典敞篷车，可是那些欧洲车型脾气暴躁得很，动不动就要修理。我心想，嘿，有了修车坑，我就可以自己动手，能省下一大笔钱。

遗憾的是，修理坑并没存在多久。有一天我下班回家，听到农舍附近某个地方传来了痛苦的嘶叫声。我在院子里、树林里四处寻找，却始终找不到源头。直到后来我数了一下马的数目，马上明白杰利不见了。

我继续在农场上呼唤着她的名字到处搜寻。结果，你猜到了吧——走过车库时，我发现门开着，而门里是让我无比惊慌的一幕，这匹1200磅重的母马不知何故掉进了坑里！正常情况下，这么一个装满了奇奇怪怪的物件和工具的车库，一匹马是绝对不会想进来的。所以我刚才根本就没考虑过这里。而且，我也总是在坑上横着放一块木板，以防有人不小心掉进去。但是杰利进来后一脚踏到木板上，木板当然承受不了她的重量，立刻塌陷了。

这个坑跟一个墓穴差不多大小：约10英尺长，8英尺深，4英尺宽。它正好装下可怜的杰利，她来回走动的余地不足1英尺。我赶紧先跳了下去，挤在她身边给她检查伤势。令人欣慰的是，并无大碍。她像是很高兴我找到她，温柔地往我的肩膀上蹭，而我已经崩溃得眼泪都要流下来了。见鬼，到底要怎么把她弄出来呢？

或许可以开一辆铲车过来，然后放一个吊索捆住马肚子，把她从坑里抬出来。但是天花板太低了，没办法往上抬。只好试试B计划了。我往坑里扔了三捆干草，希望杰利能明白这是台阶，然后沿着它走上来。事与愿违，她光顾着站在那儿，快活地享用她的干草自助了。接着，夜幕降临，饱餐后的杰利不急不躁，我又给她放了一桶水下去。别无选择，只能先睡一觉，明早再想办法了。

第二天早上，我想出了C计划：往坑里放满水，让她"浮"出来！我真是个天才。可结果并不奏效——杰利浮起来了一点，但离爬出那该死的深沟还差得远哩。最终，D计划成功了。我用沙子把坑填了。

没错，这是一个解决方案，但实在是太费劲了。我们花了好几个小时才把新鲜的沙子倒进坑里，跟着再跳进去把沙子压实，做这些的同时还得注意抬起杰利的前蹄子，以确保她的脚踝周围不会形成流沙。接着再加入一些，这次抬起她的后蹄。她像运河中的船闸一样往上运行着。就这样，前

第十二章 十字路口

蹄，后蹄，一遍又一遍地交替往复。渐渐地，沙子越堆越高，杰利轻轻松松就走了出来。她抖落一身的沙子，如释重负地跑出车库，欣然享受自由去了，唯一留下的痕迹是脚踝擦伤。

我应该庆幸，掉进去的是杰利，而不是我马厩里某一个疯狂的男孩子，比如她的男朋友，政治。要是掉进坑里的是这样一匹难以捉摸的马，我怕是永远也没办法在他旁边干活，那他可能真的会死在那里。况且，我只对杰利有足够的把握，知道她不会失去理智踢我或是伤害我。在我竭尽全力营救她的近十个小时里，她一直表现得格外有耐心。

杰利活蹦乱跳地出来了，我很高兴。但遗憾的是，这件事扼杀了我作为一只"油猴子"的乐趣。接下来的一周，我把坑填平，封上了水泥，又到外头找修车师傅去了。

第十三章

迟暮

但凡身边有亲人或好友遭遇过严重疾病,一定都对这样的痛苦深有体会。时而满怀希望,时而陷入绝望,情绪就像在坐过山车。关键在于,你无法提供任何实质性的帮助。在母亲生病的那些日子,我被一种前所未有的、令人抓狂的无力感裹挟着,数不清有多少次想要跑得远远的,逃避这一切。

对我来说,夜晚是最难熬的。总有什么叫人害怕的东西伴随着日落降临,连影子都像包含着某种预兆。有时候,我会半夜起来去看看妈妈——她还睡在那个破旧的沙发床上——总感觉能听到她在睡梦中呻吟。

相较之下,白天就正常多了。我们会继续尽可能地找些乐子,在治疗周的间歇出门活动,这样能让妈妈感觉更舒服一些。她总会精心地化个妆,再挑一顶金色假发戴上,打扮得漂漂亮亮的,然后才出发。我们去看电影,去听音乐

第十三章 迟暮

会。我还记得在费城看了一部舞台剧《窈窕淑女》,男主亨利·希金斯由理查德·张伯伦扮演。像往常一样,妈妈把所有的节目单和票根都留下来,放进了她的剪贴簿里。那时,她的剪贴簿已经有几十本了;要是一本一本摞起来,估计都能碰到天花板。

不管态度多么乐观,妈妈的外表仍然将她患病的事实暴露无遗。她枯瘦而羸弱,衣服空落落地挂在身上,脱下来时,肋骨一根根看得分明,脊椎上下所有的骨节也都突得厉害。谢天谢地,如今的她乐于接受拥抱。虽然不敢抱得太用力——她看起来脆弱得仿佛挤一挤就会碎掉——但我真想永远都不要放手啊。

一个星期天的早上,情况开始急转直下。起床的时候还跟平日一样正常,我们喂了动物,一边喝着咖啡,一边放松地翻着周日报纸和电视新闻。然后,我开始在立式钢琴前消磨时间,想找一首老歌弹一弹。有一个和弦想不起来了,于是我向妈妈求助,她轻轻地滑到长凳上坐在我身边,举起双手,用力敲打出一串不和谐的声音,跟音乐根本不沾边儿。

"妈妈,你能不能别胡闹一气?好好弹给我听呀。"

她眨了眨眼,跟着又把手砸到了琴键上。更多的噪声响起来。

她开始大笑,我翻了个白眼。总是这么爱开玩笑。"请认真点儿好吗?让我听听那个该死的和弦。"

当她的手第三次敲击琴键时,我终于意识到这不是在开玩笑。出于某种原因，我演奏音乐就像呼吸一样自然的母亲，现在没办法弹钢琴了。

之后，等到她走远了听不见了，我马上给她的化疗护士克丽茜打电话——她已经和我成了好朋友——向她解释了事情的经过。

"你认为这是怎么回事？化疗的副作用吗？"

克丽茜默默地听完，然后用一种很急切的声音催促我："劳丽，送她去医院吧。现在马上预约。赶紧去。"

核磁共振显示，妈妈的癌症已经全面转移，扩散到了肺部、淋巴和大脑。一个肿瘤压迫到部分大脑，因而影响了她的协调能力，这给钢琴事件找到了解释。要不了多久，她可能连说话和写作都会变得困难。

她的癌症失控了，就像野火一样迅速蔓延。

事情演变成这个样子令人瞠目结舌，就像正对着我们坚持乐观的笑脸打了一记耳光。一点点地，我瞥见了前方等待她的可能是何种归宿。也许，妈妈最终也难再好起来了。

眼前的这个女人，看上去像是刚从 Vogue 杂志里走出来，高挑的身材，深色的披肩长发，棕色的双眼大而有神，肤色也白皙无瑕。她身穿白大褂，胳膊下夹了一个写字板，脚下的高跟鞋在地板上踩出一阵轻快的咔嗒声。

这样让人分心的美丽，让她看起来只应出现在电视节目里，而不该是现实中的医生。但她确实就在我面前站着呢。好吧，这是妈妈的神经外科医生。

"你不一起来吗？"她说道。这不像在提问，更像是一个命令。我们离开妈妈的病房，穿过大厅，走进一个小小的玻璃会议区，隔着一张光滑的桌子面对面坐下。神经外科医生开始给我讲解计划中的手术——开颅术，意思就是要在妈妈的头骨上钻一个洞，以此帮助她减轻大脑的压力。十有八九，要不了多久她就能恢复说话能力了。

"真的吗？"我惊呼道，"太感谢了！这是我几个月来听到的头一个好消息。"我直接一步迈向了希望，或者如家里人所说的，开始自欺欺人。

美丽而富有同情心的医生马上纠正了我。"请不要误解，劳丽，"她说，"这只是权宜之计，真的，我不会把它当作长期的解决方案。"

她停了停，像要等我消化一下，然后才补充道："但手术当然是有好处的，让你的母亲能够再次说话，眼下非常重要。这会让她有时间好好告别，把要做的事情安排妥当。"

我感到一记暴击。

我心底冒上来一股无名火，顿时变成了斗鸡。"把要做的事情安排妥当？"我嗤之以鼻，"请问这是什么意思？是时候分家产了吗？要处理掉海恩尼斯港的宅邸？我妈可没那些劳什子，什么都没有。"

医生并没有生气，真要说有什么变化，那就是她反倒更温柔了。"好啦,"她拍了拍我的手,轻声说道,"手术会有帮助的。"

早在20世纪60年代,精神病学家伊丽莎白·库伯勒-罗丝就在她里程碑式的著作《论死亡和濒临死亡》中,提出了悲痛的五个阶段:否认,愤怒,讨价还价,抑郁,接受。

一开始我们一家人不正是陷入了否认?逃避将我们的心牢牢占据,我们沉浸其中,就像被保护在一层又一层的茧里,有了安全感。它让我们相信,尽管妈妈现在生病了,但她很快就会好起来的。

现在,明摆着我们要加速度过剩下几个阶段了,就像期末考试逼近,要临时抱佛脚了。

从三年前她确诊以来,我从头到尾都拒绝承认。下一站该"愤怒"了。宫颈癌一般是由人乳头瘤病毒(HPV)引发的,属于性传播疾病,我忍不住开始怀疑,是不是当初我爸爸把什么东西带回了家,说不定就是它们导致妈妈得了癌症。

我被悲痛带来的愤怒吞噬着,气我自己,也气妈妈,简直气得发狂。她从来没有好好照顾自己,即便后来有保险了也不肯用。要不是她那样不负责任,怎么会落到这种地步?

这一团乱麻搅得我直接堕入了抑郁,一种没档次的悲痛表现。有好几次,我匆忙关上办公室的门,扑通跪倒在地板

第十三章 迟暮

上,当场就崩溃了。

老天啊,求求你了,请不要伤害我妈妈。

可最后一个阶段——接受——却迟迟没有到来。我对天发誓,我至今都闹不明白我们是否曾经接近过它。而我的妈妈,那个固执的爱尔兰女人,从始至终都不肯承认她病情的严重性。

我当然也没能逃过"讨价还价"的阶段。明明知道任何交易都为时已晚,但我还是想到,我还没遵守少女时代的诺言呢——买一个农场,一个妈妈退休后可以养老,随心所欲救助动物的地方。她也仍然相信这个承诺,相信我们讨论过无数次的"有朝一日"会到来,像孩子一样期待着梦想成为现实。自从她生病以来,我一直四处寻找合适的房产,但是那笔看起来有戏的交易到底还是没成。留给我的时间越来越短。

如果我遵守诺言,没准儿上帝就会让我留下我的母亲了。

"等准备好去死了,我会让你们知道的,"要是有人提起她的病,她总是这么说,还要加上那句自以为好笑的调侃,"在那之前,可别惦记我的钱哦。"

大约 10 天以后,在医院候诊室里,我、凯茜和斯蒂分坐在硬邦邦的塑料椅子上,喝着自助咖啡,读着过期的《读者文摘》《时代》《世界主义者》杂志。他们肯定知道我要来吧,甚至还准备了一本快翻烂了的《飞行》杂志。从早上十点到下午三点,手术持续了五个小时,翻过的杂志在我面前堆成了山。

在观察室里,妈妈身上七七八八绑满了管子和电线,比牵线木偶还多。她抬头看着聚集在一起的孩子们,从缠了满头的白色绷带下面,勉强挤出一丝虚弱的微笑。

术后清单很长。她将不得不重新学习所有的"日常生活活动",比如站立、行走、说话,比如穿衣服、打电话、吃药,老天保佑,"如厕"也得从头学起。我们做好了心理准备,应对她可能产生的各种情绪——愤怒、沮丧、悲伤,以及没完没了的抑郁。要是她忽然大发脾气,哪怕是冲着我们来的,我们也不应该觉得惊讶;而且主要也是朝我们发火,因为必须有人陪在她身边。出院之前,我们见了三位治疗师,请他们帮忙制定康复计划。每一位都警告我们要有预期,复健之路将极为缓慢而漫长。

"手术后大脑会肿胀,"物理治疗师说,"恢复还需要时间,所以手术效果不会立竿见影。"

"不要居高临下地跟她讲话,也不要把她当成小孩子,"言语治疗师说,"跟她说话时要表达清楚,并做好准备多说几遍。当她努力想回答时,一定要耐心等待。还有,如果她听不懂你的话,千万不要大喊大叫。她没有聋。"

"即便是扣扣子或者拿叉子这样最简单的事情,都可能会难倒她。"作业治疗师说,"要尊重她的极限,在她取得进步时,记得表达你们为她感到骄傲。"

我们还被告知，一旦重新站立起来，妈妈肯定会到处走动，这时要注意避免让她负重，也不能有任何剧烈的活动。

"我想那意味着不能跟猪摔跤了。"我回答说。治疗师笑了笑，不知道我其实是认真的。

出院时，一位热心的病患咨询师提醒我，针对我们这种情况，社会上有各种各样的支持团体，可以给病人或家庭成员提供帮助。他问我要不要记下他们的名字和电话。

"真的非常感谢，恐怕是不需要，"我说，"我们一家子都是'忍着点儿'学院毕业的。要是改变主意了，我保证一定跟你联系。"

在我们家，我一直是多愁善感的那一个，动不动就哭，而我姐姐是一本正经的监工。母亲生病以后，我们俩的角色就好像调了个个儿——就像妈妈和我在加勒比海时一样。突然间，我成了教官，开始带着严厉的爱发号施令："该散步了，妈妈。现在就去，不要扯淡，别想找借口！"而可怜的凯茜有很长一段时间，一看到妈妈就掉眼泪。

医生的承诺兑现了，很快，妈妈又能开口说话了。一天，她不知道从哪儿翻出一件我们小时候送给她的纪念T恤，套到了身上，上面写着：救命，我在说话，嘴巴闭不起来了。

在手术后的几个月里，我们真的又开始打基础——就像 ABC 一样基础。除了待学清单上的其他事情，妈妈还得重新学写字。好多次，我回家时看到她趴在一本抄写簿上，一笔一画地描着她名字的几个字母，像个幼儿园小朋友一样认真。

尽管忍受了这么多，她还是笑个不停，甚至面对她的病也是如此——不，应该说，尤其是在面对她的病时，好像她觉得，这样就能把癌症哄骗住，让它不再复发。但不论那时支撑她的到底是什么，是胆大包天，还是纯粹出于老一套的固执，反正它肯定多多少少起了作用。四年前，医生说她最多还剩六个月的生命。而现在她还活着，还在微笑，还在憧憬未来。

我们一家人交换了意见，一致认为是时候停止化疗和放疗了，而且，我们几乎马上就认定这是个正确的决定。告别了没完没了的治疗，妈妈乐开了花。对她来说，不去看病的感觉就好像没有生病，光是这一点她就觉得很棒。而且，再也不用一次次煎熬着坐车去医院了，她由衷地高兴。她的头发开始生长，覆盖了头骨上纵横交错的科学怪人般的缝合线。

我想起了那位漂亮的医生，以及她说的那些话，关于最后的告别、临终事项，还有权宜之计等等。

我心想，别把我妈妈算在里面，这些跟她无关。因为，她像棵橡树一样强壮。

如同奇迹一般，妈妈又振作了起来。

第十三章 迟暮

农场花絮·动物逸事
杰思罗和洛伦佐

驴子之间的感情纽带通常都很强。而当这种联结被死亡或分离强行打破时,驴子的悲痛之强烈,持续时间之久,几乎不亚于某些人类。他们会从此陷入抑郁,有的还会因此生病,甚至郁郁而终。我有一头驴子名叫杰思罗,跟一匹叫斯莫奇的马是多年的好朋友。

斯莫奇死的时候,杰思罗伤心极了。我很同情他,自然也担负起了为他寻找新朋友的使命。但是动物之间的友谊,如同人类之间的友谊一样,不能强求。要是引入的动物不合适,反而可能唤醒驴本能的领地意识,引发一场争斗。

在悉心的监护下,我把一匹新马带到了杰思罗所在的牧场。他们俩倒没有互相排斥,但杰思罗依旧独来独往。好吧,我热心的撮合以失败告终。之前我们的另一头驴也是这样。

然后,一只名叫洛伦佐的羊驼出现了。洛伦佐之前跟着一对农民夫妇在他们的葡萄园里生活。老夫妇后来搬到老年社区去住,就把羊驼孤零零地留在了农场里,只是偶尔过来喂喂他。他非常孤独。

几个月过后,动物控制中心接到农场邻居的投诉,说羊驼被遗弃了。调查员来到荒废的农场,发现除了一堆已经发霉的干草之外，可怜的洛伦佐完全没有别的东西可以吃。他征求农场主的许可，打算把羊驼送到快乐农场来。之前他们的骡子就在我这里找到了自由自在的家，于是，他们欣然同意。

洛伦佐正是杰思罗的一剂良药，我还没来得及撮合呢，他们已经找到了彼此。可能杰思罗是被洛伦佐的毛色所吸引吧。羊驼身上棕色和白色的斑点，跟斯莫奇的十分相似。总之，不管引力是如何发挥作用的，这两只动物相亲相爱，很快就形影不离了。有了洛伦佐的陪伴，杰思罗不再郁郁寡欢。他恢复了进食的习惯，像从前一样活泼嬉闹。而杰思罗也帮助洛伦佐融入我们，重新变得合群；在那片土地上独自生活太久了，他在人类面前总是很羞怯。我说不好他是不是爱人类——起码现在还不爱吧——但他爱杰思罗，这一点毋庸置疑。他还爱吃香蕉。要是你喂他一个，他保证会高兴地亲吻你的嘴唇。

有时候，顺其自然或许就是最好的解药吧。它成就了快乐农场最牢不可破，也最难以置信的友谊之一。驴子上了年纪屁股上都会长脂肪袋，看上去颇像是卡戴珊的屁股。在最近的一次户外婚礼中，杰思罗把他的屁股凑到栅栏缝里，蹭了半天痒痒，滑稽的样子看起来就像在为婚礼献舞。遗憾的是，新娘并没有被逗乐。

第十四章

归宿

"妈妈，系好安全带。接下来这段路很颠簸。"

从黑马派克大道右转后，我们一头扎进了迷宫般的乡间小路。活动篷顶放下来，经典摇滚躁起来，我们就这样冲进了新泽西松树荒原僻静的心脏地带。车子晃得厉害，妈妈抬起手扶着她的棒球帽。

"喂，开慢一点好不好？"她喊起来，"我想看看风景。"

"我们已经等待得够久了，"我也喊着回答，"我想马上赶到那里。"我继续把油门往下踩，快到路上的每一颗石子都足以把我们从座位上震起来。

南泽西的这块地方到处都是树，除此之外并没什么值得看的：几家动物标本店、一个枪支俱乐部、难得一遇的餐馆，还有一个长椅空空的公园，全都被高大的油脂松和低矮的灌木松组成的迷宫包围着，松树极为茂密，几乎遮天蔽日。

在这一眼望不到边的荒芜之中，却可能有一个地方，将是我们未来的归宿：一个15英亩的农场，包括一间破旧的农舍、一个宽敞的旧谷仓和几处窝棚，被大片大片的松树包围着。

其实，还不能算是我们的呢。不过我已经报了价，希望尽快达成交易。况且我觉得形势乐观，因为米斯帕并不完全属于干线地带，而且大多数人都对迁居森林深处不感兴趣。但我仍不是唯一的关注者。我的房地产经纪人朋友珍告诉我，已经有另一个买家给出了比我高的价格，看起来志在必得。

但我也不会轻言放弃。也许这想法不可思议——好吧，很明显就是异想天开，和上帝讨价还价，跟对着星星许愿有什么区别？都一样离谱——但是我思忖，要是我做了一件好事，说不定真能抵消一件坏事。再说，我把农场拿下来了，妈妈自然就有机会住在里面。

米斯帕与大西洋县的县治梅斯兰丁相邻，作为它的乡下亲戚，一度也是工业重镇，服装厂云集，同时还是南泽西犹太人社区的中心。但到20世纪90年代末，这些工厂早已不复存在，曾经的铁路线也已废弃。据我所知，到了2000年，这里的居民大部分都是乡下人和穷苦人了。但这没什么好介意的。身为在"陋居"长大的孩子，我认为这两个词都是恭维。我会像回家了一样自在，妈妈自然也是。

第十四章 归宿

"现在我们是真正的'松树佬'了,"我告诉妈妈,"应该去买几张保险杠贴纸。"

副驾上的妈妈微笑起来。她的面容曾经多么美丽啊,如今却苍白消瘦,棱角分明。虽然已经在恢复中,但她仍然十分消瘦。好在她心爱的金棕色头发终于长回来了,而且柔软浓密依旧,像鸭绒一样。最让我欣慰的是,她的状态前所未有地良好。

动过脑部手术,尤其是在我们中止了那些费神的药物治疗以后,她终于又活过来了。我们仿佛眼看一朵枯萎的花,有了水和阳光的滋润,又奇迹般地抽出新芽。她又可以随心所欲地吃东西——点了很多外卖比萨——在户外想待多久就待多久,用跟从前同样的活力打理着农场和动物。她开怀大笑,她满怀憧憬。初次诊断时医生断定她的生命只剩下六个月,到如今她已挺过了第四年。

这就是我的妈妈。永远是好样的,永远不会听天由命。

我们拐上铁路大道,这条狭窄的双车道公路从松树中蜿蜒而过,把我们带进森林更深处。我得时不时地突然转向,以避开择路穿行的鹿群和野火鸡群。终于接近目的地了,但入口完全隐蔽在道旁的树丛中,第一次我飞快地跟它擦肩而过。我们又掉头折回,穿过一段开口的围栏,到达了农场。

车子嘎吱一声停下来。

我转过头去,看着妈妈。

她正好奇地四下打量着。

这是我无数次期盼,想象了大半辈子的时刻。我们的"有朝一日",那个许下多年的承诺终于要实现了。

她当时的表情让人有些捉摸不透。她一句话也没说,只是慢慢爬出汽车,深吸一口气,开始沿着连接房子、谷仓和牧场的那条弯曲的土路跋涉。

霎时间,农场的缺陷就像被霓虹灯箭头标记了一样,集体暴露在眼前:农舍外墙油漆剥落,门廊栏杆也在摇晃;绿油油的青苔爬满了石头地基的缝隙;牧场围栏摇摇欲坠,其间是一片杂草丛生的海洋。

我试着和她搭话,像一个二手车经销商竭力达成交易。"没错,显然它还需要好一顿收拾,但它欠缺的不过是外表,你说是不是?你瞅瞅,哪怕是谷仓,都比我们现在住的房子要好吧?再感受下土地有多么大!15英亩啊,妈妈。这里像不像被参天松树包围的庞德洛萨!"

妈妈继续沉默着。她失望了吗?是这个地方太简陋了吗?她并不讨厌它,对不对?

她的脚步一直没有停,双手插在口袋里,一边走一边环顾左右。

"第一件工作:把谷仓涂成红色!"我又开始念叨,"究竟什么人会想要一个蓝色的谷仓?接下来,我们就按照你喜欢的方式来修缮。想想看吧,你可以养多少动物。简直可以把世界上所有动物都收入囊中!"

她有点儿累了,停下来靠在牧场的栅栏上歇息。我发誓我看到那张苍白的脸上泛起了粉红色。

她转过头来对我说："哦，劳丽，太完美了。"然后，她又开始沿着小路漫步，配上一身牛仔服和牛仔靴，俨然是这里的女主人了。

要做的事情太多了。农舍里一片狼藉，需要彻底翻修。之前的住户估计都是重度吸烟者，曾经白色的墙壁被尼占丁染成了黄色。狗在门和门框上啃出大洞，在地板上留下尿渍。洗手间更是一团糟。屋后的水池积满墨水一样的黑水，而且莫名地成了运动器材仓库，漂浮着棒球棒、棒球、高尔夫球杆、曲棍球棒……

我心目中的艺术家当然不会中意漆成金色的橡木橱柜，还有餐桌的石头台面，银色中带着古怪的淡紫色。

但说到底，这些缺点都不重要了。我们是土地狂热症患者。只要土地能真正打动我们，房子就无所谓了。住在这里，容纳数百只动物都绰绰有余。

对这块地的竞购战持续了好几个月，那是漫长煎熬、令人咬牙切齿的一段日子。我跟农场的主人见了一面，解释了妈妈在做的事情，以及她建立动物救助中心的愿望，他们听了似乎很高兴。但是每一次，当我们以为一切尽在掌握之中时，就会有另一个买家加价，于是业主开始犹豫，只好继续僵持下去。

我打定了主意，准备去银行贷款，这时凯茜找了过来。

她也希望妈妈的梦想成真,所以主动提出要投入她自己的闲钱。我们倾囊而出,把对农场的报价提高到了17万美元。但是喜悦并没维持多久。大约36小时后,竞争对手就以18万的价格把我们甩在了身后。真是气人。

我开始重新考虑去银行的事,但这无疑将让我背上承受不起的债务。走到这一步,我已穷尽所有,囊空如洗。完了,再无计可施了。既然没有必要继续下去,我只得不情愿地准备放弃。

但妈妈可顾不上这些。她出门时买回一些餐具,一套八个玻璃器皿,茄子紫色颇为怪异,但不得不说,跟那张淡紫色的台面倒是很般配。不知道是不是被这种种压力——她的病始终不好,农场的谈判又悬而未决——压垮了,看到她打开包装拿出盘子,我的情绪突然崩了。

"妈妈,你好歹想一想,有人出价比我们高1万美元呢!我们都被踢出局了,你还去买那些难看的盘子。紫色的!"

她正被一种不管不顾的乐观情绪笼罩着。"先别着急放弃啊,劳丽。我对那个地方有好感,我很确定,那是一种家的感觉。"她把盘子一一放回盒子里,重新包装好。"好了,我先把这些收起来,等到去农场了再打开。"

"你听着,妈妈,"我说,"这块地方超出我们的能力范围了。也许我们可以重新来过,去找一个负担得起的。或者,干脆还是把这些该死的事情都忘了吧。我烦透了。"

"劳丽,你冷静点儿。农场还在,没出结果怎么能算结束呢?"

心烦意乱当然是愚蠢的,但是,现在再回头去看我当时的反应,我从中辨认出了内疚感,为不能遵守承诺而自责,进而气恼。

而且,我发现自己仍然很穷,那种曾经无比熟悉的、我不够好的感觉又回来了,就因为比不过竞争对手的出价。我为自己的贫穷感到难过。而除此之外,更致命的打击还在于遗憾——我要让我最爱的人失望了,她到现在还那么乐观,整天喜滋滋的。我害怕我们又要陷入痛苦的循环,而这都是我一手造成的。

那些紫色的盘子始终让我感到恼火,我真想把它们摔成碎片。而妈妈呢,她又买回来一套,盘子上装饰着公鸡、谷仓,还写了几句俏皮话:"一点点灰尘无伤大雅。""我并非生在谷仓,但我百米冲刺赶了过来。"

"这才像话嘛。"我总算松了口气。

六月底,我们终于等到了回音,珍打来电话告诉我们,尽管我们出价更低,房主最终还是决定跟我们签约。当时,我和凯茜正忙着帮妈妈收拾东西,整理她在陋居里积攒了28年的衣服、陶器和书籍。我们扒出来一个个旧纸箱,里头装着我们儿时的靴子、运动鞋和玩具,还有用黑色记号笔在腰带或衣领内侧写着我们名字的衣服。我还发现了我小学时用过的全套美术用品,以及我最早画的一沓画:猫和牛、马和羊……所有快乐农场的动物。

食品储藏室里装满了过期的一元店罐头，足够在一场末日浩劫中填饱肚子。抽屉里也还是老样子，摆着一捆捆的橡皮筋，用其他皮筋捆在一起。是时候跟这一切说再见了。

"总之，一切都是你的了，门锁、存货、风滚草，"珍高兴地絮叨着，"现在，只需处理好最后的文件，你就可以接手了。姑娘，恭喜恭喜！"

我谢过她，挂上电话，带着一脸凄凉的笑告诉姐姐："嘿！猜猜看，谁要成为松树荒原一个又大又旧的农场的主人了？"我把头向后仰，表演着我的老把戏，只为不让眼泪掉下来。凯茜眨眼间就扑到了我身上，把我抱得紧紧的，紧到都有些痛了。

"不要难过，劳丽。"她哑着嗓子说，"妈妈去过那个农场。是农场给了她梦想，让她开心到买下那些该死的盘子。因为在那里，她才充满希望。"

妈妈在两周前去世了。

在与癌症抗争了四年多之后，她怎么可能这样出乎意料地突然死去呢？然而事实就摆在眼前。脑部手术后，她的身体恢复得很好，简直像拉撒路[i]一样，我们开始相信奇

---

[i] 《圣经·约翰福音》中记载的人物，他病危时没等到耶稣的救治就死了，但耶稣一口断定他将复活。四天后，拉撒路果然从山洞里走出来，证明了耶稣的神迹。

第十四章 归宿

迹。但正如临终病人身上时有发生的回光返照一样,到了晚期,惊人的好转过后,随之而来的就是急转直下。她的病情迅速恶化。如同宝丽来按下了快进键,我们眼睁睁看着她的生命一点点凋谢。

"讨价还价"和"否认"阶段早已成为过去时,但即便到了这个关头,她还要负隅顽抗。很早之前,她就在一张"不要抢救"的医疗文书上潦草地签了名,确保她停止呼吸或陷入昏迷之后,不会再有任何英勇的手段来实施拯救。然而,现在她要求我们撤回这个决定。

我曾听说过,有时候,人们需要得到他们所爱之人的许可才能安然死去,才能进入光明。于是,我笨拙地效仿这个给了她许可。"没事的,放手吧,妈妈,去做你该做的事情。想想看,你又能见到外公外婆、埃德叔叔和玛丽阿姨了。他们已经在等你了。"

她气愤地瞪了我一眼。"让他们等着吧,"她放大嗓门说道,"反正我哪儿也不去。"

从那以后,我不敢再坚持她将死的事实,也不再要求她接受这样的命运,平静度过最后的日子。这样做有什么好处呢?她终究还是一个年轻的女人。她热爱自己的生活,抓住希望不想放手又有什么错呢?如果她能从否认中得到安慰,那么非要硬生生把它夺走就太残忍了。

凯茜搬回了农场,另外,临终关怀小组的工作人员也每周来帮两次忙,尽量让妈妈在家里待得舒适。但即便有他们在一旁指导，我们终究也成不了南丁格尔。一次，我不小心注射了超过处方量的吗啡——正常剂量的4倍。一连好几天，妈妈在床上翻来覆去，不停地出汗，在乱糟糟的床单上神志不清地喃喃自语。我这个看护真是糟透了，但她还是挺了过来，虽然用她的临终护士的话说，"可能做了一些非常恍惚的梦"。关于这次事故的记忆将一辈子困扰我。

在镇静剂的迷雾中，她的精神变得恍恍惚惚，又一次在情感上远离了我们，不再接受拥抱和亲吻，拉手都不行。她甚至疏远了她心爱的狗狗，那只名叫宝贝的白色德国牧羊犬想要跟她依偎在一起，却被她推下了床。

她曾多次说过："等准备好去死了，我会让你们知道的。"她说到做到。

2000年6月25日，大约半夜两点，我忽然从沉睡中醒来，在床头坐直了，脑子格外清醒。直觉告诉我应该去看看妈妈。我蹑手蹑脚地走进客厅，跪在沙发床的一侧，眼看着她发出一声低沉而粗重的呼吸。呼出这最后一口气，她的脸立刻舒缓下来，松弛而平静。然后，是完完全全的静止不动。她走了，离53岁生日还有一个月。

我跑回卧室，打开床头灯。"凯茜，醒醒。妈妈刚刚去世了。"

姐姐的眼睛眨巴着睁开来，她拦住我，不让我再到客厅去。"不要回去，"她说，"要是她知道你还在那儿，一定会

第十四章 归宿

想法子再回来的。让她放心地走吧。"

所以我坐了一整夜，下巴搁在膝盖上，静静地倾听着。伴随她度过临终时光的音乐——罗伯特·顾雷特在立体声音响上的轻声哼唱占据了我的耳朵。

天亮时，我和凯茜定下心来，回到了起居室。那里躺着我可怜的妈妈，又干瘪又小巧，瘦得像根棍子。她纤细的小手轻轻地搭在被头，看不出一丝重量。

妈妈死了。没人能再伤害她了。

我一动不动地坐了半天，在她每晚睡觉的沙发旁，在她从未逃离，也永远不会再逃离的破旧房子里。我在心里感谢着她，为她把这里变成了我们姐弟、戈登、吉米·培根，以及许许多多无家可归的人和动物的家。我允许自己哭了一会儿，为所有我没来得及给她的东西，为那个我们从此再也无法抵达的"有朝一日"。

凯茜一整天都在进进出出。她哭着走开一会儿，回来看看妈妈，然后又走开了。斯蒂芬和他的妻子南希不久就赶了过来，他吻了吻妈妈的手，接着慢慢踱到外面，迷失在了树林里。约翰叔叔和他的妻子贝尔纳黛特也来了，带着我的表亲尼基和安妮。几个小时后，葬礼承办人来把尸体运走了。

伴随母亲的去世，我陷入了两难的境地。城市老鼠还是乡下老鼠？都市女牛仔还是农场主？黛米·摩尔的阁楼还是松树荒原的农场？我原本的目标是为妈妈买下农场，我自己并没打算一直住在里面。现在退出还不算太晚，对不对？

我这么问了问自己，好像还有选择似的。但其实，我心中早已有了答案。

即便不算是农民，我现在也终归是一座农场的所有人了。妈妈是不在了，但我对她和她的动物的责任却没有改变。那么现在，就由我来做决定，搬到新的快乐农场吧。

如果我甩甩手走了，我知道，那个女人一定不会放过我。

农场花絮·动物逸事
政治

在快乐农场，我专门为退休的赛马开辟了一片特殊的牧场，跟开放区离得远远的。我把它戏称为"隔离围场"。生活在那儿的马儿，有些在职业生涯中受尽了不耐烦的驯马师和骑师的虐待。他们因此害怕人类，现在也仍然如此，难保不会做出咬人或踢人的举动来。其中就有我最顽皮的孩子之一，一匹名叫政治的纯种马。

尽管政治跑得像闪电一样快——快到他的身体看上去一片模糊——但他并不是个赚钱好手。据我所知，他从未赢过比赛。他的主人意识到投资不会有回报了，就不再善待他，还把他送去拍卖。要不是一位热心的爱马人士出手相救，又把他带来快乐农场的话，他十有八九难逃一死。

第十四章　归宿

政治的皮毛光滑油亮，全身像黑曜石一样黑，模样十分潇洒。但他也很倔强，是个绝对的暴脾气——用马的行话来说属于"热血马"。虽然以前香农不时也会耍性子——我想骑上去时他会反抗，还在雪球事件中用头撞倒了斯蒂芬——但与政治比起来却是小巫见大巫。政治伤人是动真格的，他不仅给我留下了永久的伤疤，还两次把我送进了医院。

其中一次，我给他喂食时，他咬了我一口，我的拇指差点被咬掉。显然，他认为我添饲料的速度不够快。另外一次，当我打开牧场的大门时，估计他以为赛马时间到了，就脱缰飞奔而去，把我也撞倒了。志愿者告诉我，我被撞得直挺挺地躺倒在地，挣扎着摇摇晃晃地刚站起来，又立马跪倒陷入了昏厥。我一点都记不起来了。虽然因脑震荡和短暂性失忆住进了医院，但我还是一如既往地爱着他。毕竟，他曾经受到那么恶劣的对待，这不能算他的过错。

这些年政治平静了许多，这在很大程度上要归功于一匹名叫杰利的"丧偶"母马，她多年的伴侣花生酱因为哮喘发作而死。虽然杰利比政治年长——她大概 27 岁，政治 20 岁——但他们深爱着彼此。要命的是，如果杰利不在，哪怕只是一小会儿，政治都会生气，他的火暴脾气发作起来，势必闹得人仰马翻。所以我只能祈祷，杰利会活得比他更长久。或者，希望他以后能成为一个可爱的老人家，那就不会有什么问题了。

我们确实也有一匹相当温驯的赛马，不仅出身显赫，还是一位经久不衰的赢家。她在赛场上的名号是"好斗士",2019年,在她退休来到快乐农场前,前主人给她改名为"安娜"。安娜的父亲在2011年的肯塔基德比上获得第四名,同年在必利时锦标赛夺冠,在整个职业生涯中,他赢得的奖金超过300万美元。安娜的母亲则是德比冠军北方舞者的后代。

2016年至2020年初,安娜一共参加了15场赛马,3场都是冠军。跟我们的多数纯种马不同的是,她心态放松且性情平和。我把她和一匹名叫峡谷的阉马配成了一对,峡谷因为被铁丝网缠住而失去了左眼。他俩现在形影不离,每天早上都会一起散步,到农舍找薄荷点心吃(没错,马喜欢薄荷!)。

至于政治,虽然随着时间的推移,他的性情慢慢有所改善,但我想,他可能永远也无法从旧日的创伤中复原了。他没办法完全信任人类,所以我们也不敢完全信任他。这就是为什么开放日他也要在远处的牧场待着,一直被隔离开来。伤疤太深了,就会难以治愈。

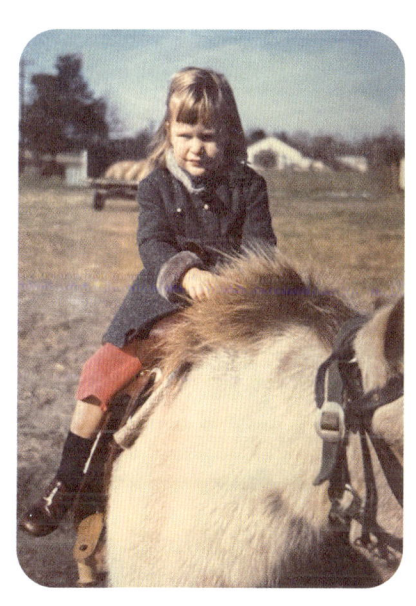

儿时的劳丽骑着她的第一匹小马驹。

安妮和可爱的小猪"佩妮"依偎在沙发上。

特纳斯维尔时期的快乐农场换上了期待已久的新屋顶。

安妮·麦纽提的最爱是在马背上驰骋。

安妮总是不遗余力地照顾她的动物们。图中的她正忙着修剪羊蹄。

"香农·奥利里",安妮心爱的第一匹马。

公牛"约吉"和羊驼"库珀"是形影不离的好朋友。

逃离了屠宰场的白来航鸡向往着光明的未来。

"猪爸爸"、"博"和"卢克",三只几乎饿死的小猪获救了。

鸸鹋埃米莉。

热情洋溢的鹅
"黛比·德古斯"。

迷你猪"朱莉"。

臭鼬"臭臭"和他的兄弟"查克"、"法利"一起玩耍。

明星母鸡"阿黛尔"。

坑里的"杰利"。

羊驼"洛伦佐"和他最好的伙伴，50岁的迷你驴"杰思罗"。

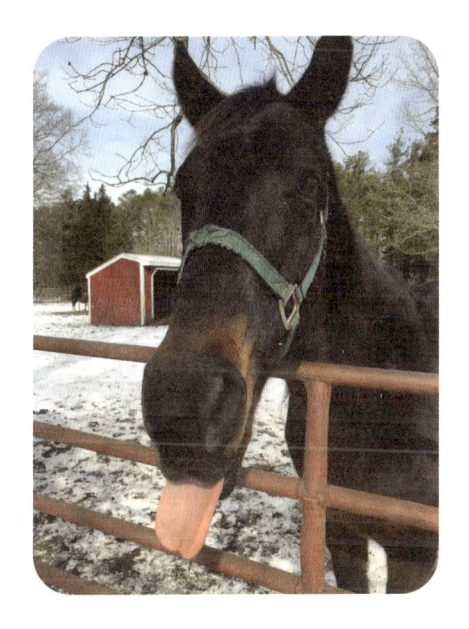

退休的赛马"政治"。

失明的小猫"希望"和她的导盲鸭"果冻"。

加拿大鹅"史蒂文"和他的女朋友,家鹅"安吉尔"。

摆脱了献祭命运的绵羊"雷吉"。

"萨克斯",快乐农场的守护天使。

鸟瞰"快乐农场"动物救助收容所。

患巨食道症的小狗"塔克"刚刚来到快乐农场时的样子。

劳丽给坐在贝利椅里的爱犬"查克"喂食。

在快乐农场，不同的物种也能和睦相处。山羊"牛仔"、绵羊"雷吉"、公牛"约吉"和狗狗"法利"间结下了深厚的友谊，被称为"神奇四侠"。

劳丽总能跟她遇到的动物产生特别的共鸣。

来历各不相同的动物们，幸福地加入了快乐农场的大家庭。

快乐农场里从不缺少古里古怪的友情。

获得救助的火鸡"奇巧"。

快乐农场的每一只动物都个性鲜明。

快乐农场不只是一个地方，更是一种感觉。

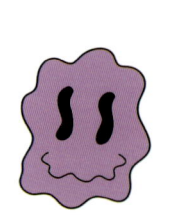

中国小动物保护协会
China Small Animal Protection Association

第三部

动物的家,我的家

第十五章

漫长的告别

没几天工夫,老房子就被清理得一干二净。一个住了几十年的家收拾起来往往不可能轻松,但实际上,我们只需拿一捆超大号垃圾袋,扫荡似的往里头塞即可。除了必须珍藏的纪念品——妈妈叠了9英尺高的剪贴簿和一大摞相册,留存着往昔岁月里一个个鲜活的瞬间——之外,还有什么值得眷恋的呢?没人吵着要紫色熔岩灯,也没人要求继承那幅天鹅绒猫王画。更不会有人想要破旧的格纹沙发。这就是母亲住了半生的地方。她一贫如洗地活过,又两手空空地离开,连遗嘱都没有留下。有什么好嘱托的呢?

我留下了那架伤痕累累的立式钢琴,家里不时会去弹奏它的也只剩下我一个。除此之外,当然还有我早已答应要照顾的动物——总共35只,包括一打猫、几只山羊、各种花色的公鸡母鸡,成群的鸭子、鹅和猪,一匹马,最后还有妈妈的狗——名叫宝贝的白色德国牧羊犬。

我自以为能够淡然告别,但当大门最后一次关上,砰的一刹那,心情委实伤感得多。这地方无疑就像个垃圾场,不光破旧寒酸,而且始终偏僻荒凉、摇摇欲坠。但它终究是我们的家,是我们成长的地方。妈妈在这里生活了大半辈子,又在这儿告别人世。

"我走以后,"她总是开玩笑说,"把这儿付之一炬就好。"

但她怎么可能不爱它?正如她过去常常唱的那样,这儿是贫民窟里简陋的棚屋,由她这位女王主宰,"银色冠冕穿戴在头,生活永远不卑不亢"。

但是除此之外,再没什么别的人喜欢它了。这样一处寒碜的陋居,其他人有什么理由心存爱意呢?我们搬走后,这里从此无人问津。第二年,一辆推土机昂然开过,把它夷为平地。

相较之下,搬家才是大工程。为了把整个农场大挪移,我借来的拖车和卡车排成了长龙,除了姐姐和弟弟,最好的朋友莱妮和安迪也被我请过来做救兵。只有戈登没来,他大学毕业后在加利福尼亚生活,远在3000英里之外。

"你们可得做好心理准备,"我事先警告伙伴们,"接下来全是脏活臭活,一点儿也不好玩。"

"能有多难啊?"安迪说,"放心,你就给我们叫些外卖比萨,备好充足的啤酒,活儿就包在我们身上了。"

多年以来,比萨和啤酒在我们生活中的意义堪比货币。

第十五章 漫长的告别

不出所料，搬迁猪圈是最难的部分。几头猪完全不配合，逼急了就大发脾气，活脱脱就是1000磅重的巨婴。即便是平日里最温顺的，发作起来，也能摆出犀牛的架势左冲右突。论强壮，一般成年公猪完全有能力和拳王乔治·福尔曼打上九个回合，再把乔治甩到他代言的拳王牌电烤炉上。我们眼瞅着这些猪撅起蹄子撒野，发出尼德·巴蒂在电影《生死狂澜》中的尖叫，费了九牛二虎之力才把它们搬上开往新家的拖车。不过，倒也有好的一面：它们提供的笑料是挺好的安慰剂。光是看到斯蒂芬像小时候一样跟猪搏斗的场面，就值回票价了。看来，肥猪比赛之所以流行自有道理。

一到米斯帕，我就不得不即兴发挥，给动物搭建临时的住所，因为这个新家完全没有像样的围栏。马场上倒有一个完整的栅栏，但摇摇欲坠几近散架。谷仓呢，哪怕只是将就用用，也得好一顿拾掇才行。所以我把山羊放出来散养着，然后敲敲打打给马儿和猪搭了几个临时畜栏。所幸现在是夏天，不必为躲避坏天气操心，但在秋天到来之前，必须抓紧把一切安置妥当。

到那儿的头一晚，我心绪不宁，甚至有些害怕。和朋友们挥手告别后，我拎着啤酒罐和比萨盒子向回收站走去，忽然间，一个念头牢牢攥住了我：我曾经的梦想——都市艺术家式的生活——已经成为过去式；而妈妈梦想的生活——

"老麦克唐纳有个农场"——如今明摆在眼前,就要成为我一生的追求了。我沮丧极了。当夕阳消逝在松林中,我瘫坐在门廊下凹陷的台阶上,声嘶力竭地发出一声呐喊,就像狼在对着初升的月亮嚎叫。还好附近一个人也没有。妈妈的狗紧贴着我卧下,同情地呜咽不止。

这样屈服于绝望,太不像我的风格了。如果妈妈还在,一定会劈头盖脸把我骂醒,叫我赶紧爬起来,少废话多干活儿。但我就是想不通,刻在我脑海中的梦想,我从小到大珍视的"有朝一日",怎么能少了那个疯狂的爱尔兰女人呢?可她真的永远地离开了,而且偏偏就在买下这里两周前,对我来说,残酷的程度难以言喻,像开了一个天大的玩笑,叫人泄气。如今,她在这个世界上剩余的痕迹,只有紫色工作台面上的那个小盒子,等待我将它埋在农场的土地里。

我耿耿于怀,不止一次向凯茜倾诉,而她提醒我,换一个角度来看,也许这恰恰是最完美的时机。"妈妈知道农场最后肯定是我们的。临终前拥有梦想之地,她已经心满意足了。对她来说,搬家太过操劳。她已经踏上了死亡的旅途,只好一路前往终点。"

紧绷的神经也在给沮丧推波助澜。我毕竟还是个年轻女人,孤零零待在方圆百万英亩的松林地国家保护区不说,还是在因毒品交易闻名的乡下地区。我听人说,零零星星的毒品加工窝点就藏在这些松林里,所以才会时不时引发爆炸和

第十五章 漫长的告别

火灾。

漫漫长夜里,松树林里各种各样的响动无不让我心惊肉跳:盘旋的猫头鹰在咕咕咕,狐狸尖着嗓子叫了一声又一声,还有成群的郊狼和灰狼一唱一和地长嚎。近处呢,老鼠们排着队在前廊下窜来窜去,整晚都不消停。当然,我的猫武士们很快就来关照鼠族了,但追打撕扯的声音也可怖异常。

但真正让我汗毛倒竖的,还是那些说不清道不明的声响。老旧的农舍一有风吹草动就嘎吱作响,莫名其妙的呻吟声此起彼伏,让人不禁怀疑地板下藏了一群小怪物,窃窃私语谋划着要取走我的小命。

除了暗处的声音,整个世界只剩下彻头彻尾的静默,越发叫人毛骨悚然。

睡觉时,我开始把棒球棒和铸铁煎锅放在枕边,以防某个拿着斧头的杀手突然造访。之后我又陆续填充武器库,不仅给自己备了把斧头,还拿出了妈妈的步枪。我可是当过女童子军的,女童子军明白,必须时刻做好准备。

接着,后悔的时候到了。新的快乐农场就是个烧钱的大窟窿。这一点我其实早已心知肚明,但谈交易那会儿头脑发热,志在必得。直到拿到房子的所有权,真正搬了进来,配好钥匙,更换了邮箱地址,我才开始正视这个可怕的事实。雪松瓦片像落雨一样纷纷往下掉。门廊上的油漆成片地剥落。地基的稳固程度也要打个问号。约翰叔叔来帮我安装新的游泳池内壁时，不得不先穿上潜水装备，才敢扎进那一摊黑乎乎的臭水。

我追悔莫及，每一天都在追问自己：苍天啊，我竟然为这么一个地方把自己弄得囊空如洗，还欠了姐姐一大笔债。何苦啊何苦？但懊恼就像肉中刺一样难以拔掉。

第一次做房主，我犯了一大堆菜鸟式错误。其中最不明智的一个，是把屋子里唯一的洗手间砸了，在外头装了一个简易厕所。而我的第二大错误，是把简易厕所装得离农舍八丈远，显然当时我认为放在附近不大雅观。

于是到了晚上，当我忍不住要去洗手间时，就要在漆黑的田野中一通狂奔，恨不得化身飞人博尔特。同时还得拖着枪和铸铁煎锅，担心自己随时可能惨遭斧头杀人狂或是泽西恶魔的毒手。我全身的神经都上紧了发条，心跳声能传到耳朵里，节奏狂躁得像《大白鲨》的主题曲。

从前我一向爱看血腥暴力、叫人提心吊胆的恐怖电影，像《德州电锯杀人狂》《万圣节》《鬼哭神嚎》《榆树街的噩梦》。搬到米斯帕后，我再也没看过一部惊悚片。

而且我从此养成了不关窗帘的习惯。万一杀人狂魔麦克尔·麦尔斯或弗莱迪·克鲁格要来，我要先他们一步埋伏好。

接下来的几个月，我有好多次梦见了妈妈。她总是面带微笑，双颊红润，像是从没得过癌症，没有遭受痛苦的折磨，更未曾死去。这给了我莫大的安慰，于是我竭力让自己早上多睡一会儿——对一个长期早起的人来说，这很难实现——晚上早早上床，这样就有更多的时间跟她相聚。

凯茜知道以后很失落："为什么她总去看你，都不来找我呢？"

妈妈还会用其他方式显示自己的存在。有人说，人死以后会通过玩一些小把戏，比如弄弄灯泡、移动物品或者派来信使，让人知道它们的存在。我能理解这样的一厢情愿，找到一枚崭新的硬币，或是看见了北美红雀，便相信失去的亲人就在身旁。但我自己从来都不属于迷信的人，如果不是亲眼见了那么多回，我绝不会对这种说法疯狂买账。

首先是"灯光秀"。里里外外的灯没事儿就闪个不停，于是我请电力公司来检查线路。电工向我保证没有任何异常。但闪烁还在继续，日复一日。离开了灯光，在森林深处基本没办法过活，我只好一再请人来检查，结果不过是一再得到保证，没有任何故障发生，农场用电也不存在任何干扰。

接着，妈妈的咖啡杯——一侧印着"安妮"字样的那个——开始在厨房的挂钩上摇晃。我对天发誓，有一两次它真的脱钩跳到了紫色的台面上。

我真的吓坏了。一天户外的灯又一次突然熄灭，而且偏偏就在我去简易厕所的路上，我忍无可忍，伸出双臂朝着天空呼喊起来："妈妈，我知道是你。能别再这样了吗？我很好。我很爱你。你放心走吧，不用担心我。外头乌漆麻黑的，可别再关灯了！"

灯一眨眼重新亮起，我登时放声大笑，想象中的妈妈也笑着跟我呼应。

干得漂亮，妈妈。

从此以后，我再未收到过任何信号。

我在快乐农场住了十几年之后，才陆续有不少人知道我救助动物的事情。那些年，在工作中，我仍然是首席执行官芭比，在董事会参加会议；回到家里，就换上我的卡哈特工装裤，哼着歌给猪洗澡。两个世界相互独立。我就喜欢这样。

我之所以对救助的事情守口如瓶，主要原因是担心农场会变成人们遗弃不想要的动物的地方，我会被求助淹没，疲于奔走。

在完美的理想世界中，我愿意向每一只有需要的动物敞开怀抱——这是基因中自带的弱点，从母亲那儿继承而来——但我也只是一个人而已。个人的能力、资源并非无限。我想，从事这类工作的人都面临着同样的困境：不想放弃任何一个，却根本没办法做到。这一点着实令人泄气。想想看，当有人带着动物来求助时，你能毫不迟疑地说"不"吗？何况明知若不施以援手，动物就必死无疑。相信我，这不仅违背本心，更让人心如刀绞。妈妈的字典里不存

第十五章 漫长的告别

在拒绝一词，我这儿也没有。那十几年间，虽然很少有人知道我在从事非正式的救助工作，但消息还是慢慢不胫而走，于是，劳丽·扎列斯基就有了这样的名声：她跟她的妈妈一样，对无家可归的动物有求必应。到 2011 年，我已经收留了 200 多只动物。我设想过正式公开会怎么样，那情形光是想想就让人觉得可怕。每当有人来拜访，或打算留下动物时，我都要强迫他们发誓："记住，农场的事你知我知。千万不要透露出去，明白吗？"

但遗憾的是，人人都知道：要想保守秘密，还是死人可靠。

当然，两个并行的世界不时也会有交集。有一回，我在上班的路上接到求救电话，说有人发现一只小臭鼬差点被淹死在游泳池里。没办法，我只能把他塞进手袋里，偷偷带进了办公室。一进屋，我就用羊绒围巾把他包起来，放进暖气片附近的文件盒里。看到小家伙没有受伤，对温暖和干燥心满意足的样子，我这才悄悄告诉了同事。他们一个接一个蹑手蹑脚地走过来，对着这小家伙轻叹着："哦！""啊！"

婴儿期的臭鼬会不时"噗"的一声，喷射出一种淡淡的不太刺鼻的味道，而且喷气量不算大。即便如此，我还是不停地在四周洒着浓郁的香水——科蒂的香草麝香，足以盖住任何气味。一位高级经理经过时，停住脚步嗅了嗅这怡人的芳香，点评道："真好闻！像春天一样。"惹得同事们哄堂大笑。

还有一次,在参加一个官方的重要会议时,我忽然发现高跟鞋的后跟底下粘了一大块干马粪。于是,在与会的剩余时间里,我心不在焉地听着,整个人沉浸在用另一只脚把粪块蹭掉的努力中。真不走运,一直到会议结束,这办法才奏效。当一屋子绅士礼貌地请我先出门时,我尴尬地笑着回答:"不,不用了!你们先请!"

人终于走光了。我赶紧抓起那团马粪,塞进口袋,然后才若无其事地往外走。我迈着金格尔·罗杰斯式的华尔兹步子,优雅地穿过大厅,嘴角藏着一丝窃笑。

随着农场的壮大,我清理出越来越多的空间,用来搭建猪圈、鸡舍、小型动物饲养场,以及各种活动棚和收容所。山羊喜欢爬山,我就用旧梯子、野餐桌、托盘、树桩和废弃的电缆轴搭建了一个临时的攀登架。蓝色的谷仓换成了亮眼的锈红色,里头隔出了一个马具间、一间草料房。此外,栅栏围起的牧场也足够宽广。

出于必要,一切都在精打细算下完成;但凡看到废弃的木材,我绝不会错过将其装上拖车的机会。对每一个来访的人,我都不忘继续恳求:"请不要告诉任何人。这些动物我都快照顾不过来了,再多真的接收不了。"

后来,到某个月算账的时候,我的饲料账单超过了4000美元。我意识到,我不能再独自承担这份责任了。我

第十五章 漫长的告别

了解过，如果申请成为非营利机构——让快乐农场成为政府批准的慈善组织——不仅可以公开募集捐款，还能在昂贵的饲料账单上获得不小的税收减免。

按每个月 4000 美元计算，一年的 7% 就是 3360 美元。几乎相当于一个月的免费饲料，这可是解了燃眉之急！其他大部分与农业相关的费用也能免税。此外，我还将拥有招募志愿者的权利。

然而，我还是犹豫了。我给美国联邦政府打过工，对官僚机构的运作再熟悉不过；而且，不用想也知道，创办一个慈善机构肯定涉及大量的文书工作。经过一番调研，我发现必须得先建立一个董事会，制定一系列公司章程，然后再交上去备案。我将受到美国联邦、州、县各级政府，以及公众的监督。

但现在不寻求帮助不行了，能省一点儿是一点儿，所以我决定搏一搏。利他主义、理想主义、对动物的热爱——这些都先放到一旁，我只想在该死的饲料账单上有所突破。省到就是赚到。

做出这个决定，我不过是在漫长而烦琐的法律程序中迈出了第一步。显然我不可能凭一张嘴就宣布自己是一个慈善机构的创始人，因而享受免税待遇。决策权在州政府，美国国税局也参与其中。不出所料，要准备的文件厚达几英寸，过程之艰难，不亚于税务审计，或者脱衣搜身。

政府总能找到驳回申请的理由,我被拒绝了很多次,原因我并不完全理解。我一遍又一遍地填写那些冗长到足可以英里计的表格,想方设法对不足之处做出完美的补救。

我太需要这项减免了。后来,在跟一位帮助我冲破最后关卡的州政府官员通电话时,我几乎到了崩溃的边缘。

"我想不通,"我愤怒地哭喊起来,"为了更具体地说明我的计划,我提供的比你要求的多得多,但还是不断被拒绝!"

她用扩音器一样的嗓门回答我:"亲爱的,这就是症结所在。不在我们要求之列的东西,一概不要写。多一个字都不行。多了只会让审核的人困惑。拿起你的笔和纸,把我说的记下来。"

接着,她逐字逐句地向我解释,应该如何回答那些一直困扰我的问题。"不许你再多加一个音节!签了字就寄出去!"

她不苟言笑,却极富同情心,且厚道善良。我严格照她的指导行事,再次提交申请,祈祷着好运的降临。但这一等仍然遥遥无期。

农场花絮·动物逸事
希望和果冻

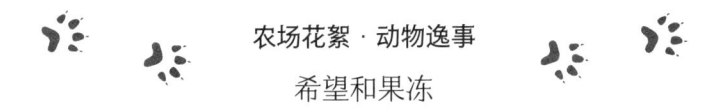

一只母猫和她的孩子们遭遇了车祸，只有一个小家伙得以幸免。不久，有邻居听到一阵凄厉的喵喵声，去查看时才发现，一只小黑猫正趴在妈妈身边惨叫。事故发生时并没有人听到，也不知道这位母亲无法照顾她的孩子多久了，但时候肯定不短。可怜的小猫已经快要饿死，搞不明白为什么她的妈妈一直不醒过来喂她、照顾她。想想看，她独自一人面对这个庞大的世界时该有多害怕。

小黑猫挨饿过度，身体越来越糟糕。后来连眼睛都没办法睁开，瘦得皮包骨头。发现她的人打电话向政府机构求助，但所有部门都在阵亡将士纪念日假期中。最终，她被带到了快乐农场。我知道小猫已经到了生死关头，马上开始抢救。她的每一次呼吸，都像是最后一次。我把她轻轻搂在怀里，一遍又一遍地安慰着："妈妈在这儿呢，你会好起来的。"

我毫不迟疑地把厨房水槽改造成了创伤康复中心，配备上手电筒、洗碗皂、温水和镊子，好一个不落地挑出她身上所有的跳蚤。小黑猫很享受这次热水澡。她八成是掉进了泥坑里，连耳朵里都是泥。洗完澡，我给她裹上一条刚刚烘干的温暖毛巾，轻柔地吹干她长长的毛发。小猫顿时焕然一新，模样相当漂亮。

然后，我用注射器给她喂温热的小猫配方奶，她没喝多少。知道自己有了温暖的窝，有饭吃，最重要的是有人疼爱了，她很快就安心睡去。她整晚都睡在我的胸口。考虑到她当时的状况，我万万没想到这只小黑猫到早上就能活跃起来。她不仅活着，而且休息够了，急着要吃东西呢。我喂饱她就立即带她赶去看兽医。医生说她活下来的机会渺茫，即便能够活下来，大概率也会失明。我决心继续努力。毕竟，她已经熬过了最艰难的第一晚。

上午，一名志愿者走进农舍，发现她还活着时，也又惊又喜。我笑着说："我打算就称呼她'希望'了。"

那天晚些时候，一只小鸭子也因为同样的变故来到了农场：他的家人被一辆汽车撞了。我把他安置在希望身边，他们肚子贴着肚子，互相依偎着愉快地睡着了。在接下来的几周里，尽管眼睛看不见，希望还是会跟着小鸭子到处逛。他们围绕房子进行着冒险之旅。希望的身体一天强似一天，终于，她其中一只眼睛的视力完全恢复了。我给她的导盲鸭取名为果冻。

"失明小猫希望和她的导盲鸭"的故事被发布在社交媒体上，引起了热烈反响。

第十六章

一头猪引发的震撼

接下来,我将要讲述一头猪的故事。人生的际遇就是这么难以捉摸,谁能想到,让我下定决心成立慈善机构,紧接着又向公众开放的"始作俑者",竟然是一只肥头大耳的公猪呢?

他名叫"培根",一直被作为肉猪饲养,体重一度高达900多磅,远远超出他的体型所能承受的极限。等到终于"长成"——达到宰杀前的最大重量,培根的主人却动了恻隐之心,于是他最终来到了快乐农场。

可怜的公猪实在太沉了,几乎一步都动弹不得。我得匍匐在地,拿双脚撑住他的后臀,鼓足力气才能把他推到站立的姿势。也只有这样,培根才能站起身,拖着脚一步步挪向食槽。这就是谷仓院子里每日例行的拉伸运动。

一天早上,我像往常一样把他的腿往上蹬时,忽然感到腹部被撕扯了一下,我打了个激灵,倒吸一口凉气,当即意识到自己受了伤。几分钟过后，疼痛开始了，而且刀扎似的，愈演愈烈。因为总不见好，我不得不打起精神去看医生；母亲的事让我引以为戒，重视起常规的看病检查来。之前我明知自己有疝气，却好多年都视而不见。

"当时你在干吗，"医生问，"做体操吗？"

"不是，"我说，"我正使劲把一头猪抬起来。"

"好吧，那还真不多见。"

我身体一侧有些隆起，他轻轻地压着做检查时，我痛得哇哇直叫。"查清楚了。劳丽，你的腹部有两个疝气。这种毛病不会自行修复的，并且不排除导致更严重问题的可能性。所以，千万不要掉以轻心。我建议你最好考虑下外科手术。"

我马上联想到了我的子宫肌瘤，都好多年了，一年比一年严重，引发过难以忍受的痉挛、大出血和一系列十分尴尬的办公室意外。

之前我曾好几次询问是否可以进行选择性的子宫切除术，但都被拒绝了，理由是我 30 多岁，还在生育年龄。无论我如何坚持说我不打算要孩子，始终没办法说服医生，手术就一直没做成。

如今我 40 岁了，真的已经受够了，是时候跟种种不舒服和不方便说再见了。我冲进妇产科医生的办公室，直截了当地说："他们要给我做疝气修补的手术，把子宫切除术也同时排进去吧。我真疼得太厉害了，流血量恐怖得像再现

第十六章 一头猪引发的震撼

《魔女嘉莉》的舞会现场。我再也不想遭这份罪了。"

都到这时候了,她还是反对。"劳丽,你知不知道,这可是意味着你永远不会有孩子了。"

她懂什么?要说孩子,我已经有上百个了,每个都跟人类小孩一样,又邋遢又烦人,又可爱又昂贵。无论我有什么样的母性本能,都一股脑挥洒到农场里的动物身上了。

"医生,你就相信我吧,"我说,"我愿意签一份血书,发誓我现在不想要孩子,更不会在做完手术之后就开始想要孩子。求求你让我脱离苦海吧。要是你不同意,我就去找别人。"

最后,我终于获得许可,选择了最适合自己的方案。他们对同期手术做了安排,而且设法把手术日期定在圣诞节前,以便我的假期能够在家度过。

手术一共花了五个多小时。我睁开眼睛时,看到了凯茜和我的男朋友丹尼斯,他们带来了礼物和鲜花,如释重负地微笑着。丹尼斯看起来很疲惫——他一直没离开过,忧心忡忡地待在候诊室里,靠《时尚》杂志上的小测验分散着注意力。这会儿,他确信我已经清醒过来,躺在恢复室里了,才礼貌地告辞去了自助餐厅。

他才刚走,我床边的心电监护仪就响了起来,发出像烟雾报警器一样刺耳的声音。紧接着,一阵古怪的刺痛感从头到脚席卷而来,我感觉自己的双脚和每一根手指都在颤抖。

在失去知觉之前，我模模糊糊地看到门突然打开，一群护士冲了进来，绿色的制服在我周围晃动着。

然后，世界一片漆黑。

原来，在手术过程的某个节点，我的一条血管被划破了，由此引发术后大面积的内出血。我刚出手术室不到一个小时，就被急匆匆地送了回来。反复做了好几次核磁共振，又花了六个多小时开刀探查，医生们始终找不到出血的源头，因此无法止血。我的生命像雪橇一样往下滑去，情况恶化的速度之快令人震惊。不到一周，我就进了重症监护室，直接戴上了呼吸机。这恐怕是我一生中最糟糕的经历了。

凯茜在医院夜以继日地守护着我，不停地给我打气："亲爱的小妹，振作点儿，你很快就会好起来的。"那不动声色的演技足以得奥斯卡了。丹尼斯却丝毫掩饰不住他的恐惧。第一次到重症监护室来，他只看了我一眼就目瞪口呆，皮肤也变成了土灰色，只差晕倒了。我的血液瞬间凝固。他一个字也没说，就让我看到了死亡。

当主治医生告诉我无法确定出血来源，也无法再为我做什么时，这一点得到了证实。

不，我不能死，我这时的想法跟妈妈如出一辙。我死了，谁来照顾动物？

接下来的日子沉浸在等待审判的煎熬中。我不得不再一

第十六章 一头猪引发的震撼

次加速通过悲伤的五个阶段：否认、愤怒、讨价还价、抑郁和接受。时间一天天流逝，我越来越惊慌失措。

我设法用这样一个事实安慰自己：尽管经历了种种挑战，我仍对这独一无二的生活满怀热爱，并且竭尽所能做到了最好。我并不害怕死亡——我希望能再见到我的母亲——但一想到这可能给我的朋友和家人带来怎样的伤痛，我就难过得要命。而且，我还什么都没给动物准备呢，怎么可能放得下？

从某种意义上说，在那位年长的护士吃力地走进我的监护室之前，我已经在时刻提防着死亡的降临了。她约莫70来岁，矮矮胖胖的身体像个小茶壶一样；生着一头卷曲的灰色头发，还有一副公事公办的脾气。那会儿我正蜷缩在床上，努力不让眼泪掉出来，她低头看了看我。

"你这是怎么啦？"她说，"要不要跟我说说？"

"我要死了。"眼泪的闸门一旦打开，很快演变成一阵声势浩人、乱七八糟、湿答答的号哭。

她轻轻摇了摇头，抬起我的手腕感受着脉搏。她看了看手表，对着床边闪烁的数字屏幕皱起了眉头。"谁告诉你的？你的指标都没什么问题，心率、血压、呼吸——都在改善。"她放下我的手腕，舌头在嘴里发出一连串啧啧声。"你的身体已经在康复中了。只不过恢复得有点慢而已。"

我目不转睛地盯着她，好像在她身上看到了翅膀和光环。"真是这样？你不会是随口一说吧？照你的意思，我还不会死咯？"

"我都当了50年护士了，"她的回答很干脆，"你的身体健康着呢，这点儿病痛杀不死你，其他有的没的都是瞎扯。"她递给我一叠纸巾，我止住哭泣，大声擤着鼻涕。"医生有时候会忘记考虑大前提，"她说，"一项指标异常，怎么就意味着你会死呢？你只是需要时间而已。"

从那天起，我就开始一点点好转。我不再怀疑了，她一定就是个天使！不然还能怎么解释？总不会是内出血突然决定凝固，我的内伤才自行痊愈吧？无论如何，我要宣告，这个世界上再没有什么比死而复生的感觉更美妙的了。圣诞节的晚上，虽然疼痛仍在，但我精神振奋地回到家，度过了有史以来最棒的圣诞节。

医生叮嘱我，接下来的五周我必须卧床休息，等待身体复原。

"现在可是别无选择，只能慢慢来了，"丹尼斯说，"就当是强制休假吧。放轻松，好好享受。"

到家的头几天，我努力谨遵医嘱，懒懒地躺在床上看看电视，读读书。我很幸运，姐姐、几个工作伙伴，还有一些亲密的朋友都自发来帮忙，不仅接管了农场的杂事，还帮我做家务，照顾我的饮食起居。我向他们中最强壮的一个解释了如何给培根抬腿。"务必小心啊！"我警告他，"可别拉伤肌肉，或是得了疝气。"

事实证明，我天生就不可能在床上躺五个星期。才第三

第十六章 一头猪引发的震撼

天我就起床走动了。然后,在一辆高尔夫球车的帮助下,我像蜗牛一样在农场里慢悠悠地转来转去,看望久违的动物朋友。

我之前已经接受过几次教训了,而这次死里逃生更是坚定了下面的想法:自给自足固然很好,但从现实考虑,我应当乐于接受帮助,无论它来自何方,无论它何时出现。不得不承认,没有外界的帮助,我无法完全以一己之力饲养数百只动物。保密行为该停止了。

2012年,奇迹中的奇迹发生了,快乐农场动物救助收容所获得批准,成为受501(c)(3)免税条款[i]保护的非营利慈善机构。

打从一开始,机构就有幸拥有了两位模范董事。南泽西的资深野生动物康复专家维基·施密特首先加入,担任副主席。接着,我多年的好朋友、前同事迪耶纳·西格自愿担任秘书兼财务主管。迪耶纳是个一本正经的女商人,同时也是一位在金融和商业上经验老到的统计数学家。但有一点很奇怪,她面对大多数动物都会害怕,起码刚跟它们接触时是这样。

"我不明白,迪耶纳,"我问她,"你又不像我和维基对动物那么热衷。为什么会想加入呢?"

---

[i] 美国税法的一个条款,给予宗教、慈善、教育等组织免税待遇。

流浪到此为止

"我也想投身于有意义的事情,"她说,"跟着对自己的事业满怀激情的人一起工作。你正是这样的人,劳丽。算我一个吧。"

身为董事会主席,我更喜欢自称为"首席铲屎官"。

所以当人们问我,快乐农场是如何成为一个"正式的救助机构"时,我总是这样回答:答案涉及三部分——一张高昂的饲料账单、一次吓人的健康危机,还有最后但同样重要的,一头巨大的猪。

加州的海伦·伍德沃德动物中心开设了为期三天的研习班,迪娜听说后,建议我们一起去参加。课程的主题是"拯救生命的事业"。我打开他们的网站,中心的座右铭立刻吸引了我:"人类帮助动物,同时,动物也帮助人类。"于是我欣然赞同,立刻报了名。

原来,还有不少人也像我这样,想做更多的事情来帮助动物,但不知道如何开始。而这个项目就是为我们量身打造的。课堂上,老师们解释了动物福利机构该如何利用商业技巧——营销、公共关系、筹款、社交媒体等,来实现可持续发展。我们还有幸得到了跟动物中心的主席兼首席执行官迈克·阿姆斯面谈的机会,他是全球知名的动物福利专家。

在一对一的会谈中,我向迈克介绍了基本情况:快乐农场刚刚成为非营利性慈善机构;一些人已经开始从事零散的志愿工作,其中大多是朋友身份;我们举办了几次筹款活动，形式以朋友们的聚会为主，供应比萨和啤酒。

他静静地听我说完，然后问了一句："到目前为止，你觉得效果怎么样？"

"嗯，还行吧。不算特别好，但也不算差。募捐时我们会准备好几沓入场券，人们不好意思不买，这样每回赚的钱差不多够买十袋饲料的。说起来，我们确实很需要那些饲料，所以我高兴还来不及呢！"

"农场的活儿呢？"

"大部分还是我自己做。每天大约需要六个小时备料喂食，三个小时安排在我上班前，三个小时在下班后，但都忙得成。休假的日子里，我会做些其他的事情：剪羊蹄、打扫马厩、补充干草、稻草和饲料……"

光是这样向他一一细数下来，都快让人喘不过气了。"我尽我所能。"

他若有所思地点了点头。"关键在于，这件事你还没有认真对付。"

我张大了嘴巴。不认真？他到底有没有在听啊？为了赶在上班前备好饲料，我每天黎明就起床；为了养活动物，我没有一个月不把积蓄花光；为了爱护和照顾我的每一个家人，我日复一日筋疲力尽。难道这还不能算认真？

我当然可以据理力争——而且我很想这样做——但大老远跑来加州，可不是为了捍卫那一套已经行不通的东西。专家是他，不是我。要想学，我就得闭上嘴好好听。"毫无疑问,你真心热爱你的动物,"迈克继续说下去,"但除非你像经营企业一样经营你的救助事业——就像管理你的平面设计公司那样——你迟早会破产。获得减税只是个微不足道的开始。你必须创造实实在在的收入,比如说捐款——我指的可不是和朋友一起坐坐喝喝啤酒。我想你心里头肯定明白,对不对?"他笑了起来,"否则我们就不会坐在这里了。"

"我明白,"我说,"只是,我不认为那些素不相识的陌生人会愿意捐钱来养活我的动物。他们凭什么要这么做?"

"相信我,当人们知道你在做什么时,他们一定会支持你的。反之,如果总是躲躲闪闪,不敢敞开大门拥抱世界,你就永远无法确认这一点。劳丽,你们必须向公众开放。"

我立刻摇起头来。"但是,我并不想走得那么远。快乐农场是我的家,不是宠物乐园。我整个生活都在那里,要知道,我晚上回到家,没有一天不是疲惫不堪、无精打采,那时我最不想做的事情就是让陌生人进来。"

他点了点头。"我明白了。这是你个人的选择。但请记住这一点:你可以选择拯救几百只动物,也能选择拯救几百万只。"

"几百万?"他该不会疯了吧,"我简直不理解你在……"

"你肯定听过这句话:'拯救一个生命,就拯救了世界。'善意催生善意,小努力激发大努力。如果你因怜悯和同情挺身而出,就会有人同你站在一起。善行会像涟漪一样传递开来,不断延续下去。"

第十六章 一头猪引发的震撼

"我不过是在泽西松树林有15英亩地而已。这不是什么了不起的举动。坦率地说,迈克,我也没想过要拯救世界。"

他往前靠了靠,专注地看着我。"试试看又何妨?"

在返程的飞机上,我思绪万千。毋庸置疑,研习班教了我不少东西,让我对支持动物福利的宏观愿景有了一些概念。但是对公众开放?像迈克说的那样"拥抱世界",想当然地认为世界也有兴趣拥抱我的农场?这一点我可没信心。

但是,现在虫子已经钻进了我的耳朵。好几个星期过去了,我仍在翻来覆去地咀嚼他说过的话。

"你的选择……你的理念那么好,不应该藏着掖着。"

"你可以选择拯救几百只动物,也能选择拯救几百万只。"

也许最有说服力的论点是:"否则你迟早会破产。"

有那么一千次吧,我都决定采取行动了,但总是又害怕起来,很快就开始犹豫不决。最后,我坐下来,拿出了纸和笔,像妈妈以前做的那样,把利弊一一罗列出来。

对于弊端,我自然了如指掌:

我要承受隐私泄露的风险,这一点真是要命。

我可能会被没人要的动物压垮,要不就是被迫选择袖手旁观,这将给我带来可怕的折磨。

里里外外每天都要收拾得干净体面才行!不然怎么好意思见人呀?

要是没人感兴趣怎么办?就像办派对时一个客人都没

来那样。这一点让我莫名地又开始心怀顾忌，举棋不定。

接着开始列举益处，我原以为这肯定会是清单上的短板；但不得不承认，好处很快就累积了一长串。

动物见到更多人没准儿会很高兴，因为从跟人类相处的时间来看，就每天见我那么一会儿肯定不够。作为一名"全职妈妈"，我不时会因自己的疏忽感到内疚。不论对我们哪一方，现在的情况都不够理想，我动不动就担心自己亏待了"我的孩子们"。

再说了，如果孩子们能有机会近距离跟动物接触，不是大好事吗？尤其在数字时代，我对这一点的感受更加强烈。现在连小孩子都成了技术的俘虏，他们的世界也萎缩得跟智能手机屏幕一般大小。

另外，我还能为农场的杂务找些帮手，比如招募志愿者。尽管很难想象会有人愿意踊跃地报名打扫马厩，给动物梳毛，或是搭建窝棚。要知道，农场里头不可能没有粪便、小便、口水，以及形形色色的臭味更是无处不在。

最后，也许迈克是对的，说不定真的会有更多捐款呢！

我就这样翻过来倒过去，为这个决定，或者说为不能做决定而苦恼。我一遍又一遍地列清单，每次到最后都要撕掉，然后又接着写。

一天早上，我倚在农舍门口喝着第二杯咖啡，一抬头发现一点亮光——一颗晨星，可能是金星——在松林上方的天空中闪烁着。

第十六章 一头猪引发的震撼

妈妈，你在上面看着吗？你认为我该怎么办？

接下来的那个月，4000美元（7%的税已经免除了）的饲料费账单又一次向我砸过来。这时，我终于有了答案。我战战兢兢、提心吊胆，决定放手一搏。

尽管在加州学了点营销技巧，但到了实际应用的时候，我并不知道该做些什么来宣传我们的机构，仅仅在前门挂了一块铭牌：快乐农场动物救助收容所。很长一段时间里，并没有多少人到访，除非是偶然经过。说真的，一开始，很多人确实就是这样发现我们的：

"我们开着车在这一带兜风，看到了你们的标志。"

"我们在松林里迷了路，很好奇快乐农场是个什么地方。"

"这地方开放吗？我们能进来吗？"

到底会不会有人专程来访呢？我表示怀疑。但我也高兴地注意到，无论如何，那些无意间来到这里的人倒是都很开心。有时他们也会往捐赠桶里放上几美元。每一分钱都很重要。每一分钱都会直接用于动物的护理和喂养。

管他呢。如果非营利机构的身份带给我的，至多就是几块钱和税收减免，那对我来说也过得去了。

虽然陌生人并没有蜂拥而至，但我还是想方设法，用甜言蜜语说服一些朋友加入了志愿者队伍，包括我的几位同事。他们会在农场待上好几个小时，给动物喂食喂水，收集刚下的蛋，给马儿、山羊和公牛刷毛，或是擦洗喂食器。我以为他们来过一次肯定就不想再来了，尤其是在真的铲了一车粪便之后。但实际情况却是，大多数人都会再来，而且还不止一次。我问起原因，各有各的说法：

"我喜欢待在户外。"

"确实辛苦，但在某种意义上，它又让人很放松。我的压力不知不觉就消失了。"

"明明在这里能得到更好的锻炼，我为什么还要花一个小时待在跑步机上？"

"快乐农场确实给我带来了快乐。"

后来，正如迈克·阿姆斯预言的那样，越来越多的人来到了这里。世界并没有对我豁然敞开怀抱，拥抱来得慢吞吞，但它终究是来了。

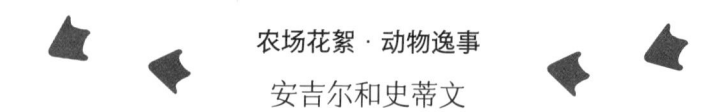

农场花絮·动物逸事
安吉尔和史蒂文

有一大群狗狗、羊驼、美洲驼和驴子坐镇农场，常见的森林捕食者们，如郊狼、狐狸、山猫、老鹰和猫头鹰等，一般不会轻易打扰。

在我们的"天使翼"家族中，有一只白色的埃姆登鹅，

第十六章 一头猪引发的震撼

因遭遇车祸留下了永久的残疾,完全没办法行走。她名叫安吉尔,但这位"天使"却有些名不副实。她的性情古怪得很,老是爱生气。不过,也难怪她开心不起来。鹅是群居动物,天生喜欢成群结队地吃饭睡觉、东奔西跑。而出于安全考虑,安吉尔却不得不待在笼子里,一天天悲伤地看着她的同类在周围自在徜徉。

更糟的是,尽管无时无刻不在渴求关注,当人们被叫声吸引试图靠近她时,安吉尔却表现得咄咄逼人,一边大声尖叫一边从笼子的缝隙里往外啄。我们有位志愿者一直很宠爱安吉尔,却始终没办法让她接受她所渴望的关爱和友谊。

整整两年,安吉尔就这样独自生活着,处境悲惨,我忍不住开始怀疑,我到底还能不能帮上什么忙,让她放下芥蒂,快乐起来。

不久,我在一只同样有羽毛的伙伴身上看到了希望。他名叫史蒂文,是一只健康的加拿大鹅。他离开自己的鹅群,没事就跑到安吉尔的地盘附近晃悠。或许你会觉得奇怪,但事实就是这样:不同品种的鹅会搭伙,甚至也不乏交配的先例。

有了同伴让安吉尔兴奋不已。虽然史蒂文没办法进到笼子里去,但只要他出现,她就会发疯一样地拍打那双扭曲的翅膀。而他则会待在一旁盯着她看,仿佛这样就心满意足了。

直觉告诉我,机会不容错过。于是有一天,我把鸡舍的门打开来，蹑手蹑脚地躲在一旁，想看看会发生什么。

安吉尔的志愿者朋友路过这里，马上表示关切。"谁把安吉尔的门这么大开着的？"她责问道，"史蒂文会伤害她的。"

"我们就试一试吧，"我说，"谁都希望时不时能有个伴儿的。也许他只是想帮助她呢。如果他们相处不来，情形也不见得会比现在更糟。"

听到这里，你可能也已经猜到，史蒂文完全没有伤害安吉尔的企图。虽然鸡笼门打开了，但他仍然格外小心地挪着步子，一点点慢慢地靠近，直到他们挨在一起。从远处看，他倒像是个哨兵，在门口站岗。接下来好几周，这都是他们的日常。简直像上演了一场求偶仪式一样。

终于有一天，我发现安吉尔和史蒂文坐到了一起——就在鸡舍外面。可问题是，她是怎么出来的呢？不一会儿，我吃惊地看到她挣扎着站起身开始走路了——虽然相当缓慢，极其艰难，但她真的在男朋友身边走了起来。我倾向于把这激动人心的转变归功于他的鼓励："来吧，我的好姑娘，加油试试看！"

安吉尔从她的鸡笼搬出去以后，我们把一只臭鼬安置在了那里。

多亏了另一只鹅的友谊，这只多年不能走路的"天使翼"重新站了起来。安吉尔走起路来有点内八字，而且一边高一边低，就像查理·卓别林一样。但她的状态一天好过一天。如今，你甚至可以看到她在农场里四处奔跑，沐浴在重回自由的喜悦中——和史蒂文一起。

第十七章

小狗查克

截至2013年，有超过300只动物和我一起在农场生活，他们中的每一只都经历过不幸。场院的空地被嘎嘎叫的鸭群和鹅群所主宰，谷仓里头，野猫、家猫，以及各种各样的农场动物住得满满当当。我还拥有两条搜救犬，一条是蠢萌的拉布拉多德利，名叫弗雷迪；另一条是黑色的拉布拉多，叫史努普。

事情在朝着开放前预料的方向发展，聆听种种不幸也成了家常便饭：一只骨瘦如柴的狗无家可归，在树林里流浪；一窝小猫被丢弃在公路旁，饥寒交迫；一笼子兔子繁殖迅速，嗷嗷待哺。可我又能帮上多少呢？

尽管越来越多的人知道了我救助动物的事，但森林里这间小小的收容所仍然是个隐蔽的所在；尽管有税收减免，也有部分捐赠收入，但同开放前一样，快乐农场仍旧没有稳定的资金来源。几乎一切费用我都得自掏腰包：兽医账单、设备维修、农场养护……

一天晚上，支付完账单后，我对丹尼斯说："必须到此为止。我不能再多收留任何动物了。"

"这话听起来有点儿耳熟啊。"

"不，这次是真的。"我抓起一沓账单在他面前晃了晃，"一方面，我负担不起。另一方面，我真的负担不起了。"

就在这时，我遇到了查克。

芭芭拉是一位 60 多岁的单身女性，在我们公司的视频部门工作。一天在办公室里，我无意中听到她喋喋不休地谈论着她新养的德国牧羊犬罗斯科。她对罗斯科的血统非常自豪，还说卖家是一个专门培育纯种狗的繁育员。我忍着没发表意见，但心里很不以为然：收容所里动物多的是，为什么不收养一只呢？

不过，反正狗已经买好了。此外，正如丹尼斯经常提醒我的，这也不关我的事。

可没想到，事情很快就找上门来。几天后，芭芭拉在走廊上拉住我，一脸担忧地说："劳丽，动物的事情你最在行了。我家的小狗有点奇怪，老是不停地呕吐。依你看，这是怎么啦？"

"他还是个婴儿呢，芭芭拉。婴儿不时呕吐很正常。"

"不，不是这样的。这狗天天吐，从不间断，只要吃了东西就会吐出来。"她皱了皱鼻子，"说实话挺恶心的。"

第十七章 小狗查克

我接着问了个显而易见的问题:"你带他去看兽医了吗?"

"你认为该去看病?"

"我觉得有必要。"

几天之后,她砰地推开了我办公室的门。"他得了一种病,叫"——她眯着眼睛看了看手里的小纸片——"巨食道症?像是食道管太大之类的?看来他是真的吃不下饭了。"她期待地看看我,好像这已经是我们的问题,而不仅仅是她一个人的困难了。

笔记本电脑正好开着,我立马搜索了一下。顾名思义,患有巨食道症的动物,因食道尺寸过大,肌肉无法将食物和水从喉咙推进胃中。还有人做了个形象的比喻,说这样的食道就像一个过度膨胀的气球,放了气之后无力地耷拉着,毫无用处。更不幸的是,这种情况目前还无法治愈,只能通过药物治疗、特殊的喂养方式,或者使用喂食管来辅助解决。

"天呐,难怪罗斯科总是呕吐。这可怜的小东西根本没办法吞咽食物。"根据网上的说法,狗身上发生这种情况的概率要比猫大,而在众多品种的狗里,数德国牧羊犬最为常见,且与近亲繁殖有关。

什么?近亲繁殖?

关于那些繁育员,我不想过多谈论什么。我相信他们中的许多人——希望是绝大多数——都遵守法律、有道德、负责任。但无论如何,我实在很难对培育新宠物的行当表示认同，明明在收容所里、在街头巷尾，已经有那么多无家可归的动物了。除此之外，傻瓜都知道，在同一窝或同一血统繁殖的动物身上，很有可能会出现小罗斯科那样的健康问题。所以，在我看来，利用同胞繁育后代的行为，程度之恶劣不亚于批量繁殖宠物的作坊。

"好家伙，芭芭拉，"我说，"看来你以后的担子可不轻。罗斯科需要大量的额外照顾。"

这出戏很快就落幕了。芭芭拉打电话给繁育员，提出了两个要求：退还她650美元，并收回生病的小狗。结果，一个同意一个拒绝。芭芭拉拿到了退款，但好心的繁育员说："那只小狗就随你处置吧。反正我是不要了。"

芭芭拉向我同步最新情况时，丹尼斯的声音一直在我脑海中回响："劳丽，别管它了。不要妄想拯救世界。"

于是，我努力装出一副"我能感受到你的痛苦，但不要指望我收养他"的表情，说了一句："要是有什么我能帮忙的，随时来找我……"

她耸了耸肩。"谢谢。我打算把他送到动物收容所去。"

"你说什么？"

我真想抓住芭芭拉的肩膀，给她灌输一些理智。但总算忍住了冲动。

我直勾勾地盯着她，强迫她直视我的眼睛。"芭芭拉，你听我说。像这种情况的狗，动物收容所根本不可能收留。

第十七章 小狗查克

法律可能也不会允许他们收留。等待你心爱的小狗的,只会是安乐死,而且,他将被排在处置名单的最前头。"

"不,不会的,劳丽。你没见过这个小家伙。他真的太可爱了。再说他可是纯种狗!"

"那就是近亲繁殖的咯?"

"可能吧,但那又不是我的错。我就想要一只看门狗,养起来不费什么事的。真没时间处理那些个麻烦。"

纯粹是凭借意志力,我窝着满肚子的火走回办公室,轻轻地关上门——我真想用力一摔——然后努力把精力集中在工作上。但我整个人都快爆炸了,天使和魔鬼已经开始在我的肩膀上决斗。

"想想那只可怜的小狗吧",天使低语着,声音跟妈妈的很像,"他是那么无助,芭芭拉要带他去动物收容所,一切就此结束,他们将直接宣判他的死刑。"

魔鬼高声反驳着,声音很像丹尼斯的。"不是你的问题!不关你的事!"

就这么来来回回地,混战持续了一整天。到了六点钟,胃里忽然开始翻腾,我更加迫不及待地想离开。于是,我锁上办公室,跟同事们挥手道了晚安,盘算着回家后得喝一杯玛格丽特——龙舌兰要加倍,好释放下一天的压力。

到了离出口标志只有几英寸的地方,我突然停住了,接着,不由自主地转过身来,像被推着一样,走向了相反的方向。

我穿过走廊来到视频部,推开双层玻璃门。芭芭拉从她的工位上抬起头来。然后,我听到自己叹了口气,说道:"安排好了!明天把狗带过来吧。"

为天使记上一笔。也为了妈妈。

第二天,芭芭拉挎着一个运动包,轻快地走进了我的办公室。她神秘兮兮地拉开袋子的拉链,马上,罗斯科出现在我的眼前:毛茸茸的一个小球,大大的眼睛,会转动的耳朵,颤颤巍巍的粉红色舌头。我轻轻把他托在手心里——真就那么小小的一只——能清楚地感觉到他皮毛下的骨头。他吃得太少,所以营养不良。但他同样又活泼又好奇,充满了小狗生来就有的活力。

没错,他真的,真的特别可爱。

我看得出芭芭拉在情感上已经放下了。"非常感谢你的帮助,"她热情地握着我的手说,"请收下这20美元的伙食费,这是我起码能做的。对了,你最好买一副耳塞——工业强度的那种。"

"为什么?"

她翻了个白眼。"我对天发誓,劳丽。这条狗总是整晚整晚地哀号。"

天黑以后,我把车开进了农舍前的土车道。门廊的灯亮着,百叶窗上透出一片来自电视的蓝光。

第十七章 小狗查克

进了屋,我发现丹尼斯正歪在沙发上打盹儿,遥控器稳稳地放在他的胸前。弗雷迪和史努普像毛茸茸的毯子一样拥在他周围。对面的屏幕上,一场棒球比赛正在进行。

很好。我还是等到早上再介绍罗斯科吧。

我踮着脚打算不声不响地溜进卧室去,不料马上就被嘎吱作响的地板出卖了。狗顿时闹腾起来。丹尼斯伸了伸懒腰,一眼就看到了我怀里的小狗,他昏昏欲睡的笑容立刻消失不见。

我不假思索地开始防守。"听我说,丹尼斯,这事没什么好争的。这只小狗有医疗方面的问题,他的主人没办法照顾他。"

"哦,是吗?结果担子怎么落到了你身上?"

当弗雷迪和史努普跳起来打量新来的伙伴时,他已经彻底清醒了,站起身来在我眼前来来回回走着。

"老天啊,我们已经忙得不可开交了,劳丽。你自己也这么说。为了让这个地方正常运转,你把自己搞得筋疲力尽,想去度个假都是奢望,就因为——哦,对,我女朋友家里养了300多只该死的动物!这样的日子什么时候才是个头?"

顿了一下,他又眯起眼睛问我:"什么样的医疗问题?"

一开始,我还闪烁其词。"像是消化方面的疾病。"

"什么样的消化问题?"

算了,管他呢。美化毫无意义。"他不能吞咽食物,会把吃的东西都吐出来。"

"你是在跟我开玩笑吧?"

"丹尼斯,他已经要被送去收容所了。他们会杀了他的。"

"不关我的事。我可不希望这个房子里有只没事就呕吐的小狗!"

接下来的那段日子,被我戏称为婴儿新兵训练营。

罗斯科到来之后,我就像有了一个新生儿一样,只是这个新生命必须严格按时喂养。我几乎无时无刻不在张罗喂食的事,仅仅是为了确保他得到足够的营养,好能生存下来。

养活患有巨食道症的狗,最好的利器是贝利椅。它是一种狗狗专用餐椅,由唐娜和乔·科克夫妇发明,他们的狗名叫贝利,也是一只德国牧羊犬。同儿童餐椅一样,贝利椅前面也有一个架子支撑的桌板,能让狗的身体挺直,姿势跟人坐在餐桌旁很像。这样,重力便能发挥作用,食物到了嘴里之后,自然而然就会往下掉。

照说最好是能买一把专门为罗斯科这样体型小巧的狗打造的贝利椅,但这个想法不切实际,所以我临时凑合了一下。每次喂食,我都把他扣在从朋友那里借来的婴儿汽车座椅上,以尽可能舒适的力度把带子绑在他的胸前。因为他没办法摄入固态食物,我拿出搅拌机(再见了,醉人的玛格丽特酒!),将狗粮和水哗啦啦打成了稀粥——就像风味独特的小狗奶昔。我把混合物倒在挤压瓶里,手把手一点点喂他。

第十七章 小狗查克

他咕嘟咕嘟喝得十分高兴，但正如芭芭拉警告过的那样，大部分过了几秒钟就开始往外翻涌，溅得座位上、我的手上，还有地板上到处都是。

每次进餐流程都相当烦琐，而且场面乱七八糟：把罗斯科在凳子上绑好，混合食物，往嘴里挤，擦掉吐出来的东西，接着再挤、再擦，如此重复数次。每次喂食后，他都必须继续待在椅子上长达一个小时，以确保食物不会再倒流。

难怪芭芭拉搞不定，这只小狗不愧是个呕吐专家。于是，我干脆给他改名为"查克"——在俚语里头就是呕吐的意思。

第一天晚上，我不厌其烦地喂了一次又一次，直到确信他吃饱了，才把他放进板条箱里。箱子里面已经铺好一条软毯子，还放了几个咬咬玩具。"晚安了，小家伙。做个好梦。"

我知道芭芭拉把查克留在她家的一楼，而她自己则睡在三楼。难怪他会哭。他肯定觉得很孤独——何况还饿着肚子。今天总算吃得饱饱的了，希望他能更容易入睡。

我拖着沉重的步子走进卧室，累得腰都直不起来了。我闭着眼睛踢掉高跟鞋，一头栽倒在被子上，工作服还在身上穿着——黑白相间的连衣裙上沾满了湿答答的小狗奶昔。

丹尼斯背对着我，假装睡着了。我好像听到他的嘴巴张开又合上，忍着不跟我讲话。他在生闷气呢。这也难怪。他已经到极限了，我也离得不远。我们没有时间与彼此好好相处，能分给农场每一只动物的时间更是少之又少。现在又多了一只残疾的小狗要照料。

我朝他那边翻过去。"丹……"

就在这时，隔壁的板条箱里传来一声轻微而尖锐的吠叫。

我倒在枕头上，盯着天花板上的裂缝，默默地祈求查克赶紧睡着。但是惹人心疼的叫声——几乎像是小猫的喵喵叫——完全没有停下来的意思。丹尼斯强忍着满肚子的怒火。忍耐了整整10分钟之后，我终于从床上爬起来，拖着身体摇摇晃晃地走进厨房，把查克从板条箱里抱了出来。

"不许你把那只爱吐的小狗带进卧室！"

"见鬼，丹尼斯，难道你想让他这样哭一整夜吗？"

我随手拿过一个纸箱，铺了一条羊毛毛巾，在我这边的地板上安置好，给查克盖上了被子。他的头依偎在我的手掌下，我们一起沉沉入睡。

不过，美梦才持续了一个小时，他又饿得叫出声来。

这成了我们的例行公事，一开始几乎每小时都在折腾，最终，我们把他的喂食次数减少到了一天八九次。由于睡眠不足，我很快就变得目光呆滞，像行尸走肉一样，无精打采地往返于家和办公室之间。有一次，我在一个商务会议上打起了瞌睡，眼睛睁得跟个布娃娃似的，多亏一位同事推醒我，我才如约做了陈述。

第十七章 小狗查克

由于查克需要 24 小时不间断的照顾，我只好卑躬屈膝地恳求朋友、姐姐和农场志愿者帮忙，请他们在我工作的时候来当保姆。这绝对是吃力不讨好的活儿——每隔几小时就要喂一次，还得清理吐出来的食物。直到今天，我仍对每一个在最初几个月悉心呵护过小狗的人心存感激。

好在他们都爱查克，因为他对食物的感恩之心几乎令人心碎。座椅刚一搬出来，他的小尾巴就开始加速摇摆，整个身体都快乐得颤抖起来，他的嘴像小鸟一样张得大大的：终于有吃的了！可怜的小家伙，没有一天不在挨饿。

一开始，查克像魔术贴一样黏着我，但很快他就成了大狗们忠实的小弟。他们在农场巡视时，他一路小跑地跟在后面。飞盘成了激动人心的发现，不论是谁，只要起了个头扔出飞盘，都会被要求玩上至少半个小时。他有了使不完的精力，而且一天比一天圆润，眼睛也更明亮了。

揪心的是，要是他吃了哪怕一小块硬东西——例如偷尝了一口弗雷迪或史努普的狗粮——情况马上就会变得很糟。当身体竭力排出食物时，他会像癫痫发作一样疯狂地咳嗽。

必须得找到更好的方式。芭芭拉的兽医报告仅仅是一个诊断而已。我需要一个长期的解决方案。于是，我咨询了邻近的穆利卡山镇的兽医。

兽医说："虽然无法通过手术或其他任何方式修复，但在额外的护理和贝利椅的辅助下，有不少患有巨食道症狗狗都能过上近乎正常的生活。"但接着他就宣判了死刑："恐怕这在查克身上没办法实现。他的病情异常严重，可以说是我见过最厉害的。我知道你不想听这些，劳丽，但有时候，你必须做出仁慈的决定，为了动物，也为了你自己。"

我听了马上摇头，他耸了耸肩。"我理解你的心情。但哪怕你再去问第二个人，再去问一百个人，得到的意见也不会有任何不同的。"

我不是不相信他，但是，没错，我需要再验证一下。于是，我开车把查克带到了离家大约两小时路程的宾夕法尼亚大学瑞安兽医院。这所早在1884年就成立的医学院是全球兽医教育、研究和治疗领域的翘楚，医生也都是世界顶尖的。

他们的结论同样悲观。在一个开着背光的屏幕上，我看到了查克的X光片——他的食道几乎和他的胃囊一样宽。情况是如此不同寻常，以至于不少医生都跑过来观摩，满屋子啧啧声确凿地告诉我：情况真的很糟糕。

"劳丽，看样子基本上是晚期了。"内科的一位兽医说，"这种情况下，狗的生活质量基本为零。或许对他实施安乐死更仁慈，这样他就不会痛苦了。"

这么说大错特错。"生活质量为零？他明明是我认识的最快乐的狗。瞧瞧吧，这活儿我干得好着呢：让他坐得笔直，不间断地喂食。他的体重不是增加了吗？他难道没有整天跑来跑去，和其他的狗一起玩吗？他可是农场里的飞盘之王，一举一动完全没有生病的样子。"

"让他摄入足够的食物只是要解决的问题之一。对于患巨食道症的狗，还存在其他的风险，食物或水很容易被不小心吸入肺部，他们患肺炎的概率也因此更高，还可能会有内部结构性损伤，甚至需要饲管。劳丽，归结起来就是一句话：他会经常生病，你的医疗账单上又要增加一大笔开销。而且，他最多活不过六个月。看得出来你很喜欢他，先考虑几天再做决定吧。"

但我根本不需要考虑了。"你说查克只有六个月时间？那就让他活到六个月吧。我要让他度过有史以来最棒的六个月。"

睡眠不足让我付出了沉重的代价。一天天的，我的压力越来越大，脾气也越来越暴躁。

丹尼斯仍然闷闷不乐，拒绝以任何方式帮助查克，但也有一个例外：他成了播报员，查克一有点什么事，他就大声广播，简直不遗余力。

以一种艾德·麦克马洪式的嗓音，丹尼斯开始了轰炸，"狗吐了！"

"拉了一坨屎！"

"尿地上了！"

"呕吐警报！"

"这里又有一堆粪便！"

"四号通道需要清理！"

有一天，喂食的时候，我跪在地上擦拭着乱七八糟的呕吐物，突然间就开始抽泣——剧烈的恸哭让我几乎趴到了地上。自从妈妈去世后，我还从没这样哭过。

我坚持不下去了。我一边后悔把查克带回家，一边又为这样的后悔而厌恶自己。我到底是有多自大，竟然认为总能扭转乾坤？我根本救不了查克。才三个月大，他的生命已经过半。病痛迟早会要他的命，而我只能眼睁睁在一旁看着。

这一切同时也在折磨着我——不仅仅是因为疲惫，还因为我知道，自己很快就会失去查克，一只我日渐寄予深情的动物。

我放任自己痛哭着，一直哭了很长时间。查克坐在位子上，关切地呜咽着，想要把鼻子往我身上拱。我搂着他，继续哭了一会儿，眼泪淹没在他脖子上柔软的皮毛里。

过了很久，我才意识到丹尼斯正站在门口俯视着我俩，表情像戴了面具一样神秘莫测。最后他长叹一声，说道："苍天啊，看你成什么样了！跟个僵尸似的。把瓶子给我。去睡个午觉吧。"

我实在太累了，顾不上争论，甚至都没有对他的提议感到惊讶。我站起来，洗干净手和脸，马上就朝卧室走去。而丹尼斯已经蹲在了查克的座椅前。

"好吧，你这个小捣蛋鬼，"他抱怨道，"答应我，呕吐时避开我的脸好吗？"

第十七章 小狗查克

第二天，在厨房里一贯摆放着查克的座椅的地方，我差点被什么东西绊倒。老天，竟然是一把全新的贝利椅，用散发着新鲜气味的松木雕刻而成，非常漂亮。

"丹尼斯！这是从哪里弄来的？买的吗？"

他不屑地哼了一声。"这算什么话，谁要为自己就能造出来的东西掏钱啊？"

几天后的一个晚上，下班回到家里，我不得不在门口停了一会儿。丹尼斯像往常一样在沙发上打盹，弗雷迪和史努普像往常一样拥在他周围，电视上的球赛也一如既往在播放。但在丹尼斯宽阔的胸膛上，趴着一个毛球。是查克！他的一双爪子几乎缠在丹尼斯的脖子上，惹人怜爱的小狗脸上洋溢着纯粹的幸福。

我边看边窃笑着，还用手机拍了张照片。等欣赏够了，我故意猛地摔开门，把大家都吓了一大跳。

丹尼斯睁开惺忪的睡眼，马上吃了一惊，接着恼火地大叫起来："哎呀！快把这只爱吐的小狗从我身上拿开。"

查克跳下沙发，蹦蹦跳跳地向我跑来，他呼噜噜伸出舌头，尾巴欢快地摇摆着。我把他抱在怀里，忍不住哈哈大笑。

"丹尼斯，"我说，"你被抓了个正着。"

查克很快就明白，为了吃东西，他必须在他的贝利椅上坐直。他还学会了用爪子拿着碗保持平衡，不用我帮忙，自个儿就能进食。在忙碌的早晨，这可帮了大忙。吃饱了他就跑出去玩，跟大哥哥弗雷德和史努普一样活泼好动、精力充沛。

我们惊奇地发现，查克还有解决农场纠纷的天赋。但凡有什么争端，爱管闲事的鹅总会嘎嘎尖叫着发出警报，查克一接收到信号，就会立马介入，平息纷争。于是，我们干脆封他为安全指挥官。在鹅警察的辅助下，他把农场秩序维持得井井有条。

六个月过去了。查克仍然活得好好的。他的健康有目共睹，身高和体重几乎也都跟他的年龄相符。我带他去做检查时，兽医们都很惊讶——并且满怀歉意地欣然承认，他们对他存活的机会判断有误。

也许是我的母亲在看顾他吧。他继续创造着她当年那样的奇迹，超越了一个又一个预期，活得远比我们敢奢望的更加长久。八个月。一年。十八个月。两年。他的每一个里程碑都是活生生的例证，证明即便身体有缺陷，也并不意味着丧失了好好活着的可能性。我突然想到，他还可以帮助别人认识到这一点。

就在接下来的探访日，我们把贝利椅拖到外面，向访客们做了一次演示。我分享了查克的疾病和局限，解释了我们是如何慢慢学会应对的。我连那个玩笑也没漏掉：从此不能再用搅拌机调制玛格丽特了。大人们听了开怀大笑。最后，节目的明星上场，像模像样地坐到他的座位上，捧起碗

"吧嗒吧嗒"喝下了小狗奶昔。

没想到，查克的表演成了农场最受欢迎的活动之一。他的故事让一个又一个孩子明白了这样的道理：即便你与众不同或有特殊需求，那也没关系，在需要的时候就要积极寻求帮助，就像查克一样。

我们同样强调了表达善意的重要性：学着去帮助那些没有我们强大的人，同时反抗残忍、暴力和欺凌。所有这些信息汇集在一起，在查克的帮助下，印在了一颗颗幼小的心灵上。

就这样，这只曾经脆弱无助、两度被判死刑，前所未有地偷走了我的心的小狗，成了快乐农场第一位，同时也是最著名的形象大使。

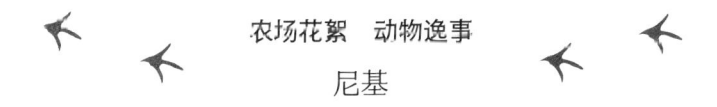

农场花絮　动物逸事
尼基

想知道在家里养一只凤头鹦鹉是什么感觉吗？

首先，震耳欲聋。这种异国鸟类的尖叫声据测高达130分贝，与从航空母舰上起飞的喷气式飞机的噪声水平不相上下。

其次，承诺终生。你得准备好承担一辈子的责任，而有些凤头鹦鹉能活到80岁，甚至更老！

至于第三、第四和第五条，养了凤头鹦鹉（养别的鹦鹉也一样），你将分别体验到什么叫作：气急败坏、筋疲力尽、一地鸡毛。

凤头鹦鹉就像永远长不大的孩子一样让人闹心。他们总想让最喜欢的人多花些时间好好陪着自己。如果这样的要求得不到满足，他们就会感觉受伤，变得好斗、破坏力十足。我向你保证，你绝不会想跟一只愤怒的凤头鹦鹉纠缠不清。他们的咬合力超过350磅/平方英寸（相比之下，杜宾犬的咬合力仅为305磅/平方英寸）。到底有多痛呢？我反正是亲身领教过了。

以上种种所描述的，正是我们的尼基。她非常漂亮，生着象牙色的羽毛、光滑的珊瑚色羽冠，最下面一部分几乎呈火烈鸟般的粉红色。在来到快乐农场这个大家庭之前，她与不少同类一样，曾好几次被收养，但最后都被遗弃了。前主人发现她要求太多，破坏性太强，声音太大——高亢的尖叫声简直像火灾警报。

我收养尼基的时候，她还很小。但六岁的她已经有过三个不同的家。她没有多少语言技能（准确点说，是模仿语言的技能），会用最迷人的方式说"你好"，嗓音听起来活像梅·韦斯特。她还学会了叫几只狗的名字。只要屋子里有人笑，她就会跟着笑起来。要是我生了气或是不高兴，尼基也会拿腔拿调地学我的样子。

第十七章 小狗查克

欢迎你来快乐农场拜访我们的尼基,但要是你想带一只凤头鹦鹉或任何其他外来鸟类回家,请务必三思而后行。这些鸟可能是活泼可爱、令人愉悦的伙伴,但别忘了,他们需要——也应当得到——无尽的关心和疼爱。

第十八章

意外返场

几十年以前,我的父亲曾经在排队的收银台前向我抛媚眼,从那天起我就再也没见过他。虽然住在同一个地方,但我们没有交集。妈妈死后,我再也没有听说过他的任何消息。说实话,我也很少想到他。对我而言,他就像是被打翻的牛奶——不过是亲生父亲而已,早已是过去式。我做梦也没想到,他还会想再见我。

2017年,扎列斯基家族那边的一个远房表亲文斯参观了快乐农场。我们拉了会儿家常,他突然问道:"理查德最近想过来一趟,你觉得怎么样?"

一开始,这个名字让我很茫然。"理查德什么?"

他好像比我还困惑。"理查德·扎列斯基?你爸呀?"

我的血压在瞬间飙升到了顶点。这么多年过去了,那个男人仍然有本事让我不安。

文斯一定看出了我的反应,马上开始好言安抚。"哎呀,

第十八章 意外返场

不要有压力,劳丽。我知道你们没什么关系了。只不过他听说了这个农场,想亲自来看看。"

我迟疑着,还是不知道该说些什么,最后,这些话像公事公办的服务通告一样脱口而出,把我自己都吓了一跳:"快乐农场动物救助收容所每周向公众开放两天,分别在周二和周日。参观时间是早上八点到下午四点。免费入场。"

话一出口,我就恨不得把它们嚼烂了吞回肚子里去。但是管他呢。反正我也没办法阻止他参观快乐农场,但要我明确邀请他,绝不可能。他自己要来就来。

他果真来了。

开放日通常拥挤而忙碌,尤其是周日的那天,要是再遇上好天气,八个小时内接待数百人也不稀奇——这与农场早年间的状况大相径庭,那时能有一辆车来就够我欢欣鼓舞的了。

接下来的周日阳光明媚,舒适凉爽。整个上午,汽车源源不断地驶过大门,遵守着时速一英里的限制,以保障动物和孩子们的安全。

一辆香槟色的凯迪拉克出现时,我迅速深呼吸做好了准备。他金色的头发如今成了灰白色,亮蓝色的眼睛却一如从前。此外,他身上好像有哪里不太一样了,但我一时说不上来;直到几年后,我才发现他做了隆鼻和眼皮提拉手术。总而言之,他保养得不错,挺接近我记忆中的样子。

他伸长脖子在人群中搜寻着。我们的目光相遇时，他举起一只手挥了几下，然后马上就哭了起来。正是在那时——这一刻来得未免太快——我的担忧消失了。我不再感到惊慌或不适。而是什么感觉也没有了。

随他哭去吧，我心想。反正我的眼泪在几十年前就流干了。

我把微笑挂在脸上，走过去同他拥抱。他衬衫上的糨糊味和古龙水的香味扑面而来。我们像陌生人一样寒暄着。礼貌地开玩笑，无意识地闲聊。我过得好不好？我的工作怎么样？我这里有多少动物？我的姐姐和弟弟如何？

挺好，挺好，都挺好。

我微笑地看着他，不禁想起了他们那段婚姻曾带给母亲怎样的痛苦。我记得他一次次切断我们的电线和水管，剥夺了我们在这个世界上仅有的一点点保障。参观期间，当他伸手抚摸一匹马时，我立刻想到香农·奥利里——一动不动地躺在地上，头骨上带着两处枪伤。那一幕我怎么也忘不掉。

"听说你妈去世了。"他的语气有些沉郁。

"是的，她死了。"我回答。

他微微低了低头，像在翻检他的对话盒。然后，他并未表示哀悼，转而开始讲述他自己的生活——他的一次次旅行，他的爱好、舞蹈课……他活跃的社交生活的细枝末节。看来他作为一个交际舞者和波尔卡舞者颇受欢迎。不过这也没什么好大惊小怪的。他一向讨女人喜欢。

第十八章　意外返场

很多年前，我就做出过决定，即使一个人身上有95%都是缺点，也不因此忽略他5%的优点和体面——这些才是应当予以关注的部分。至少从这个观点看，我倾向于相信我的父亲：也许他已经做了自我反省（我了解到，20世纪90年代中期，他因性骚扰被康登郡学院解雇了）；也许他对过去的错误心生悔恨，来这里是想表达歉意，只是说不出口；也许，对他来说第一次接触很艰难。他从来就不是那种能轻易放下自尊心的人。

但是，尽管尽了最大努力，我心里头还是根本不在乎。

他待了大约一个小时，一名志愿者给我俩拍了张照片。我们微笑着说"茄子"，就像过去拍全家福时那样。他离开前，我们交换了电话号码，然后他又说了点儿什么，想保持联系之类的。我没意见。说不定接下来的某一天还会有第二幕，而这次只是个序曲。也许下一回，我们能谈论些天气和他的舞场际遇之外的话题。

从此我再没收到过他的消息。

凯茜听说了他来访的事，勃然大怒。"那个王八蛋对我们做了那么多混账事，你还理他做什么？"

但这样的结局竟让我产生了一种奇特的满足感，像在一幅画上润色收笔，或者在结尾添上句号一样圆满。故事在一种异乎寻常的超然中戛然而止。我很高兴发现自己没有对父亲抱有恶意，也不再怀有任何感情。也许这才是最好的结果吧。

农场花絮·动物逸事
绵羊雷吉

几年前的夏天,新泽西州哈登菲尔德的一位动物爱好者打电话来,说他买了一只羊,初衷是防止他被宰杀,然后问我快乐农场还有没有地方可以收留他。

这个请求让人有些费解。哈登菲尔德是南泽西较富庶的地区之一,一点儿也不像农村,到处都是历史悠久的住宅、精品店和高档餐厅。这只羊原本归一个家庭所有,这家人把动物祭祀作为他们宗教信仰的一部分(这种仪式的合法性仍存在争议)。

也许这只小羊知道自己的悲剧下场吧,他从这家院子里跑了出来,整整一个月,不断有人看到他在哈登菲尔德和附近樱桃山的优雅街区跑来跑去,吃草维持生命,同时顽强地躲避着追捕。

自然而然的,这只羊成了当地的新闻。许多市民声援说,既然他已经逃出来了,就不应当再成为献祭的羔羊。执法部门和动物控制中心显然不这么看。他们最终把小羊逼得走投无路,用麻醉枪把他放倒,然后送还给了主人。上面提到的动物爱好者就是在这时介入的,他出了300美元让这家人放弃了小羊的所有权,接着拨通了快乐农场的电话。

一开始我犹豫不决。相比其他农场动物,小羊羔和绵羊

第十八章 意外返场

更容易生病和感染,我担心整个牧群会因此受连累。但我也明白,必须得有人带走小羊,而且要快,否则他就真的死定了。经过一番快速的利弊权衡之后,我跳上皮卡,和一位朋友一起来到了哈登菲尔德。

我抱起他,把他在货床上安全地拴好,然后开车出发了。两个乡巴佬开着一辆溅满泥浆的皮卡,从哈登菲尔德热闹的城中心穿过,经过形形色色的精品店、美术馆和咖啡厅。当我们停下来等红灯时,一旁的行人们皱眉看着车子,忽然注意到了后面的羊。

"嘿,"路边咖啡馆里传来一个声音,"这不是那只逃跑的羊吗?"

"是绵羊雷吉!"另一个人喊道,"他安全了吗?你是要带他回家吗?"

我点点头,挥了挥手,于是整条街上一片欢呼。当交通灯变绿,车子转向南面朝米斯帕开去时,我感觉我们简直成了超级巨星。那位热心的动物爱好者还给了农场一笔慷慨的捐赠,而且直到今天仍不时来看望雷吉。同快乐农场的许多动物一样,雷吉刚来时还害怕,但之后就适应得特别好。志愿者和访客们都非常喜欢他。

第十九章

第一次亲密接触

从起初的默默无闻，到在南泽西以及临近的大西洋郡家喻户晓，我们差不多花了三年时间。在此期间，偶然的访客变成常客，然后又告诉了他们的朋友。就这样一传十十传百，一切都顺其自然地发展着。渐渐地，教会团体也发现了快乐农场，于是整车整车的人开始在周二和周日出现。

随着参观人数的增加，我们宝贵的志愿者队伍也在壮大。先是朋友的朋友踊跃支持，童子军、教会和民间团体以及小学生班级紧随其后。接着来了一大波高年级学生，他们必须履行社区服务义务，才能获准毕业或进入某些荣誉协会。此外还有一些成年人也得完成一定时长的社区服务——作为轻微刑事犯罪的处罚。当然，动物爱好者们始终满怀热情参与其中。

时至今日，我们已经拥有一个包含100多名正式志愿者的团队——年龄最大的有80岁，最小的才3岁。许多类似的机构都不允许这么小的孩子做志愿者,但我对此表示欢迎。孩子是我们的未来,为什么要错过让他们尽早走上正确道路的机会?我们接受任何有成人陪同的孩子成为快乐农场的志愿者。

志愿者们可能有过各种各样的遭遇。失去丈夫的寡妇在猪的陪伴下获得安慰,患有创伤后应激障碍的越战老兵在照顾马的过程中找回方向感。有位女性志愿者之前一直把自己关在家里,抑郁到想要自杀,直到一篇关于农场的新闻报道让她走出家门——这是两年来的第一次。她不断造访,并最终成为我们最忠实,也是最开朗的志愿者之一。"经过多年的困惑和自我怀疑,我找到了目标,"后来她告诉我,"没办法跟人类交流的时候,我就跟动物一起待着。"

一次又一次,合适的人总是在合适的时间出现,就像是专门安排好的一样。有些人擅长建造收容所,比如老鹰童子军帮忙搭建了大鸡舍,本地的一队女童子军给臭鼬做了房子,还修了一大片动物围栏。有时候碰上公司团建,会有几十甚至数百名员工一起来到快乐农场。那些从小隔间和会议室中解放出来的人,似乎从做农活中获得了巨大的乐趣,连挖粪这种终极脏活也乐于承担。真是难以置信。

有一回,一辆拖着300捆干草的大拖车开进大门时,眼看一场暴风雨就要到来。我急得抓狂,如果不赶紧卸下来,干草肯定会被浇透,到时就只能扔掉了,白白损失1000多美元。绝望之下,我在脸书发帖,恳请附近的人来帮忙。过了不到 20 分钟，一队建筑工人出现在农场，就像电影《七新娘巧配七兄弟》里的伐木工那样，撸起袖子准备搭建谷仓。

"这会儿正好是我们的午餐时间，"工头说，"说吧，接下来怎么做。"

我指了指堆满干草的拖车，他们二话不说，马上开始干活，像训练有素的消防队员一样迅速搬运干草，在储存点码得整整齐齐的。这时雨点开始纷纷往下掉落。

此外，还有其他团队曾给我们的大项目帮忙，比如修理栅栏和重新粉刷谷仓。

有些志愿者对脸书和照片墙（Instagram）的运用驾轻就熟。2016 年，在他们的帮助下，我们（终于）开始认真对待我们的社交媒体账号，这对快乐农场来说是一个巨大飞跃。当我们的脸书粉丝超过 10000 人时，我惊掉了下巴。更惊人的还在后面，通过口口相传和网络传播，关注度开始呈指数级增长。

迈克·阿姆斯说得太对了：人们知道这里之后，纷纷被打动。他们热爱我们的动物，并且愿意投入时间、才能和热情，所有这些汇集起来，成为维持农场运转和帮助我们成长的引擎。

过了没多久，就有当地的学校问我们是否提供外出教育课程，希望我们能到教室里去，分享一下善待动物和人类间彼此友善的愿景。起初我很不情愿——身为企业主和雇主，

第十九章　第一次亲密接触

同时还要照看偌大的农场，实在分身乏术——最后经不住一位教师朋友三番五次劝说，只好答应试试看："好吧，告诉我时间、地点，我带几只动物过来。"

结果，第一次活动就彻底把我说服了。那天，我带着几只爱犬、天后小鸡阿黛尔和小山羊比利走进一个巨大的体育馆时，音响里正播放着《视觉探索》的配乐。这哪是什么教室啊，整个学校都聚集在这里。整整 800 个兴奋的孩子。我们简直成了舞台上的摇滚明星，面对着一群尖叫的粉丝。我朗读了一本以快乐农场的动物为主角的反欺凌绘本。这一天，就像哈利·汉堡去我学校的那天一样，成了这些孩子永远难忘的日子，甚至有人说，这是他们一生中最美好的记忆之一。我们分享故事，传递包容、团队合作和与他人友好相处的重要意义。那一天，所有将孩子们隔离开的无形栅栏——社会等级、派系、肤色、文化——都纷纷倒塌，如同施了魔法一样。最后，我讲述了几只动物在农场找到快乐归宿的详细过程。这在孩子们当中引起了强烈反响。他们时而哄堂大笑，时而热烈鼓掌，时而齐声欢呼。这些经历深深打动了他们。

"这些动物曾经无依无靠，被遗弃，甚至遭受虐待，"我告诉他们，"但现在他们安全了，而且还拥有了几百个爱他们的兄弟姐妹。"

一个扎着辫子的小女孩问我："劳丽小姐，为什么不同种类的动物也能相处得这么好呢？"

我答道:"有时候他们也会争吵,但兄弟姐妹之间原本就会有摩擦啊,你们在自己家里肯定也是这样,对不对?"所有人都点了点头。"但不到晚饭时间就又会和好如初。他们的相亲相爱有目共睹。我们的狗'法利'、山羊'牛仔'、绵羊'雷吉',还有一头名叫约吉的奶牛是好朋友,总是形影不离。我们便戏称他们为'神奇四侠'。这些不同的物种差异那么大都能和睦相处,那么我们肯定也可以,你们说呢?"

消息很快传开了,其他学校也纷纷发来邀请。参加活动时,孩子们不但自发带来物资,还为动物募集捐款。分享结束后,孩子们排着队一一爱抚所有的动物嘉宾。他们明亮稚气的脸和闪闪发光的眼睛让我想起了儿时的自己。大多数孩子之前从未如此近距离地接触过农场动物,当小鸡天后阿黛尔稳稳站到她哥哥法利的背上时,他们兴奋得敛声屏气。看到这些曾经几乎毫无希望的动物现在像明星一样被簇拥着,我的心中涌起一股暖流。妈妈也会很骄傲的。

我在中上阶层社区里的赤贫家庭中长大,曾背负着"贫困生"的标签,对那种芒刺在背的感觉深有体会,传递这样的价值观对我来说意义重大:不因他人比自己匮乏而瞧不起,不因他人是异类而横加欺凌。

说到底,一个人的财富究竟该如何丈量呢?没错,我家确实没什么钱,更没有财产,但我们从不缺爱,生活富于冒险,乐趣无穷。真要衡量谁更富有的话,这些比净资产或房

第十九章 第一次亲密接触

屋面积要有价值得多。

"人们总说，猫和狗相处不来，鸡犬一处就不会安宁，松鼠不能和兔子睡一个窝，"我告诉孩子们，"但在快乐农场，这些都是真实发生的故事。和谁做朋友这件事，我们让他们自己决定。"

最终，数百人在开放日到访成了常有的事，后来这个数字又上升到几千人。2017年的秋季狂欢节，我们接待了5000多人。2018年，人数又翻了一番，车队的长龙穿过松林，排到了40号公路上。我对交通堵塞带来的不便深感抱歉，挨家挨户拜访了米斯帕的邻居们，送上松饼和新鲜鸡蛋，并承诺下次妥善安排。

2019年，位于偏远的泽西松林地的快乐农场——一度在严格保密中——迎接了十多万名访客，其中有些是从英国、墨西哥甚至俄罗斯远道而来。如今，我们的朋友不仅遍布全州、全国，甚至分布在全世界——我始终觉得不可思议。

在紧密联结的救助共同体中，有些朋友敦促我在动物和访客之间设置屏障——涉及潜在的责任问题。但动物好不容易得到救助，再关起来完全违背了我的初衷。我参观过畜牧场和宠物动物园，那里把人和动物隔开的栅栏竟然有两层，孩子们只能通过塑料槽给动物喂食。说真的，那还有什么乐趣可言？在快乐农场，我们的宗旨是，友情应当不受阻隔。

当然，有些时候也不得不做出调整，比如约吉因为牛角有伤害性，到了开放日只能留在牧场。但除去这样的个例，我们会尽可能保证这儿是一个自在放养型农场，而且，打算一直维持这种状态。但这并不意味着我不在乎动物王国里的竞争法则：如果有机会，一只狗可能会对一头猪表现出攻击性，而一群公鸡，可能会为争夺一只母鸡的爱而殊死搏斗。这些因素不容忽视，但在能保证安全的前提下，我们的动物就可以摆脱束缚，享受充分的自由。他们似乎也都明白并珍惜这来之不易的机会，一旦彼此了解，深厚的友谊就会形成——有些可能特别古怪，但同样牢固。

当我问起人们对快乐农场的印象时，他们通常都会回答："我不敢相信动物竟然就那么结伴走来走去！"一位访客说，这里让他联想到了迪士尼的动画片。"里头所有的森林动物都和睦相处，鸟儿会帮你晾衣服。"

我们陆续增加了一些观光项目，比如，用拖拉机拉着干草车轰隆隆绕农场一周：穿过树林，绕过牛马牧场，途经猫舍、猪村和退休的赛马们居住的隔离牧场。一边走，我一边向访客们做介绍，讲述农场的源起——不会提及任何动物的悲惨故事，只强调曾经没有希望的他们现在过上了快乐的生活。行程没有强制收费，我们建议大家自愿、选择性地捐赠 3 美元。我曾遇到有的父母和孩子以为要付费就不去了，

第十九章　第一次亲密接触

这时我总会重申，所有访客在快乐农场都同样受欢迎。一个星期天，我恰巧听到一位父亲拜托志愿者让他的孩子单独搭马车，因为他和妻子没有多余的几块钱一起去。

我难过极了，没办法坐视不理。趁司机还没发动拖拉机，我示意他等一等。然后跳下车，把那位父亲拉到了一边。

"先生，请你和我们一起坐车去好吗？"

"但是，我们身上没有多余的钱……"

我很想告诉他，那些情况我懂，那样的感觉我再清楚不过：一贫如洗，自尊心被摔得粉碎。但从他的眼睛里，我看到了我在学校时经常会有的难堪和羞怯——那时其他孩子都有午餐钱，而我却不得不用补助票；我在书展上买不起书，只能勉强接受一个书签；还有那一次，我不得不向老师承认家里没装电话，她的眼神中满是同情。那时候，口袋里有几块钱就会让我感觉富有，而怜悯虽然是出于好意，却于事无补。

为了避免让这对夫妻尴尬，我故作随意地说："哎呀，快来加入我们吧，让我高兴高兴。不过是在树林里逛一会儿，没什么大不了，而且不收费的。再说，有你们的陪伴，你家小姑娘也能玩得更开心的。"

对我和志愿者们来说，接待来自内城区的学校往往能带来更多的满足感。那里的很多孩子生活在贫穷的社区，身处开裂的混凝土和破碎玻璃窗的包围之中，有些甚至伴随着毒品和犯罪的阴影。对他们来说，眼前的一切就是成长的底色——他们习以为常，如同我习惯了身为农民的贫困生活一样。但是把城市的孩子带到乡下来，简直像爱丽丝落入奇境般眼花缭乱。他们对所有事物都深深着迷——近距离看马、看猪，一整天置身于大自然的绿色怀抱中，在布满车辙的土路上来一次20分钟的干草车巡游。

在这里，有必要补充一点：虽然参观从不收费，但确实会有许多学校给动物带来捐款或饲料。听说南泽西一个最贫困的学区发起募捐活动时，我很震惊。孩子们郑重其事地捧着罐子，分头到亲戚和邻居家，募集一枚枚大大小小的硬币。最后，他们不仅带来了成箱的猫砂、好几卷毛巾和一打猫粮，还捐赠了整整900美元，比我们从最富裕的地区收到的还要多。

我拥抱着孩子们，看着那一张张充满希望的幼小面孔，不得不把头后仰，使出了防止眼泪溢出来的老法子。但这个花招并不总是奏效。我亲眼见证了这些孩子对动物的爱。人类与动物之间牢固无比的情感联结，是我迄今所知最有影响力，也最为强大的事物之一。

2019年冬天的一个早晨，查克玩了会儿飞盘游戏，窝在农舍前廊的羊毛垫上，静静环顾农场一周，然后发出一声悠长的叹息，便永远离开了我。几十年来，我不知曾告别过多少动物，可那些经历却丝毫没让这次分别变得好受一些。

第十九章　第一次亲密接触

这五年多，我们因他的巨食道症而共同经历的一切，产生了一种远比其他动物更深的羁绊。谢天谢地，那一刻到来时我还在家里，而且就在门口，正准备去华盛顿出差。我流着泪给丹尼斯打了电话，他马上从公司冲回家。每回查克表演的时候，我总对观众说，要充实地过好每一天，因为没有人知道明天是否还会到来。这时我才意识到，我们确实做到了这一点。查克丰富多彩的一生结束了。我因那些时光而对他满怀感激。如果没有他，我的生活必定会有缺憾。我知道，妈妈在那边等着他呢。

所有的狗都凑到跟前来，想知道我为什么哭了。那时史努普也已不在了，但其余的狗——弗雷迪，以及刚来不久的法利和罗奇——从头到尾都没走开。有他们陪着很好，而且，也唯有亲眼看到下葬，他们才会明白查克到哪儿去了。

我们在前院挖了一个墓穴，紧挨着埋葬妈妈骨灰的地方。查克的身体仍带有一丝温热，我们小心翼翼地把他放进土里，然后填平。

让我吃惊的是，没过几分钟，小狗们就把查克的床和玩具从门廊拖到墓地，开始在刚翻过的土堆上玩耍。查克不在了，但他们玩游戏时仍要算上他。看着这一幕，眼泪的闸门一下子大开。丹尼斯也终于绷不住了。他转过身急匆匆地走开。

我在脑海里听到了妈妈的声音："劳丽，好好哭一场吧。哭得越多，尿得越少。"

之后的六个月，查克的贝利椅一直躺在厨房的角落里积灰。我怎么也不忍心把它搬出去。但我明白贝利椅只有一种用途，所以我必须找到另一只需要用到椅子的狗，把它送给他的主人。终于，一个周末，我拉出椅子，掸掉灰尘，准备拍张照片发到网上去。就在这时我收到了一条消息。一对名叫辛迪和迈克的夫妇说，他们收养的德国牧羊犬生了一窝小狗，而且是跟她的兄弟孕育的。他们已经顺利给其中四只小狗找到了家，剩下几只准备留着自己养。他们很快发现有只名叫塔克的，带有天生的缺陷——正是巨食道症。

"兽医建议我们让他安乐死，"辛迪说，"但我有个朋友来过你的农场，她说你刚刚失去了一只情况相似的狗。所以我们想冒昧问一问，你有可能愿意收养塔克吗？"

这似乎是事物的自然规律，如同万物顺从季节变换而更迭。查克在冬天死去，整个春天都笼罩在悲伤里。到了夏天，塔克已经成了快乐农场的一员。

那年晚些时候，我们决定在查克的墓旁种下一棵树，来作为永久的纪念——当然必须是四照花。

园艺店的老板娘提醒我说，盛开的四照花会散发出一种不怎么怡人，甚至有点刺鼻的气味。

"太好了，"我回道，"正好查克大部分时候也有味道。"

我们种下树苗，围上白色的尖桩栅栏，以免山羊靠近。时间一天天过去，我已经拥有了一株无比美丽的树。每当我走出家门,都会一眼看到它,接着就想起我那无与伦比的小狗查克——他在这里和我们一同度过了难忘的五年多。

农场花絮·动物逸事
萨克斯

萨克斯是一匹通体雪白的骏马,在农场里常常能看到他的身影。他不仅拥有漂亮的外表,还是农场名副其实的"守护天使"。

萨克斯就像一台负面情绪清洗机,一旦出现,就能将蒙在你心灵上的尘垢和污渍一扫而空。他以某种方式让你看见那些仅在传闻中存在的时光,彼时世界仍完美无瑕,如同《美好的往昔》中所唱的一样。而此刻,那样美好的旧日时光忽然就在你眼前出现了,每一分每一秒,在我们呼吸的每一口空气里都能感受得到。不知为何,他让我们发觉,在人类头脑所能理解的部分之外,生命还有许许多多奥妙存在。我只能猜想,他是和平的使者,由纯粹的爱造就。

萨克斯就这样自由自在地生活在快乐农场,足有15年之久。他是跟我一同来到农场新址的第一批动物之一。他从来就不喜欢被关在马厩或圈在围栏里,但也从未自顾自地跑掉。他不是一匹普通的马,绝对不是。

"快乐农场是这世上唯一可以让我完全放松融入,不知不觉忘记烦恼、痛苦和悲伤的地方。"许多访客这样告诉我们。

动物也同样如此。毋庸置疑,他们时时刻刻生活在关爱、同情和快乐之中,当你来到他们中间,一定会对此切身的感受。他们曾经面临恐惧和悲伤,现在已经成为遥远的记忆。其中就有萨克斯的功劳。他是真正的和平使者,不论对每个人,还是每一只动物,都源源不断地传递着温情和爱意。

如果我们能把一张照片带到另一个更完美的世界里去,那毫无疑问要带萨克斯的。若你还不明白什么是真正的、无条件的爱,那一定要来快乐农场,看看他,摸一摸他的毛发。通过他,你将感受到前所未有的爱。要是悲伤或不安正萦绕心头,他必定会温柔地蹭蹭你,或是轻轻将头靠在你的肩膀上。这些年,越来越多的人从世界各地赶来看他,迫不及待地等候他出现。

有一件事说来难以置信。一对年轻夫妇在农场里散步时,发现萨克斯就跟在后面,每次他们停下来,萨克斯就会轻轻地碰一碰那位妻子的肚子。他这样重复了一次又一次。大家都摸不着头脑。过了几周,我们得知她怀孕了。萨克斯竟然最先知道!想象一下那对夫妇的感受吧。

人们第一次开车来到快乐农场时,几乎总能看到萨克斯等候在门口,好像要欢迎他们回家。

萨克斯一直活到 39 岁,比我所知的大多数马都要长寿。他一向备受喜爱,2018 年去世的时候,有不少当地媒体都做了报道。

第二十章

情人节

2020年2月下旬，我接到一通电话。有人告诉我，我77岁的父亲从他家的楼梯上摔下来，去世了。

这时距他上次来快乐农场——当真流下了眼泪，还答应要保持联络——已经过去了两年多。我当时并未反对恢复联系，但他后来又杳无音信了。也没什么好惊讶的吧，我已经放下了。

得知消息的一瞬间，我很震惊。继而又觉得难过。但这样的感受倒不足以称之为悲伤。就是心里一下子空落落的。坦白说，我没办法真心实意地哀悼他，那么，我或许是为想象中的，那位他原本可能成为的父亲而难过吧。

凯茜完全不为所动。"一定是妈妈把他推下楼梯的。"她说。

斯蒂芬说这是因果报应，但他还是忍不住哭了一下。

给我打电话的是父亲的邻居。她曾参观过快乐农场，

第二十章 情人节

之后莫名其妙地联想到了我们的关系,虽然多年来父亲一直坚称他没有孩子。她在电话里交代了父亲去世的情况。那时他有好一阵子没在社区里出现,一开始邻居们也没在意,因为每年这个时候他都会去坎昆做短途旅行。

直到门口的信件越堆越多,她才请一名住在附近的警官夫帮忙查看。

被发现时,父亲已经死了好几个星期。但他们最终就把那一天定为他的死亡日期。那天是 2 月 14 日,情人节。

理查德·扎列斯基,我母亲的前夫,离开了人世。死的时候孤身一人。

对他来说,我们几个孩子可能就是幽灵一样的存在吧。但现在也只能由我们来处理他的房子了。开车进入廷贝尔高地时,迎面而来的树木看上去比记忆中的还要高大,环绕庄园的郊野似乎也更广阔了。但是社区本身倒没什么变化,我们小时候的家更是如此。

打开爸爸的家门,如同摁下了时间机器的按钮,光阴一晃回到了 20 世纪 70 年代初。一切都还是我记忆中的样子:红色的粗毛地毯,爆米花状的天花板,贴着植绒壁纸的橙色浴室。仿制的蒂芙尼灯还在,人造革转椅也在原来的位置。厨房还是老样子:魔厨牌嵌入式烤箱、午餐肉色的塑料橱柜。楼下的台球桌上,五颜六色的球摆得整整齐齐,随时准备开赛。霓虹灯招牌还挂在木板墙同样的位置上。

甚至连孩子们的卧室也完好如初，家具和床上用品都原样未动，就好像我们不过刚离开一会儿，到外头玩去了一样。

这完全说不通。父亲那么多年的暴力相向和报复打击，无不在宣泄一种强烈到需要以血来偿还的仇恨。但在他的房子里，我们亲眼见到的却是：从母亲离开他的那一刻起，时间仿佛就永远停滞。

每回到爸爸家去，都像是开启了一次始料未及的寻宝之旅。我们意外发现许多往昔共同生活的见证，有全家人的照片，还有录像带。相册里还放着他整容前后拍的正面和侧面照。诡异的是，竟然还有厚厚一沓早期快乐农场的照片，在其中一张上，妈妈身穿比基尼和牛仔靴，正在遛一匹小马，马上坐着我的一位同学；此外还有好几张，记录着隔壁堆积如山的垃圾，以及生锈的废弃汽车。在收纳这些照片的地方，我们找到一些文件，这才明白它们是一名私人侦探拍摄的。原来，爸爸从一开始就在暗中观察我们。

我还看到了妈妈在刚恋爱的日子里写给他的信——多愁善感、浓情蜜意，满怀希望地憧憬着未来。其中不乏一些相当私密的悄悄话，我看了都脸红。

然后，在他的卧室里，我们发现了一把 0.38 口径的左轮手枪和一盒平头子弹，正好跟杀死香农的枪和弹药完全吻合。当然，我们在许多年前就已明白，是爸爸残忍地杀死了

第二十章 情人节

我们的马,还把尸体留在那儿,等着前妻和孩子们发现。

我多想咒骂他几句啊,但即便证据就摆在眼前,我依然说不出口。也许,就因为憎恨这样一个没心没肺的人太容易了,反倒恨不起来。就因为爸爸冷酷无情,我才更可怜他。

我们随后发现,他早就对自己的后事做了安排,而且处理方式就像购买新车一样。在特纳斯维尔殡仪馆,他挑选了一个丧葬套餐,配有一个钛钢棺材——棺材中的凯迪拉克——外加大理石墓碑,由一份10000美元的丧葬保单承保。接下来,他又拿着报价去布莱克伍德找他们的竞争对手,鼓动人家竞价。

好吧,我也很节俭。大多数时候,没有什么比物美价廉更容易叫人满足的。但是,办临终之事还要讨价还价,怎么看都显得愚蠢,这笔费用终归是要从保费里出的。何况他去世前也仍是一个有钱人。这人真是死性不改。结果,你猜怎么着?他从第二个殡仪馆拿到了折扣——折后8000美元。这就是他一生的告别费。

葬礼承办人以职业性的悲伤语调告诉我们,爸爸声称他没有继承人。他出示了保险文件,最后一页上有爸爸潦草的笔迹:"没有孩子",下面还划了两条线。不过他并未留下遗嘱剥夺我们的继承权,所以房子等都交由我们处置。我们每到星期天就过去清扫收拾、修修补补,这样过了一个月后,才把房子和香槟色凯迪拉克一起挂牌出售。

答录机上不时会有些留言，全都是父亲的女友俱乐部打来的。俱乐部成员们的年龄不如当年那么小了，但直到现在，竟然还同时有好几位女士没完没了地盼着他。而且，每一位都未觉察到其他人的存在。

回复留言的工作分配到了我头上。于是有趣的对话开始了。

"嗨，我是劳丽·扎列斯基，理查德·扎列斯基的女儿。"

这番自我介绍往往会让对方震惊得半天说不上话，最后气急败坏地来一句："可是里奇没有孩子！"

"他有孩子。而且有三个。女士，很遗憾地告诉您，我们的父亲已经去世了。"

听说这个消息，那些可爱又真诚的女人一个个都伤心哭泣。所以我还得好言劝慰一番。好吧，至少还有人愿意哀悼他。他的舞伴们。

奇怪的是，在父亲的线上讣告栏中，只看得到一条吊唁的信息，而且满是赞美之辞，说他十分了不起，是一个让所有人都觉得学习充满乐趣的好老师；最后还表达了愿他与多年前去世的爱妻团聚的期许。

好吧，真不知道这些年来他都编造了些什么样的故事。是把自己描绘成一个饱受痛苦折磨的鳏夫吗？他对妈妈当真有过一丝缅怀吗？我甚至开始怀疑，他是否还有别的家人藏在某个地方。

但那时候的我，已经不会再因他的任何事情而惊讶了。

第二十章 情人节

那些未知的，终究也无人再揭开谜底。

我和凯茜、斯蒂芬连续清理了好几周。我们把旧地毯拉起来，铺上新地板；重新粉刷外墙，用高压水枪清洗。直到上上下下都焕然一新，才满意地在草坪上立了一个待售的牌子。

有一天，我心血来潮——因为离得不远，又正好沉浸在回忆中——开车绕到原来的快乐农场去，想看看那里还剩下些什么。

一路开过去，感觉真是荒诞。妈妈死后一年，房子就被拆得一干二净。我原本以为那些树林也会跟着消失，整个被夷为平地用于商业开发。确实，高速公路沿线多出来不少便利店、购物中心、加油站和停车场。房车经销商希契卡拉马仍然生意红火，其他的建筑和办公场所的格局也没变，开着一家豪车服务行、一家屋顶装置公司和一家提供永久化妆服务的美容院——我想，妈妈没准儿会喜欢这个省时省力的好主意。

但是，你瞧，当我把车停在路旁，沿着曾经很长的车道往下走时，却看到旧日的树林大部分都在，土地因为长期无人照料而越发荒芜。

那是无比美丽的一天，天空蔚蓝，微风和煦。我一边迈着沉重的步伐，在杂草丛生的田野中徘徊，一边回想着往事：我从校车上跳下来，飞一般钻进树林里，这样就没人来得及看到我住在哪里，就不会有人在背后说，她是个松树佬，住在松林里。

可以说，这块地方很大程度上是被置之不理了，换句话说，就是没人重视。我避开一缕缕低垂的树枝，挤过一片片荆棘丛，终于来到我们曾经居住过的土地上。

所有的旧汽车都不见了踪迹，只有垃圾山还能看到些许残余。我继续往更深处走去，杂草已疯长到齐膝高，有些甚至没过了大腿，置身其中，公路的嘈杂声也在风的呼啸中消失。围栏不知是坍倒，还是被人拆掉了，已经很难分辨曾经的位置。后来我发现了东一块西一块的混凝土地基，还看到一些大石头裸露在柔软的泥土地上。那么，房子应该是在这里，那边就是壁炉；而不远处的某个地方，埋葬着亲爱的香农·奥利里，以及其他我们深爱的动物的遗骨。

母亲带我们来到这里的那一年，我才五岁大。当时的我还天真地认为，这里不过是个中转站，在找到新家之前过渡一下而已。我丝毫也未料到，我们将会在这儿度过大半辈子。在这里，我见证了母亲一点点开辟出新的生活，从一个精致优雅的家庭主妇，蜕变成养家糊口的农妇，一边砍柴建篱笆，一边在好几份低薪工作间奔波劳碌，同时还要应对前夫无休止的恐吓。在这里，我学会了适应环境，拥有了不屈的韧性，以及向所有人敞开大门的慷慨与同情心。没错，就是这个地方，将我锻造为像妈妈一样的女强人。

四处闲逛时，我看到儿时的马利筋仍在这片土地上恣意

第二十章 情人节

生长。这种植物不仅能吸引成群的帝王蝶,每到秋天,带刺的淡绿色豆荚纷纷裂开时,还会飘出一朵朵洁白的绒毛,像小天使或降落伞一样在空中飞舞,如同下雪一样美妙。

我站在高高的杂草中,匆忙回顾着我的一生。我的亲人们、妈妈、斯蒂芬、凯茜、戈登,以及我们曾做过的事——浮现在眼前。我记得每一个故事、每一次冒险、每一分艰辛。我想起从小到大学到的、妈妈教给我的每一课,这才清楚地意识到,我外在的全部以及内在的一切都来源于俩居。是妈妈把它变成了我们的家,又教会我们爱与宽容、善待生命以及坚守自己的信念。她还给了我前进的动力和独立的人格。而这些无一不是妈妈从苦难中习得,来之不易。

我从小就相信自己会成为一名艺术家,可谁料最后还一并拥有了一个动物农场呢?我也知道,"计划总赶不上变化"。但时不时地还是感到诧异,事情为什么会,又究竟是怎么走到这一步的呢?我过去老爱开玩笑说我要住到费城去,没事就和朋友们喝喝卡布奇诺,结果却把家安在了快乐农场。妈妈常说,凡事皆有因。这让我相信,快乐农场确实是我应该去的地方。面对挑战,我已学会欣然接受,就像妈妈曾一次次坚持的那样。或许这不是我心目中的理想归宿。但显然,冥冥中自有安排。

我真的相信妈妈仍在帮助和影响着我,否则,快乐农场不会这么成功,这里也不可能每天都有奇迹发生。有一件事是肯定的,她总让我笑个不停。有些叮嘱能让人记一辈子,所以至今我好像还能听到那些声音。记得小时候，当我有重要的事情要去忙，而我的房间又正需要打扫时，她总会说："劳丽，灰尘会老老实实地待在那儿等你回来的。放心出去吧！"然后我回到家第一件事就是先打扫。妈妈一直对我们要求很高，但她也同样机智，懂得该如何用恰当的角度看待生活。这种从妈妈那儿继承来的幽默感，帮我度过了人生中许多艰难时刻。

我真希望妈妈能亲眼看看现在的快乐农场——我愿意相信她能来。她会为我骄傲的吧。快乐农场动物救助收容所因她的想象而生，而这个世界才刚刚开始。在硬着头皮走向既定轨道之外的未知以前，你永远不清楚你还有什么样的能耐。我明白我并不是孤单一人，无论我做什么，妈妈都在激励着我。而有些时候，生活就是会像它注定要发生的那样，远远偏离我们最初想象的模样。

陋居已经成了树林里的一处遗迹，告别它远比我想象的困难，因为那是我曾经的家园，有太多太多的往事，承载着永远难以忘却的记忆。

我的弟弟戈登已经从加利福尼亚搬回来了。如今，他和妻子以及四个孩子就住在快乐农场附近的社区。在农场越来越忙的时候，多亏了有他们帮忙。我的侄子和侄女们干起活来一个比一个卖力，不知道是从哪里学来的？

此刻，我站在复斜式风格红白谷仓的楼上，俯瞰着整个快乐农场，深深地吸了一口气。放眼望去，处处幸福洋溢。

第二十章 情人节

快乐农场动物救助收容所一如我能想象到的那样和谐光明，令人快慰。还有许许多多的故事有待分享，但这个永远是最重要的——我的母亲，安妮·伊丽莎白·麦纽提如何激励我成为今天的劳丽。

妈妈为我所做的一切，还有她的每一次牺牲，我将永远满怀感激。因为她，我的生活总会有意想不到的转机。她交给我的，是人生中最宝贵的东西，有了它们，我才能永不言弃，凭借内心的勇气和力量面对任何挑战。

我想，与600只动物不可思议的快乐生活只是一个开始，未来还有许多奇遇在等着我和我的动物。我期待着人生的下一个篇章。

尾声　农场里的一天

天刚蒙蒙亮，而我已经起床好几个小时了。

当第一缕阳光穿过松枝照向大地，我换好了衣服，喝完了咖啡，准备出发。

客厅里，尼基轻快地对我说了声"你好"。然后一声刺耳的尖叫紧随清晨的问候发出，塔克、法利和其他狗狗听到信号，争先恐后往门口跑，开始吵着要出去。阿黛尔也在她的室内鸡舍里蠢蠢欲动，我只好抱她出来，先给她穿上一件时髦的尿布，又往地上的紫色盘子里撒了些黄粉虫。十几只大猫小猫仍埋头沉睡，而小山羊尼莫已经哭着在找奶瓶了。

我想快马加鞭把家务活全部搞定，但在农场里，活儿实在是永无止境。清晨的寒意让我缩起了脖子。我从那辆二手卡车旁经过，打量了一下保险杠上的贴纸："为身为松树佬而自豪，从我的鼻子到我的双脚。"我轻手轻脚地绕过一群群仍在熟睡的鸭子和鹅，来到谷仓，迎接我的是马匹低沉的嘶鸣声、野猫群的窸窣声和呼噜声，以及牛仔顽皮的顶撞声——他的肚子已经等得不耐烦了，必须马上饱餐一顿。

现在，鸟儿们开始了每天清早必不可少的叽叽喳喳。孔雀里基也在某个地方尖叫着说了声早上好。农场正式苏醒了，所有动物都等待着被喂饱。

最好再麻利点儿。

我把几把干草撒到谷仓的地板上，往饲料桶里添满谷物，然后给鸟儿们送去一把把碎玉米和切碎的莴苣。外头逐渐暖和起来，用不了多久访客们就会成群结队地到来。前门打开了，万岁，第一批志愿者到达了！他们将马上接手，把马儿们放进牧场，去猪村喂食，给纪念品商店开门，之后再去努力完成其他大大小小的任务。快乐农场的每一天，这些事情一项都不能少。

这时候，电话在我的卡哈特工装裤口袋里响了起来。一对焦虑不安的夫妇告诉我，有只山羊不知怎么从一辆开往屠宰场的卡车上脱了身，自个儿在卡姆登县郊区乱跑。他们想办法抓住她带回了家。现在，她把他们的后院当成了自己的放牧场，在灌木和小树间啃得不亦乐乎。

"我们把她转移到了车库里。我们估摸着是个女孩，"那位妻子说，"还是个小羊羔呢，非常可爱，但我们没办法留下她。"她停顿了一下，然后试探性地问道，"她有可能到快乐农场来吗？"

天啊。我现在已经有 18 只山羊了。房子里着实挤得满满当当。

她给我发了一张照片，照片上是一只生着白色斑点的小

尾声　农场里的一天

黑羊，双角才刚刚萌芽，她缩在那对夫妇的车库里，一副怯生生、走投无路的模样。我注意到她的头两侧各有一块泪珠形状的垂肉，像戴了一对珍珠耳环。

我环顾四周，志愿者们还在忙着做家务；前门已经有几车访客在排队，我朝他们挥了挥手。此刻阳光明媚，但在大门外，安妮·麦纽提长眠的地方，旧马车上的夜灯还在闪烁着。

好吧，妈妈，我想，问题又不请自来了。你说该怎么办？

好像我不问出口就不知道答案一样。

"我今天抽不开身，你有办法送她过来吗？"我问道，"我想，只有她一个，总还能腾出点儿地方。"

致谢

感谢我的每一位家人,特别是我的姐姐凯茜、大弟弟斯蒂芬,小弟弟戈登以及他的妻子珍妮弗和他们的孩子麦肯齐、艾丹、亨特和麦迪逊,感谢你们不离不弃,一直陪着我冒险前行、辛勤劳作,在亲情中更添一分弥足珍贵的友谊。感谢叔叔阿姨和表亲们,自始至终都爱护并支持着我。

感谢所有无与伦比的朋友、鼓励者、支持者和捐赠人,多亏有你们的悉心关怀,新泽西州梅斯兰丁的快乐农场才得以维持,渡过难关,茁壮成长。

感谢日新月异的团队伙伴们,没有志愿者多年的无私付出,就不可能有今天的快乐农场。感谢你们分享自己的时间和才能,直接参与拯救了几百只动物的生命。快乐农场的600只动物都曾遭遇不幸,在绝望的边缘挣扎,是你们的兢兢业业让他们过上了每个生命都应当得到的幸福生活。你们让他们的故事得以改写,充满鼓舞人心的力量。我们的志愿者真的太多了,无法一一提及,我向各位致以最真诚的感激和问候。

感谢世界各地的所有支持者们。新冠肺炎疫情流行时，大多数公共场所都暂停开放，快乐农场也不例外。那时我们推出了快乐农场动物秀，每个周日的美东时间上午10点在脸书直播。起初，我仅仅把它当作一种短期的权宜之计，纯粹是为了让访客们尽可能地身临其境，却没想到因此收获了那么多新观众，在世界各地关注和收看动物秀。我们的家庭日益发展壮大，速度之快远远超出预期，于是节目一直到今天还在继续。快乐农场的动物凭借他们鼓舞人心的故事和滑稽的行为举止，把不同背景、文化和境遇下的人们聚集在了一起，这样的结果着实令人欣慰。我们把每一位参与互动的观众都看作农场大家庭的一分子，衷心感谢你们的兴趣、支持和友谊。

感谢我亲爱的朋友玛乔丽·普雷斯顿，谢谢你分享了你的热情、才华和创造力，将这个故事带给全世界。

最重要的，再次感谢我的母亲，安妮·麦纽提。正因有她这样一个充满勇气和乐观的榜样，我才一直备受激励。最让我心怀感激的，是她开启了这个持续拯救生命的共情之链。谢谢你，妈妈，感谢你带给我这样看似混乱却无比美妙、意想不到的快乐生活！